W0199864

MAKULIERT!
Entwidmet aus den Beständen
der Stadtbibliothek Tempelhof-Schöneberg

ink rebels

Julie Birkland liebt es, sich in der Natur den Wind um die Nase wehen zu lassen, sei es in Norwegen, an der Ostsee oder im Wald nebenan.

Sie hat unter anderem Nachhaltigkeit studiert und erfolgreich verschiedene Sachbücher veröffentlicht. Das Pseudonym Julie Birkland ist jedoch ganz der Liebe gewidmet: romantischen und spannenden Geschichten über Menschen, die Schwierigkeiten überwinden.

Mit ihren vier Kolleginnen Jennifer Benkau, Franziska Fischer, Kira Mohn und Daniela Ohms gründete Julie das Autorenlabel *Ink Rebels*, bei dem dieser vierte Band der »Northern Love«-Reihe erscheint: www.ink-rebels.de

Sie lebt mit ihrer Familie in der Nähe von Hamburg am Deich.

JULIE BIRKLAND

Northern Love

Hell wie der Weihnachtsstern

ROMAN

ink rebels

Von Anfang an war dieses Buch als eine Art Beispielprojekt geplant, wie Buchdruck so umweltverträglich wie möglich funktioniert. Deswegen haben wir extra eine Druckerei in Deutschland gesucht, die diese Idee aktiv unterstützt – auch Arbeitsplätze und soziale Verantwortung gehören zur Nachhaltigkeit. Wir haben sie gefunden: eine Druckerei, die mit Ökostrom arbeitet und einen Firmenwald besitzt, zu dessen Erhalt Sie mit dem Kauf dieses Buchs beitragen. Für den Druck wurden ausschließlich 100% Recyclingpapiere und mineralöl- sowie kobaltfreie Farben verwendet.

eco print
www.eco-print.info

+ Ökodruckfarben
+ 100 % Recyclingpapier
+ 100 % Ökostrom
+ je Druckauftrag wird ein Baum gepflanzt
+ klimaneutral & emissionsarm gedruckt

Originalausgabe November 2021
bei INK REBELS
© 2021 Julie Birkland
INK REBELS – J. Dibbern
c/o SpaceBit Software GmbH
Wieseneck 21, 16225 Eberswalde

Alle Rechte vorbehalten. Das Werk darf – auch teilweise – nur mit Genehmigung der Autorin weitergegeben werden,
Redaktion: Franziska Fischer
Covergestaltung: Julia Dibbern auf Basis des Ursprungdesigns von ZERO Werbeagentur, München
Coverabbildung: Collage mit Motiven von Johny Goerend und Anchor Lee / unsplash.com, depositphotos.com und shutterstock.com
Druck und Bindung: Uhl Media, Bad Grönenbach
ISBN 978-3-96966-841-2

Für Erika

Eins

Noch malte die Sonne tausend rotgoldene Punkte aufs Wasser und tauchte die Uferpromenade in warmes Licht. Sobald sie hinter den Bergen auf der anderen Fjordseite versank, würde es kalt werden.

Linnea schob die letzten Stühle zusammen und wischte die Krümel von einem der drei Tische vor dem kleinen Café, das sie schlicht *Strandkafé* getauft hatte. Den Spatzen, die sich auf die Krümel freuten, war es egal, wo sie sie aufpickten, solange die Möwen ihnen dabei nicht in die Quere kamen.

»Auf deinem Schild ist ein Schreibfehler«, sagte jemand hinter ihr – jemand mit einer Stimme, die angenehm melodisch sein könnte, klänge sie weniger herablassend. Jarik Mathisen. Und seine übliche Arroganz hatte er auch gleich mitgebracht. So viel zum Thema ›in die Quere kommen‹.

Während sie sich zu ihm umwandte, knipste Linnea ein Lächeln an. »Ich hatte mich schon gefragt, wann du mal wieder zum Klugscheißen vorbeikommst.«

»*Deutscher Apfelkuchen* schreibt man mit einem C vor dem H in *Kuchen*.«

»Musst du nicht in deine Bar?«

Er sah sie von oben herab an, und sie richtete sich unwillkürlich zu ihrer vollen Größe von leider nur einszweiundsechzig auf. Das Abendlicht schien ihm in die Augen und ließ sie leuchten – ein Gedanke ungefähr so überflüssig wie der verschüttete Kaffee an Tisch zwei heute Nachmittag. Wen interessierte es, ob Jarik Mathisens Augen aussahen wie dunkler Bernstein?

Jetzt kniff er sie geblendet zusammen – oder vielleicht auch grimmig, genau konnte man das bei ihm nie sagen. Auf jeden Fall verschränkte er die Arme vor der Brust. »Manche Leute interessiert es, wie man Worte richtig schreibt.«

»Manche Leute interessiert es auch, wie man freundlich zu seinen Mitmenschen ist.« Der Spatz, der sich gerade über die Krümel am Boden hermachen wollte, flog erschrocken auf, als Linnea eine Decke von der nächstgelegenen Stuhllehne nahm, um sie auszuschütteln. »Siehst du, so unterschiedlich ist das mit den Leuten.«

Konnte der selbstherrliche Vollidiot jetzt bitte einfach mal verschwinden, mitsamt seinen Bernsteinaugen? Bis eben war der Tag … okay gewesen. Keiner der besten, aber mit ein wenig gutem Willen lief er in der Kategorie schöner Tag mit. Gut, der Wind wehte bereits empfindlich kalt, und ein paar mehr Gäste hätte Linnea sich auch gewünscht, aber der Sommer war nun mal vorbei. Nichts von beidem kam also unerwartet. Sie hatte gewusst, was auf sie zukommen würde, als sie das Café eröffnete, theoretisch zumindest.

Überraschend war nur, dass es ihr so zusetzte. Sie hatte ein Café führen wollen, seit sie mit achtzehn im *Kafé Chaos* gejobbt hatte, und Lillehamn war das Paradies ihrer Kindheit.

Ein Café in Lillehamn: Was konnte es Besseres geben? In der Praxis war das Frühjahr aussichtsreich und im Erfolgsrausch des Sommers hatte sie kaum gewusst, was sie zuerst tun sollte. Erst jetzt, als es stiller wurde in Lillehamn, als die Touristen wegblieben und abends der Nebel über den Fjord kroch, hatte sie Zeit für Heimweh – und mit dem Heimweh kam die Trauer.

Manchmal musste sie sich anstrengen, damit die Tage gut und hell blieben. Sich mit Jarik Mathisen auseinanderzusetzen, machte das gewiss nicht leichter.

Linnea faltete die Decke zusammen und legte sie auf dem Tisch ab – eine Geste, die hoffentlich eindeutig aussagte, dass sie ihr Gespräch für beendet hielt.

Doch Jarik war offenbar nicht empfänglich für nonverbale Kommunikation. Abschätzig verzog er die Lippen. Ein Jammer, eigentlich waren sie recht ansehnlich. Ein bisschen voll vielleicht, aber hübsch geschwungen. Überhaupt war der Mann ein Gesamtkunstwerk mit seinen locker fallenden Haaren, der auf den Hüften sitzenden Jeans und der abgewetzten Lederjacke über dem Rolli. Zu schade, dass sein Benehmen so gar nicht dazu passte.

Linnea griff nach der nächsten Decke. »Sag, was du zu sagen hast, und dann lass mich arbeiten. Ich will irgendwann fertig werden.«

»Nicht viel los in letzter Zeit, was?«

»Scharfsinnig wie immer, Jarik.«

»Willst du das Café wirklich über den Winter geöffnet lassen?«

»Ja«, knurrte sie. »Das will ich.« Weil es ihr verdammter Traum war. Weil Papa sich gewünscht hatte, dass sie ihren

Traum lebte. Weil es nicht schiefgehen durfte. Und keiner dieser Gründe ging Jarik Mathisen das Geringste an.

»Wir müssen bei Gelegenheit über Weihnachten sprechen.«

»Was?« Sie hielt in der Bewegung inne und starrte ihn irritiert an. Dann fing sie sich. »Wenn ich eins bestimmt nicht vorhabe, ist es, mit dir unterm Weihnachtsbaum zu kuscheln.«

Seine Ohren sah man unter der Mütze nicht, wahrscheinlich waren sie knallrot, wenn die Wangen schon rosa anliefen.

Ein kleiner Sieg nur, aber immerhin. Linnea zwang ein engelsgleiches Lächeln auf ihr Gesicht und hielt sich an der Decke fest. »Das braucht dir nicht unangenehm zu sein, Süßer. Ich bin für Weihnachten nur bereits verabredet, weißt du?«

Gemächlich löste Jarik die Arme, stützte sich auf der Lehne eines Stuhls ab und beugte sich nach vorn. Vielleicht war er doch nicht ganz so peinlich berührt. Als er noch ein Stück in ihre Richtung kam, wehte ihr ein Hauch von Minze und Zeder entgegen. Und etwas anderes. Bergamotte? Es roch gut. Sein Blick jedoch war hart. »Man muss nicht viel rechnen, um das zu verstehen, *Süße*. Lillehamn ist nicht groß genug für zwei Weihnachtsevents.«

Oh.

»Deswegen solltest du deinen kreativen Kopf gar nicht erst mit der Idee belasten, irgendeine Art von Konkurrenzveranstaltung zum traditionellen Gløggtrinken im *Frontstage* aus dem Boden zu stampfen. Ich dachte, ich informiere dich lieber rechtzeitig.«

In Büchern und Filmen wirkte Schlagfertigkeit immer einfach, aber Linnea klopfte das Herz so laut im Hals, dass sie sich sicher war, er würde es hören. Jarik konnte ihr vielleicht in seiner Bar mit jeder Geste zeigen, dass sie in Lillehamn nicht dazugehörte. Aber niemand würde ihr auf ihrem Territorium drohen. Entschlossen machte sie einen Schritt auf ihn zu und brachte ihr Gesicht nahe an seins, so nah, dass sie seinen Minzatem roch.

Jarik wich zurück. Ha!

»Falls ich mir für Weihnachten etwas ausdenke, Jarik Klugscheißer, ist das bestimmt keine *Konkurrenzveranstaltung zum traditionellen Gløggtrinken«,* – wer redete überhaupt derart gestelzt? –, »sondern etwas Eigenständiges, das zum *Strandkafé* passt und das nicht das Geringste mit dir oder dem *Frontstage* zu tun hat.«

Er öffnete den Mund, aber sie ließ ihn nicht zu Wort kommen. Wenn sie einmal angefangen hatte, musste sie ihre Selbstsicherheit aufrechterhalten. »Entgegen deiner Annahme dreht sich im Leben nämlich nicht alles nur um dich und dein kleines Königreich im *Frontstage.*«

»Sag bloß. Worum dann? Um dich und deine grenzgenialen Backkünste?«

Die Wut verklumpte zu etwas, das ihr den Brustkorb zusammenschnürte. Hatte sie je jemanden so gehasst wie Jarik Mathisen? Okay, Mick in der Grundschule vielleicht, als er ihr immer »Ching, chang, chong« hinterhergerufen und sie an den Haaren gezogen hatte. Aber Mick war dumm gewesen, Jarik war einfach nur ein Arsch. Und es wurde Zeit, dass sie die Oberhand zurückgewann.

»Du bist neu hier, daher sehe ich dir deine Unwissenheit nach, aber das Weihnachtsgeschäft gehört mir.«

Oberhand. Jetzt. Verschwörerisch sah sie Jarik an und raunte in ihrer besten Sean-Connery-Imitation: »Es kann nur einen geben.«

Sie wusste nicht, mit welcher Reaktion sie gerechnet hatte, aber keinesfalls damit, dass sein Gesicht versteinerte.

»Sag nicht, du hast nie *Highlander* gesehen.«

Er schnaubte. »Ich weiß, woher der Spruch stammt. Aber du solltest das Schauspielern wohl den Profis überlassen.«

Damit drehte er sich um und ging.

»Verschütte nicht zu viel Bier!«, rief sie ihm hinterher, um irgendwie die Zittrigkeit loszuwerden. »Nicht, dass dich das am Ende ruiniert! Es wäre so schade!«

Ohne zurückzusehen, hob er eine Hand. Der Mittelfinger ragte ein Stück über die anderen hinaus.

Konnte der Typ sie nicht einfach in Ruhe lassen?

Linnea hasste Auseinandersetzungen. Notgedrungen hatte sie früh gelernt, sich nicht die Butter vom Brot nehmen zu lassen. Wenn man anders aussah als der Rest der Bevölkerung, gab es nur die Wahl zwischen Kontern und Kleinbeigeben, aber das bedeutete nicht, dass sie sich dabei wohlfühlte. Sie klaute Jarik schon keine wertvollen Kunden, außer sich selbst vielleicht. Seit er sie auf dem Kieker hatte, ging sie nur noch ungern ins *Frontstage*, was das Kennenlernen neuer Leute in Lillehamn nicht unbedingt leichter machte. Auf einmal war sie müde.

Was hatte sie sich dabei gedacht, hierherzukommen und auch noch den Großteil ihres Erbes in dieses Café zu stecken? In Bergen hatte sie Freunde gehabt, ihre Mutter, einen Job, so öde der auch gewesen war. Immerhin hatte er Geld eingebracht, anstatt es zu verschlingen.

Sie wischte sich eine Träne aus dem Augenwinkel, bevor diese sich vervielfältigen konnte, ließ sich auf einen der Stühle sinken und sah den Spatzen zu.

Es blieb noch so viel zu tun. Decken und Tischdeko ins Haus zu räumen, war der kleinste Teil der Arbeit. Danach musste sie putzen, Rechnungen bezahlen, Einkäufe kalkulieren. Wenn sie fertig war, würde es dunkel sein. Jarik brauchte sich keine Sorgen zu machen. Wo sollte sie wohl die Energie hernehmen, sich über irgendeine grandiose Weihnachtsaktion Gedanken zu machen? Weihnachten lag noch gefühlte Jahre in der Zukunft, und jeder einzelne Tag kostete sie mehr Kraft, als sie hatte.

Linnea schloss die Augen, spürte den letzten Sonnenstrahlen nach und dann der Herbstkälte, die feucht vom Meer heraufkam. Gleichmäßig rollten die Wellen auf den Sandstrand, wie sie es seit Tausenden von Jahren taten. Was war ihr kleines Café gegen diese Ewigkeit?

Ein Gedanke schlich sich an. Und was, wenn … Vergeblich schob sie ihn weg. Aber was, wenn sie einfach aufgab?

Nicht ganz natürlich, dafür steckte zu viel von ihr im *Strandkafé*. Aber sie konnte über die Wintermonate schließen und im Mai wieder eröffnen, Saisongeschäft. Das war schließlich nicht unüblich. Irgendein Job würde sich schon finden lassen, hier oder anderswo. Zur Not konnte sie ihre Cousine Alva fragen, ob sie und ihre Brüder in der Arztpraxis noch jemanden zum Putzen brauchten. Es wäre die einfache Lösung. Jarik würde ihr nicht weiter auf die Nerven gehen, und sie müsste nicht jeden Tag rechnen, ob die Verkäufe die Kosten aufwogen.

Das Problem war: Aufgeben fühlte sich trotz allem falsch an. Erstens würde sie ein Versprechen brechen, und zweitens würde sie Jarik Großkotz garantiert nicht das Feld überlassen. Jetzt erst recht nicht.

Zeternd stoben die Spatzen unter dem Nebentisch auf. Ein

roter Tigerkater strich Linnea um die Beine. Sie beugte sich zu ihm hinunter. »Hey, Panter. Wo hast du denn dein Frauchen gelassen?«

Er rieb schnurrend den Kopf an ihrer Hand, während sie sich umsah.

Lotta Eriksson, die alte Dame, die am Ende der Straße mit gefühlt zehn Katzen wohnte, machte ihren Abendspaziergang, begleitet von Panter, Murre und einer dritten Katze. »Na komm schon, Trine, komm schon!«

Die Katze sprang auf die kniehohe Mauer, die die Uferpromenade von dem kleinen Strand trennte.

Linnea straffte den Rücken und stand wieder auf. Zeit zum Seufzen war später. »Hallo, Lotta.«

»Linnealein, hast du noch ein Stück Kuchen für mich?«

»Tut mir leid, es ist alles schon weg. Ich hatte heute ein bisschen knapp kalkuliert.«

»Sei doch so gut und heb mir nächsten Freitag ein Stück vom Kvæfjordkake auf, falls ich es nicht rechtzeitig schaffe, ja?«

»Mach ich.«

Hätte jemand Linnea vor ein paar Monaten erzählt, dass ausgerechnet Lotta einer der Menschen werden würde, die sie in Lillehamn am liebsten mochte, hätte sie laut gelacht. Inzwischen schien jener erste Tag unendlich lange her, an dem Lotta sie so aufdringlich betrachtet hatte, als hätte sie noch nie jemanden mit einer anderen Hautfarbe gesehen, nur um dann kundzutun: »Sie sprechen aber schon gut Norwegisch.«

Und Linnea hatte zu ihrer eigenen Verblüffung nicht gesagt: »Sie ja auch. Wahnsinn«, sondern nur geantwortet, dass sie in Bergen aufgewachsen war und norwegische Eltern hatte. Inzwischen kannte Lotta den ganzen Hintergrund: Ihre Eltern hatten Linnea und ihren Bruder Tobi adoptiert, Linnea aus China, Tobi aus Indien. Obgleich sie in Bergen aufgewachsen waren, hatten sie viele Sommer hier in Lillehamn verbracht, bei ihrer Cousine Alva und ihren Cousins Espen und Krister.

Nur eines wusste Lotta nicht: dass Linnea aus Bergen eher geflohen war als alles andere. Nach dem Tod ihres Vaters und der Trennung von ihrem Exfreund versprach Lillehamn einen Neuanfang: neue Freunde, neue Anreize – einfach ein neues Leben ohne schmerzhafte Erinnerungen an jeder Ecke.

Was war sie naiv gewesen.

Wie sollte man Freunde finden, wenn man jeden Abend zu Hause in der Küche stand und Kuchen für den nächsten Tag backte? Inzwischen konnte sie sämtliche Rezepte ihrer Großmutter auswendig – sehr zur Freude von Lotta und ihrem Strickclub. Aber ein reges Sozialleben sah anders aus. Jarik Vollidiot Mathisen konnte ihr kaum weismachen, Lotta und ihre Freundinnen hätten ihr Geld andernfalls bei ihm am Kneipentresen gelassen.

»Dann bis demnächst. Kommt, Kätzchen! Trine, Murre! Kommt!«

»Bis demnächst, Lotta.«

Linnea sah ihr einen Moment hinterher. Wie alt mochte Lotta sein? Sie musste bei Gelegenheit ihre Cousine danach fragen. Alva kannte jede Familiengeschichte im Ort.

Linnea legte die letzten Decken zusammen, packte sie auf den Stapel und hob ihn auf, um ihn nach drinnen zu tragen, als sie Schritte hinter sich hörte. Wenn das noch einmal Jarik war, würde sie schreien.

»Hallo, Lieblingscousine.«

»Alva!« Erleichtert drehte Linnea sich um. »Woher wusstest

du, dass ich vor einer halben Minute an dich gedacht habe?«

Ihre Cousine grinste. »Meine Spezialbegabung, weißt du doch. Brauchst du Hilfe?«

Linnea schüttelte über die Decken hinweg den Kopf. »Ist ja nicht dein Café.«

»Aber meine Cousine, die frustriert und überarbeitet aussieht.« Alva sammelte seelenruhig die Blumenvasen ein, die auf den Tischen standen.

»Ich bin nicht frustriert, ich …« Linnea musste irgendeine harmlose Ausrede finden. Alva würde sonst wieder versuchen, ihre Welt zu retten, und nächtelang über Probleme nachgrübeln, die nicht ihre waren.

»Du bist …?«, fing Alva ihren angefangenen Satz ein.

»Ist egal.«

»Du wirkst nicht, als sei es egal.«

Linnea seufzte. »Es ist einfach alles zusammen. Ich vermisse Papa.« Ganz entsetzlich sogar. Um nicht loszuheulen, schob sie den nächsten Punkt gleich hinterher: »Und ich mache mir Sorgen wegen der Wintermonate. Ich habe unterschätzt, wie sehr hier der Hund begraben ist.«

Sie war sich nicht sicher, ob sie gerade stabil genug war, sich von ihrer Cousine ausquetschen zu lassen. Um der Befragung auszuweichen, ging sie ins Café. Sie war immer noch stolz auf die Einrichtung mit den unterschiedlichen Vintage-Sitzgruppen, den von Espen gebauten Stehlampen und dem Kamin an der Wand gegenüber der Tür. Einzig die Kuchentheke und die Küchengeräte aus Edelstahl brachen subtil das Wohnzimmergefühl.

Alva stellte die Blumenvasen auf die Spülmaschine und begann, die sauberen Teller und Tassen auszuräumen. »Hilft es dir, wenn wir mal eine Art Familien-Video-Abend machen? Oder Fotos von früher ansehen?«

Linnea hob die Schultern. »Das bringt ihn nicht zurück. Und es löscht nicht die Erinnerung an seine letzten Monate.«

»Ich weiß«, sagte Alva schlicht, und sie war einer der wenigen Menschen, die es wirklich wussten. Alvas Mutter war vor vielen Jahren an derselben Krankheit gestorben wie Linneas Vater im letzten Winter. Huntington war genetisch.

»Vielleicht wäre ein Fotoabend irgendwann schön«, sagte sie halbherzig.

»Ich würde dir gern versichern, immer für dich da zu sein, und dich bitten, Bescheid zu sagen, wenn du so weit bist, aber …«

»Aber du meinst, ich tue es sowieso nicht?«

»Niemand tut das«, sagte Alva. »Das ist das Problem. Ich sage es trotzdem: Ich bin immer für dich da. Das weißt du, oder?«

»Solange du dich nicht mit Jo in der Weltgeschichte herumtreibst.«

»Auch sonst. Nur kann ich dir aus der Ferne bei akuter Papa-Vermissung keine Taschentücher reichen, wie ich es jetzt jederzeit tun würde.«

Linnea stopfte die Decken in den Schrank und zog sie länger glatt als nötig. »Ich würde dich nicht mitten in der Nacht anrufen.«

»Kannst du aber.«

Linnea zupfte noch ein bisschen an den Decken herum. Sie musste jetzt doch lächeln. »Jo wäre begeistert.«

»Da muss er durch.« Endlich stellte Alva die Tasse, die sie hielt, in den Schrank und klappte die Tür zu. »Aber dein zweites

Problem können wir konkret angehen, indem wir deine Arbeit besser verteilen und uns was ausdenken, um mehr Leute in dein Café zu bekommen. Das kann doch nicht so schwer sein.«

»Ist es nur leider.« Von dem Papierberg mal ganz abgesehen, der jeden Tag bedrohlicher wurde und den sie bis Jahresende irgendwie abarbeiten musste. Aber damit würde sie Alva nicht auch noch kommen.

»Es liegt auf jeden Fall weder an der freundlichen Bedienung noch am leckeren Kuchen noch an der Lage direkt am Wasser.«

Jariks Stimme hallte in Linneas Gedanken nach. *Lillehamn ist nicht groß genug für zwei Weihnachtsevents*. Vielleicht lag es eben doch an der Lage. Vielleicht hatte Lillehamn einfach nicht genug Einwohner für einen Imbiss, eine Bar und ein Café. Vielleicht hatte sie sich von Anfang an etwas vorgemacht, weil sie so dringend wollte, dass es klappte. »Was, wenn es einfach nicht mehr Leute gibt? Wir können sie kaum herzaubern.« Und wer abends in die Bar ging, kam kaum nachmittags ins Café. Es gingen ziemlich viele Leute in die Bar.

Es klapperte, als Alva den Stapel mit den Tellern hochhob. »Dann sollen sie aus Fuglesang herkommen, oder meinetwegen von rings um den Fjord. Oder aus New York, wenn's sein muss.«

»Lass mich das machen.« Ihre Bitte klang nicht sehr überzeugend. So wichtig es ihr war, Sachen allein zu schaffen – eigentlich war sie froh, dass ihre Cousine ihr half.

»Schon erledigt.« Alva sah sich um. »Ich muss es immer wieder sagen, dein *Strandkafé* ist traumhaft schön geworden.«

»Danke. Ich bin auch wirklich stolz darauf.« Ihr Designkonzept mochte nicht preisverdächtig sein, aber funktionierte.

Wochenlang hatte sie für diese Möbel Kleinanzeigen studiert oder mit Espen und Svea zusammen Scheunenflohmärkte besucht. Am Ende hatte sie eine wild zusammengewürfelte Menge an verschiedenen Sitzmöbeln und Tischen angesammelt, die nur eins einte: Sie waren alle weiß, creme oder taubenblau in unterschiedlichen Schattierungen und Mustern. Mit dem Geschirr und Besteck war sie ähnlich verfahren. Kaum zwei Teller waren gleich, aber seltsamerweise passten sie genau deswegen gut zusammen. Ein paar dezente, maritime Schmuckstücke ergänzten alles. Ja, doch. Sie war stolz darauf.

»Viel schöner als die Eisdiele, die vorher hier drin war«, sagte Alva.

»Ich frag mich langsam, ob die Besitzer wirklich zurück nach Italien wollten, oder nur zugemacht haben, weil es sich nicht gerechnet hat. Die Pizzeria am Markt gab es ja auch nicht lange.« Der Stapel unerledigter Rechnungen in ihrer Dachwohnung drängte sich in ihre Gedanken. Sie war an einen Ort gezogen, an dem Menschen Urlaub machten, weil sie … nun, auch die Natur genießen wollte. Wandern gehen, segeln, den Basejumpern zusehen, möglicherweise sogar irgendwann selbst springen. Idealistin, die sie gewesen war. Als hätte sie auch nur entfernt genug Zeit oder Geld für eine Fallschirmausbildung, jetzt, da alles, was sie besaß, im *Strandkafé* steckte. Aber immerhin hatte sie es im Sommer zweimal mit dem Kajak auf den Fjord geschafft, als ihre Freundin Igny aus Bergen sie besucht hatte.

»Die Italiener haben's halt nie über den Winter probiert«, sagte Alva.

»Dafür muss man wohl auch ziemlich irre sein.«

»Oder sich etwas sehr fest in den Kopf gesetzt haben.«

»Das auch.« Linnea unterdrückte ein Seufzen. Sie wollte das hier schaffen. Sie musste es schaffen. Und sie hatte nun mal keine Dependance in Südtirol, in die sie sich fürs Wintergeschäft zurückziehen konnte. »Aber ich glaube, vor allem braucht man eine gesunde Portion Wahnsinn.«

Alva sah sie mitfühlend an. »Man kann es Vertrauen nennen – darauf, dass sich rumsprechen wird, wie schön es hier ist. Außerdem sind Oktober und November bestimmt die härtesten Monate. Warte ab. Wenn du um Weihnachten herum noch Kekse und Tee verkaufst oder hübsche, individuelle Tassen …«

Weihnachten – wollte sie wirklich auf dieses Stichwort eingehen? Die Idee mit den Keksen und den Tassen war nicht übel, aber warum sollte jemand bei ihr Kekse kaufen, wenn sie im Supermarkt wesentlich günstiger waren? Trotzdem lösten Alvas Worte etwas aus, einen kleinen, unfertigen Gedanken, viel zu frisch, um schon die Flügel auszubreiten. Sie musste sich ja nicht auf den Verkauf von Kaffee, Saft für die Kinder und selbstgebackenem Kuchen beschränken. Vielleicht …

»Weißt du was? Ich geh kurz zum Duschen nach Hause, und dann machen wir beide uns einen schönen Abend«, sagte Alva.

»Das ist ein liebes Angebot, aber ich muss Buchhaltung machen und backen.« Und noch das eine oder andere mehr. »Außerdem willst du doch den Abend bestimmt mit Jo verbringen.«

»Jo ist in Oslo.« Alva lächelte. »Du würdest mich also vor einem Abend in Einsamkeit retten, wenn du meine Hilfe beim Backen annimmst.«

»Ich durchschaue dich, Alva Solberg.«

»Was meinst du?«

»Du glaubst, ich sage eher zu, wenn du mir einredest, ich würde dir was Gutes tun, obwohl in Wirklichkeit du mich vor einem Abend in Einsamkeit rettest.«

»Ach, komm. So offensichtlich war es nicht.«

»War es doch. Aber ich habe leider kein Rettergen, also funktioniert es nicht.«

»Du musst da nicht allein durch, weißt du?«

»Ich weiß. Aber ich mag mich gerade niemandem zumuten.«

»Ach, Linni. Ich helfe dir echt gern.« Alva hob die Hände zum Ansatz einer Umarmung, und Linnea fühlte sich steif und stachelig, dass sie nicht darauf einging, sondern nur sagte: »Ich weiß.«

»Und die Jungs sind sicherlich auch mit im Boot, wenn es darum geht, wie wir dich entlasten können.«

»Die haben ihre eigenen Familien.«

»Zu der du ja wohl auch gehörst.«

Linnea wusste selbst nicht genau, warum sie so darauf bestand, ihre Probleme allein lösen zu müssen. Wahrscheinlich war es irgendein frühkindliches Ding aus ihren ersten beiden Lebensjahren, für das sie jetzt beim besten Willen keine Zeit hatte. »Okay«, sagte sie schließlich. »Ich nehme dein Angebot an.«

Zwei

Gut gelaufen war was anderes. Dabei hatte in Jariks Kopf alles logisch geklungen. Und einfach. Er teilte Linnea mit, dass sie eine Lösung für Weihnachten finden mussten, sie sagte, sie wolle zu Weihnachten sowieso ihre Eltern besuchen. Oder etwas in der Art. Das taten normale Leute doch, oder nicht? Ihre Eltern besuchen? Das, oder mit Freunden und Familien feiern. Und Linnea hatte doch eine Familie. Wo also hatte er falsch kalkuliert? Wo war das Gespräch ihm entglitten?

Der Herbstwind hatte aufgefrischt, seit die Sonne hinter den Bergen verschwunden war. Jarik zog den Reißverschluss höher. Kleines Königreich im *Frontstage*, pffft. Irgendwie hatte er sie dennoch für … nun, *fairer* gehalten. Oder zumindest nicht für jemanden, der so zielsicher unter die Gürtellinie schlug, wie sie es mit ihrem blöden *Highlander*-Zitat getan hatte. Woher wusste sie davon? Mit wem hatte sie über ihn gelästert?

Majbritt besaß einen Schlüssel, es war also nicht schlimm,

wenn Jarik ausnahmsweise wenige Minuten zu spät kam und sich den längeren Weg am Wasser entlang gönnte.

Eben war er auf die Hafenstraße mit ihren verschiedenfarbigen Holzhäusern eingebogen, als sein Telefon klingelte. Hoffentlich meldete sich niemand krank. Als er die Nummer auf dem Display erkannte, wurde er unwillkürlich langsamer. »Hi.« Er musste sich räuspern. »Hier ist Jarik.« Als wüsste sie das nicht.

»Jarik, mein Schatz! Wie geht es dir?«

»Gut.«

»Ich habe nichts von dir gehört, mein Junge.« Genau genommen seit dem Tag, an dem er seinem Vater Hausverbot im *Frontstage* erteilt und sich danach eine Woche lang nicht im Spiegel angesehen hatte.

Er merkte, dass er die freie Hand zur Faust ballte und löste sie mühsam.

»Wo bist du? Es ist so laut!«

»Ich bin auf dem Weg zur Arbeit, Mama. Ich kann nicht lange telefonieren.« Und ich will es auch nicht. »Was ist denn?«

War das ein Schniefen am anderen Ende? Jarik drehte sich mit dem Rücken zum Wind. »Sag nicht, der Alte hat dich geschlagen oder so was.«

»Was? Nein, das würde er niemals tun!«

Sicher.

»Harald ist gestürzt und hat sich den Knöchel gebrochen. Er hat fürchterliche Schmerzen.«

Wahrscheinlich wäre an dieser Stelle Mitleid angebracht. Aber Jarik fühlte … nichts. »Ist er gestolpert?«, fragte er.

»Es ist nicht so, wie du immer tust! Komm nach Hause und versöhn dich mit deinem Vater, Jarik.«

»Mama, ich muss jetzt arbeiten.«

»Wann kommst du? Ich könnte am Wochenende Fiskeboller machen oder …«

»Mama, ich …«

»Die hast du doch immer so gern gegessen.«

Jarik wurde übel. »Mama. Ich muss jetzt auflegen.« Er hatte den Finger schon auf dem roten Button, als ihm noch etwas einfiel. »Wie geht's Alex?«

»Ich sehe deinen Bruder wenig. Er hat seine Freunde, weißt du …«

»Er wohnt bei euch.« Wie auch immer er das aushalten konnte.

»Nicht direkt. Er ist in die Garage gezogen.«

Das schlechte Gewissen war nur schwer auszuhalten. Er sollte sich um Alexander kümmern, ihm irgendwie aus dem Loch raushelfen. Sobald er das *Frontstage* durch die Herbstkrise gebracht hatte, würde er das tun. »Grüß Alex.«

»Aber ich sehe ihn doch kaum!«

Jarik schloss die Augen. »Auf jeden Fall danke fürs Bescheidsagen.«

Was. Für. Ein. Erbärmlicher. Tag.

Erst diese lästige Sache mit Linnea, jetzt das. Er steckte das Telefon zurück in die Jackentasche und ging auf den Steg hinaus, an dem neben Sveins und Hans' Kuttern nur die Jacht von Alvas Freund Jo lag.

Der Wind war kalt genug, um dem Druck hinter seiner Stirn etwas entgegenzusetzen. Was war falsch mit ihm? Sollte er nicht irgendwie betroffen sein? Oder den Wunsch haben, alles stehen und liegen zu lassen, um ans Krankenbett seines Vaters zu eilen?

Nun, er hatte diesen Wunsch nicht. In seinem Leben änderte sich nicht das Geringste, nur weil ein verbitterter alter Mann auf seiner Müllhalde das Bein hochlagern musste. Wenn überhaupt, befeuerte es nur Jariks Entschluss, sein eigenes Leben zum Erfolg zu machen – und zwar so, wie er es sich vorstellte.

Einen Moment lang beobachtete er einen verspäteten Schwarm Hornhechte, die unter dem Steg hindurchzogen, dann wandte er sich zum Gehen. Majbritt und Lucas warteten. Eine Windbö wirbelte ihm gelbes und braunes Birkenlaub um die Füße, aus einem der nackten Bäume krächzte ihm eine Krähe hinterher.

Als er den schweren Samtvorhang zurückschlug und das *Frontstage* betrat, empfing ihn *Diamonds and Coal*, eines der Stücke, die ganz oben auf Majbritts Lieblingsplaylist standen. Noch war nicht viel los, aber der vertraute Geruch nach Holz, Bier, Menschen und Pizza legte sich um ihn wie ein schützender Mantel. Vielleicht hatte Linnea sogar recht mit dem, was sie sagte. Das hier war sein kleines, bescheidenes Königreich. Sein sicherer Hafen. Der eine Ort auf der Welt, wo zu hundert Prozent nach seinen Regeln gespielt wurde. Und er würde tun, was immer nötig war, um ihn zu erhalten.

Jarik streifte die Lederjacke ab, während er zum Schanktresen ging, und schob die Ärmel des Rollis nach oben.

Majbritt war dabei, Getränke auf ein Tablett zu stellen. Sie trug es an die Ecke der Theke, wo Lucas es schnell erreichen konnte, bevor sie sich Jarik zuwandte. »Hey, Barkeeper.«

Er erwiderte ihr Lächeln. »Hey, Küchenfee des Abends.«

»Was ist los? Du wirkst wie durchgekaut und ausgespuckt.«

»Fällt es jemandem außer dir auf?«

»Vermutlich nicht. Also, was ist?«

»Nichts«, sagte er. »Bisschen Ärger zu Hause.« Leicht verspätet fiel ihm ein, wie lange Majbritt ihn schon kannte. Mit wem sollte er zu Hause wohl Ärger haben außer mit seinem Küchenkaktus oder mit Theodor, der Spinne, die seit ein paar Wochen in seinem Badezimmer lebte?

Dankenswerterweise sah sie ihn nur einen Moment zu lange an und grinste dann. »Ich hab dir was mitgebracht.«

»Was Gutes?«

Lucas eilte heran und nahm das Tablett. »Erdnüsse für Tisch vier, ein Portobello-Burger und ein Spezialsalat für Tisch fünf. Zweimal Schokobier, ein Helles. Hey, Jarik.«

Jarik nickte. Die App, die sie zum Bestellen nutzten, zeigte diese Dinge automatisch in der Küche und am Tresen an. Dennoch hatte es sich bewährt, wenn die Bedienungen sie zwischendurch ansagten.

»Bin schon auf dem Weg in die Küche.« Majbritt salutierte. Bereits im Hinausgehen fiel ihr noch etwas ein. »Ich hab dir die Flyer fürs Pub-Quiz nächsten Dienstag unter den Tresen gelegt. Mit liebstem Gruß von Rina an dich.«

Majbritts Freundin Rina war Werbefachfrau. Die Gestaltung von Speisekarten, Bierdeckeln und Plakaten übernahm Jarik selbst, aber sie beriet ihn mit den Texten, und er konnte über die Agentur günstig drucken. Jarik kümmerte sich um die Getränkebestellungen, dann zog er die Flyer hervor. Es wurde also ernst. Quizabend im *Frontstage*. Das Plakat dafür hing schon seit einer ganzen Weile neben der Tür, aber wenn alle Gäste den Flyer persönlich auf den Tischen fanden, war die Einladung ein wenig konkreter.

Dieses Quiz war ein Test. Ein Versuch nur, ob die Leute von Lillehamn solche Events annahmen. Seit Linnea bis abends um sechs Kuchen und Quiches servierte, öffnete Jarik seine Bar zwei Stunden später. Man musste die Leute gelegentlich daran erinnern, dass das *Frontstage* der Ort der Wahl war.

≻·•·•·≺

»Achte drauf, dass die Eiermasse wirklich locker wird, damit –«

»Linni«, unterbrach Alva sie. »Ich habe schon mal Gulrotkake gebacken.«

»Aber nicht so gut wie ich.«

Alva lachte. »Du mach deine Bestellungen fertig. Und wehe, du erzählst den Gästen morgen nicht, dass deine weltbeste Cousine diesen Kuchen gebacken hat.«

Der Kaffee ging schon wieder zur Neige, der grüne Tee ebenfalls. Mehl, Zucker und die anderen Grundzutaten bestellte Linnea standardmäßig mit. Eier und Milch bekam sie von Höfen in der Nähe. Kakaopulver und Vanilleextrakt waren noch reichlich vorhanden …

Alva hob vorsichtig die geraspelten Möhren unter.

Eine Erinnerung schob sich vor Linneas Blickfeld.

»So geht das, Lieblingsmaus. Guck, ganz vorsichtig.« Die großen Hände ihres Vaters lagen um ihre kleinen und halfen mit starken, sicheren Bewegungen beim Unterheben der Karotten. Ein Blitzlicht aus einer Zeit, bevor seine Sprache verschliff und seine Bewegungen fahrig wurden. Es zwang sie fast in die Knie.

»Bist du mit der Bestellung schon fertig?«

»Was?« Linnea versuchte, die Erinnerung abzuschütteln. »Nein. Doch. Ich …« Linnea zuckte die Achseln. »Gulrotkake ist Mamas Lieblingskuchen, weißt du das?«

Alva hielt inne. »Nein.«

»Papa hat ihn jedes Mal zu ihrem Geburtstag gebacken. Du hattest einen Moment lang unglaubliche Ähnlichkeit mit ihm, wenn er Karotten geraspelt hat.«

»Ich …« Alva stockte, sichtlich ratlos, wie sie auf die Eröffnung reagieren sollte.

»Ist okay, du brauchst nichts zu sagen.« Linnea klappte das Laptop zu und stand auf. »Rühr weiter, aber mach's nicht zu homogen, damit der Kuchen was wird.« Sie musste sich schnell in die Sachlichkeit retten, um nicht schon wieder sentimental zu werden. Ihr Vater war vor über einem halben Jahr gestorben, und am Ende hatten sie es alle herbeigesehnt, er selbst wohl am allermeisten. Also. Sollte nicht langsam mal Schluss sein mit dem Geheule?

»Unterstellst du mir, Omas Rezepte nicht zu beherrschen?« Trotz der gespielten Herausforderung war Alvas Blick sanft.

»Nicht so gut wie Papa.« Und jetzt schniefte Linnea doch. »Ach, Scheiße. Er hat so lange durchgehalten. Warum …« Warum hatte er sie allein gelassen? »Und es ist nichts übrig von ihm, weißt du? Ich werde nie ein Kind haben, das so aussieht wie er oder so grinst wie er oder das Zeichnen genauso liebt …«

Alva stellte die Schüssel ab.

Linnea versuchte ein Lachen. »Rühr weiter, hab ich gesagt.«

»Ist zu Ende gerührt.« Einladend öffnete Alva die Arme.

Linnea schüttelte den Kopf. »Das willst du nicht. Wenn ich anfange zu heulen, höre ich nicht mehr auf.«

»Wäre das schlimm? Du hast deinen Vater verloren – zum zweiten Mal. Wenn das nicht zum Weinen ist, weiß ich auch nicht.«

Linnea suchte in der Hosentasche nach ihrem Taschentuch.

Ihre Mutter hatte es für sie genäht. »Wir waren alle so erleichtert, als es vorbei war. Aber trotzdem … Er ist nicht mehr da, Alva! Er ist einfach nicht mehr da!«

Jetzt erlaubte sie doch, dass ihre Cousine sie behutsam umarmte, ganz kurz nur. »Ich weiß«, sagte Alva. »Ich weiß.«

Linnea löste sich. Sie konnte jetzt nicht zusammenbrechen. Nicht, wenn noch so viel zu tun war. Sie nahm Alva die Rührschüssel ab und füllte den Teig mit geübten Bewegungen in die Backform.

Es gab ihr Sicherheit, diese Routine. Mit Blick auf den Kuchen im Ofen sagte sie: »Hört das Vermissen irgendwann auf?«

Es dauerte, bis Alva antwortete, und als sie es tat, sprach sie mit Bedacht. »Ich kann ja nur für mich sprechen, aber: Der Schmerz lässt nach. Nicht, weil er weniger wird, sondern weil ihn nach und nach immer mehr Gutes umhüllt, das ihn erträglich macht. Und das Vermissen … Es wird anders. Bei mir ist es mehr so ein stilles Bedauern. Ich werde Mama nie von Jo erzählen können, sie wird nie meine Robben kennenlernen, ich kann mit ihr nicht über Praxisanekdoten lachen. Das macht mich immer noch manchmal ein bisschen traurig. Der Tod zeichnet einen. Aber das Weinen hat aufgehört, und irgendwann wird es das bei dir auch.«

»Ich hoffe es.« Linnea seufzte. »Es ist ja auch schon weniger geworden. So schlimm wie heute war es lange nicht.«

Sie zogen in die Sitzecke um, und Linnea füllte zwei Tassen mit Sanddorntee. Kuchenduft breitete sich in der kleinen Wohnung aus.

Mit angezogenen Beinen saß Alva auf der Armlehne des Zweisitzersofas, an dessen anderem Ende Linnea es sich bequem gemacht hatte. »Du hast vorhin gesagt, du würdest nie ein Kind haben, das aussieht wie dein Pa.« Sie pustete in ihre Tasse. »Aussehen wohl nicht, wie auch? Aber vielleicht wird es die gleiche Liebe zum Leben haben. Oder ähnliche Wertvorstellungen. Die Liebe, die er dir geschenkt hat, ist immer noch da. Und die gibst du weiter.«

»Im Moment höchstens an den Kuchen.« Linnea seufzte. »Das ist auch so eine Sache. Ich hätte nicht gedacht, dass es so schwierig sein würde, hier Freunde zu finden, außer euch, meine ich. Selbst, als Amalie erzählt hat, dass sie nach Trondheim zieht … irgendwie hatte ich angenommen, wir würden uns dennoch ab und zu sehen, oder ich würde halt neue Leute finden. Ich fühle mich gerade, als hätte ich auf der ganzen Linie versagt und Papas Erbe mit dem Café in den Sand gesetzt.«

»Dann wird es Zeit, dass wir das ändern. Kommst du nächsten Dienstag mit ins *Frontstage* zum Quizabend?«

»Was für ein Quizabend?«

»Hast du es nicht mitbekommen? Jarik veranstaltet ein Pub-Quiz im *Frontstage*. Er hat seit Tagen ein Plakat an der Tür hängen.«

Als führte Linneas üblicher Weg zum Einkaufen – oder wohin auch immer – am *Frontstage* vorbei. Es gab genügend andere Möglichkeiten, um irgendwo hinzugelangen. Doch erst jetzt wurde ihr bewusst, dass sie aktiv Umwege in Kauf nahm, um die Bar zu meiden.

»Wenn der Quizabend ein Erfolg wird, will Jarik ihn einmal im Monat veranstalten«, sagte Alva. »Ich finde, das klingt nett. Also was ist, kommst du mit?«

»Ich weiß nicht. Dienstags muss ich eigentlich …« Irgendwann würde es sich ohnehin in Lillehamn herumsprechen. Linnea kannte den Ort gut genug, um das zu wissen. Hier blieb nichts lange geheim, also konnte sie es Alva ebenso gut erzählen. »Weißt du noch, als wir im Frühling zusammen im *Frontstage* waren, kurz bevor ich das Café eröffnet habe?«

»Ja.« Alva dehnte das Wort zu einer Frage.

»Erinnerst du dich daran, wie ich gesagt habe, Jarik könne mich nicht leiden? Du hast das abgestritten.«

»Weil es Quatsch ist.«

»Das hast du damals auch behauptet. Du meintest, er sei mit seinem Kopf bloß woanders.«

»Nicht auszuschließen«, sagte Alva. »Das ist er ständig. Er ist ziemlich schlau, auch wenn er es nicht zeigt.«

»Außer bei fehlenden Buchstaben im *Apfelkuchen*«, murmelte Linnea.

»Was?«

»Nichts. Jedenfalls hatte ich damals recht. Er mag mich nicht. Bis vorhin dachte ich, ich würde es mir einbilden, aber heute Nachmittag hat er mir offen den Krieg erklärt.«

»Was?« Alva lachte irritiert auf. »Das … Okay, ich will dir nicht absprechen, was du sagst, aber das passt wirklich nicht zu dem Jarik, den ich kenne. Wobei … Nein.«

»Lässt du mich an deinen Gedanken teilhaben?«

»Ich habe Unsinn gedacht. Vergiss es. Also, was ist das für eine Sache zwischen Jarik und dir?«

»Nichts weiter eigentlich. Ich gehe nicht mehr gern ins *Frontstage*, weil Jarik immer so wirkt, als hätte er auf was Bitteres gebissen, wenn er mich sieht.«

»Mir ist aufgefallen, dass du eine Weile nicht da warst, aber ich dachte, du hättest einfach zu viel zu tun.«

»Auch, ja. Aber ich gebe mir nicht viel Mühe, die Zeit fürs *Frontstage* zu finden, seit das so läuft. Ganz lange dachte ich, er hätte ein Problem mit meinem chinesischen Aussehen, aber das ist es wohl doch nicht. Wenigstens.«

»Was dann?«

»Heute Nachmittag hat er mir mitgeteilt, dass das Weihnachtsgeschäft einzig und allein ihm gehört. Als sei ich eine unglaubliche Konkurrenz für ihn. Eher verkneifen sich die Leute doch den Kaffee und Kuchen, um abends in die Bar zu gehen, als andersrum. Seit Tagen war fast nur Lotta mit ihren Freundinnen hier.«

»Das wird er doch wohl auch sehen.«

»Ihm ging es anscheinend tatsächlich um die Tage um Weihnachten herum. So weit denke ich überhaupt noch nicht, ich mache ihm bestimmt keinen einzigen Gløggtrinker abspenstig. Aber er klang durchaus so, als wollte er mich gegebenenfalls sehr nachdrücklich daran erinnern.«

»Jarik?« Alva schüttelte den Kopf. »Jarik ist ein Lämmchen. Der schlägt nicht mal Fliegen tot.«

»Ein Lämmchen.«

»Ja, ein ziemliches sogar.«

»Das niedliche Lämmchen hat vorhin aber ganz schön die Reißzähne gefletscht.«

»Sicher, dass es kein Gebiss war?«

Bei der Vorstellung, wie Jarik mit einem im Mund verkanteten Plastikgebiss kämpfte, musste Linnea tatsächlich lachen. »Ziemlich sicher. Aber verstehst du jetzt, warum ich nur ungern zum Quiz mitkomme?«

Alva nickte. »Ich glaube allerdings nicht, dass es eine Lösung ist, Jarik auf ewig aus dem Weg zu gehen. Zumal am *Frontstage* kein Weg vorbeiführt, wenn du dich mit Leuten in unserem Alter treffen willst.«

»Ich weiß! Es widerstrebt mir auch, mich rausekeln zu lassen, aber …«

»Was ist das Schlimmste, was passieren kann, wenn du mit zum Quizabend kommst?«

»Keine Ahnung. Jarik lässt mich verlieren?«

Jetzt lächelte Alva. »Eine Katastrophe.«

»Oder er mischt mir Spülmittel ins Getränk?«

»Denke nicht, dass es so weit kommt. Also, was ist?«

Linnea gab sich einen Ruck. Alva hatte recht. Was sollte schon geschehen? Jarik würde wohl kaum die versammelte Dorfgemeinschaft mit Kuchengabeln auf sie hetzen. Außerdem ließ die Tochter von Mads Løvskog sich nicht einfach so kleinkriegen. »Okay. Ich komme mit.«

Das Gespräch mit Alva klang noch in Linnea nach, als sie am nächsten Morgen die Frischkäsefüllung für den Karottenkuchen zusammenrührte. Sie vermisste nicht nur ihren Vater, sie vermisste auch ihre Mutter und ihren Bruder, die beide auf ihre eigene Art trauerten. Vielleicht sollte sie zu Weihnachten wirklich einfach nach Bergen fahren und Jarik mit seinem dämlichen *traditionellen Gløggtrinken* glücklich werden lassen. Die Aussicht darauf, mit ihrer Mutter und Tobi auf der Hütte zu feiern, war jedenfalls wesentlich verlockender als in ihrer Mikrowohnung vor sich hin zu schimmeln, während der Rest von Lillehamn Weihnachtslieder sang.

Je lebendiger Linnea sich das Weihnachten in Bergen vorstellte, desto schöner wurde es. Ihr Vater würde fehlen, natürlich. Aber wenigstens würden sie dort zusammen sein, wo er am glücklichsten gewesen war. Sie stellte die Rührschüssel zur Seite und holte das Headset aus der Schreibtischschublade.

Während sie die cremige Masse auf dem Kuchen verteilte, rief sie ihre Mutter an.

Die war beinahe sofort am Telefon. »Hallo, Linni-Schatz.«

»Hey, Mama.«

»Schön, dass du anrufst, das muss Gedankenübertragung gewesen sein.«

»Wieso?«

»Als wir uns heute Morgen zum Hundegang getroffen haben, habe ich noch zu Karin gesagt, ich hätte lange nichts von dir gehört. Und schon rufst du an.« Sie lachte, ein bisschen zu munter. »Sonst hätte ich mich heute auch noch gemeldet.«

Linneas Herz wurde weit. »Ich hab dich lieb, Mama.«

»Ich dich auch, Kleines.«

»Wie geht es dir?«

»Ich tu mein Bestes.« Was in klaren Worten vermutlich bedeutete: Ihre Mutter hielt sich mit der bewussten Entscheidung für Fröhlichkeit gerade eben so über Wasser. Über all die Jahre hatte sie die gesamte Familie aufrecht gehalten, indem sie immer wieder das Positive fand, immer wieder das Schöne in einer Situation sah. Zum ersten Mal fragte Linnea sich, ob ihre Mutter überhaupt noch in der Lage war, wütend zu werden, wenigstens auf das Schicksal. »Karin hat im Wald einen Elch gesehen. Ich habe leider in dem Moment woanders hingeschaut. Trotzdem war es … schön.«

»Das ist toll, Mama.«

»Und du, Schätzchen? Wie geht es dir?«

»Gut«, sagte Linnea automatisch. Was für ein dämlicher Reflex! Sie holte tief Luft. »Okay, ehrlich gesagt, nicht so besonders.«

»Magst du erzählen?«

»Wenn du Zeit hast …«

»Für wen sollte ich sonst Zeit haben, wenn nicht für meine Lieblingstochter.«

Also berichtete Linnea zum zweiten Mal in vierundzwanzig Stunden, was in ihrem Leben derzeit alles falsch lief. Ihre Mutter hörte geduldig zu und stellte an genau den richtigen Stellen genau die richtigen Fragen.

»Ich wünschte, du wärst hier.«

»Wenn du willst, komme ich mal ein Wochenende. Vielleicht zum Luciafest?«

»Da werde ich hoffentlich mindestens halb Lillehamn im Café bewirten. Aber ich würde dich unglaublich gern endlich wiedersehen. Wie wäre es an dem Wochenende davor?«

»Ich könnte auch kommen, um dir zu helfen. Du brauchst ja nicht die perfekte Gastgeberin zu spielen.«

Hinter Linneas Augen kribbelte es mit einem Mal. Bis eben hatte sie nicht gewusst, wie sehr sie sich nach ihrer Mutter sehnte. Sie blinzelte eine verirrte Träne weg. »Wenn du dazu Lust hast, sage ich bestimmt nicht Nein.«

»Steht schon«, sie hörte, wie ihre Mutter die Küchenschublade öffnete und nach einem Stift kramte, und sah sie vor sich, wie sie den Termin in den Wandkalender eintrug, »im Kalender. Wenn es dir passt, komme ich Freitag vor dem Luciafest.«

»Ich freu mich riesig.«

»Ich auch, Schätzchen.«

»Wenn ich dich bei deinem Besuch schon zum Arbeiten einspanne … Was hast du eigentlich zu Weihnachten vor? Ich dachte, vielleicht könnten wir drei – du, Tobi und ich – gemeinsam feiern.«

»Oh nein!« Ihre Mutter wirkte so betroffen, dass Linnea

sich lebhaft vorstellen konnte, wie sie versuchte, die Fassung zu wahren. »Es tut mir so leid. Ich habe nicht damit gerechnet, dass du Zeit hast, weißt du? Ich dachte, du seist vollkommen mit deinem Café beschäftigt.«

Linnea schluckte. »Bin ich nicht, wie es im Moment aussieht, aber …«

»Ich habe …« Ihre Mutter zögerte. »Lass mich kurz überlegen, ob ich die Reise vielleicht stornieren kann.«

»Du willst über Weihnachten weg?«

»Ja, ich habe gerade letzte Woche mit Tobi darüber gesprochen. Er möchte nicht für ein paar Tage um die halbe Welt fliegen, und dann habe ich gedacht, ich könnte …«

»Du hast gedacht, du tust das stattdessen und machst Urlaub in Ecuador«, sagte Linnea leise. Tobi war zum Auslandsstudium dort, nach dem Tod ihres Vaters von zu Hause geflohen, wie Linnea nach Lillehamn geflüchtet war.

»Ja.«

»Das ist … doch toll.« Eigentlich.

»Ich konnte den Gedanken an Weihnachten ohne Mads einfach nicht ertragen. Ich hier, in dem stillen Haus, umgeben nur von Erinnerungen … Nein.«

»Versteh ich.«

»Ich hätte es mir dir abstimmen müssen. Es tut mir leid.«

»Hör auf, Mama, das muss es nicht. Tobi und du, ihr werdet eine tolle Zeit haben. Und du stornierst diese Reise auf keinen Fall!«

»Es ist so rücksichtslos von mir. Irgendwie bin ich davon ausgegangen, dass du die ganze Zeit mit Alva und den Jungs zusammen bist, dass ich nicht nachgedacht habe.«

»Die Jungs sind inzwischen auch erwachsene Männer.«

»Natürlich.«

»Wie gesagt, mach dir keine Gedanken, ich komme schon klar. Und ich freue mich, wenn du mich besuchen kommst.«

Tassen und Kekse, hatte Alva vorgeschlagen. Warum eigentlich nicht? Ihre gemeinsame Großmutter hatte nicht nur hervorragenden Kuchen backen können, sondern auch Kekse, für deren Diebstahl die Enkelkinder ausgeklügelte Pläne geschmiedet hatten. *Oma Elsas Weihnachtsplätzchen* … das war nicht so schlecht, oder?

Linnea dachte noch darüber nach, als sie die Tür zum *Strandkafé* aufschloss. Sie schleppte die Tafel nach draußen, auf der heute in absolut korrekter Rechtschreibung die Ankündigung des Tageskuchens stand: *Gulrotkake*. Dazu bot sie immer noch eine Quiche und einen einfachen Rührkuchen an, heute war es Zitronenkuchen.

Während sie die Decken auf den Stühlen im Außenbereich verteilte, grübelte sie weiter. Ihre Familie war bestimmt nicht die einzige, in der es Rezepte mit Tradition gab. Jede Familie hatte diese, oder nicht?

Langsam begann in ihrem Kopf eine Idee zu wachsen. Einen Augenblick setzte sie sich und sah auf den Fjord hinaus. Dann schrieb sie Igny eine Nachricht.

> Hallo, beste Freundin. Wie läuft's bei dir? Ich brauche Hilfe bei einer Änderung auf der Website. Melde dich, wenn du kannst.

Ja, sie würde Weihnachten hierbleiben. Und Jarik Mathisen sollte sich verdammt warm anziehen.

Drei

Jariks Schädel nahm ihm den gestrigen Abend sehr, sehr übel. Möglicherweise hätte er die Quizplanung mit Majbritt doch eher mit, sagen wir, Kaffee als mit Bier und Moltebeerenschnaps machen sollen. Götter von Asgard, so elend war ihm lange nicht gewesen. Wie schafften Leute das, ständig so viel zu trinken? Nicht, dass er sich darüber beschweren würde, er lebte schließlich davon. Blöderweise hatte der Alkohol zwar gereicht, um sein Hirn ärgerlich gegen die Knochen schwappen zu lassen, nicht aber, um Linnea Løvskog daraus zu löschen.

Dabei wusste er nicht einmal genau, was schlimmer war: dass ihr Geschäft sich wie eine Bedrohung anfühlte, dass er aus irgendwelchen Gründen, über die er jetzt nicht nachdenken würde, ständig ihr Gesicht vor Augen hatte, oder dass er sich beim Joggen beobachtet fühlte, obwohl man von ihrem Café die Stelle des Strands nicht mal sehen konnte, an der er entlanglief. Er würde niemals ein Leistungsjogger wie Krister Solberg oder Alvas Freund Jo, der ehemalige Handballstar, sein, er trabte nur ab und zu ein bisschen am Wasser entlang, wenn zu viele Gedanken seinen Kopf blockierten – wie jetzt. Die kühle Luft legte sich auf sein Gesicht, er zog sie mit jedem Schritt tief in die Lunge. Wenige Meter noch, und die Blickachse zum *Strandkafé* wurde frei. Es kostete Jarik Mühe, nicht hinüberzusehen, um lediglich … Warum eigentlich? Um zu checken, ob Linnea trotz der Kälte den Außenbereich herrichtete? Und wozu wollte er das wissen?

Er blickte nach vorn, jawohl. Und selbst für den Fall, dass sie zufällig gerade jetzt aus dem Fenster schauen sollte, war er bloß ein Typ mit Kapuze, der an der Wasserkante entlanglief. Dummerweise würde er denselben Weg zurücklaufen müssen.

Während der letzten Wochen war eine Familie von Kegelrobben immer wieder ans Ufer gekommen. Die Tiere schienen es zwischen den Findlingen am Ende des Strands behaglicher zu finden als draußen auf den vorgelagerten Felsen. Einmal im Leben ließen die Menschen von Lillehamn so etwas wie Vernunft erkennen – wie abgesprochen machten alle einen Bogen um die Robben. Ab und zu kletterten vereinzelte Touristen mit Ferngläsern und Zoomobjektiven auf die Steine, aber bisher hatten die Tiere sich nicht stören lassen und auch niemanden angegriffen. Einmal hatte Jarik mitbekommen, wie ausgerechnet Lotta, die freundliche Katzenlady aus dem Haus neben seinem, ein paar Instagrammer verscheucht hatte.

Jetzt kniff er die Augen zusammen und versuchte, das letzte bisschen Restalkohol aus seinem Bewusstsein zu schütteln. Was taten die Kinder da auf den Felsen? Er lief schneller. »Hey!«

Es waren drei Jungs, kleine Jungs. Einer davon war Kristers Stiefsohn Theo, die anderen beiden wohnten auch in der Kongchristiansgate. Luis und Jack? Ihre Mutter war jedenfalls

Rose. Aber es spielte keine Rolle, wie sie hießen, sie hatten bei der Robbenkolonie nichts verloren.

Statt umzukehren, stieg Jarik auf die glitschigen Felsen. »Keine coole Idee, denen da unten zu nahe zu kommen. Haut ab. Lasst die Robben in Ruhe.«

Drei Augenpaare musterten ihn, zwei braune, ein blaues. Der eine von Roses Söhnen deutete nach unten, wo keine Gruppe, sondern nur eins der Tiere lag, wie Jarik jetzt erkannte. »Der braucht Hilfe.«

Erfolglos versuchte die Robbe, über einen Felsblock ins Meer zu gelangen. Etwas stimmte nicht, die Jungs hatten recht.

»Der hat was am Maul«, sagte Theo.

Jetzt sah Jarik es auch. Um Schnauze und Kopf der Robbe hatte sich ein dünnfädiges Fischernetz gewickelt. Wahrscheinlich konnte das Tier damit nicht besonders gut fressen und war jetzt zu schwach, den kurzen Weg ins Meer zu schaffen. »Fuck«, zischte er.

»Das sagt man –«, begann der Größere von Roses Söhnen, aber der Kleinere puffte ihm in die Seite.

»Ist doch egal!«

Erwartungsvoll blickten die drei Kinder Jarik an, und er begriff in diesem Augenblick, dass es sein Job war, die Verantwortung zu übernehmen – gleichgültig, ob er vorher je mit Robben zu tun gehabt hatte oder nicht. Er war hier der Erwachsene. Das Tier machte nicht den Eindruck, als sei es in der Lage, jemanden anzugreifen, trotzdem sollte er die Kinder besser aus der Gefahrenzone halten. Kegelrobben waren keine niedlichen Kuscheltiere. »Hat einer von euch ein Telefon dabei?«

»Nee!«

»Mama sagt, ich kriege erst eins, wenn ich zehn bin.«

Richtig. Da war was. Er verfluchte sich selbst dafür, sein Smartphone zu Hause gelassen zu haben. »Okay, passt auf.« Ruhig und besonnen jetzt. Er war der Erwachsene. »Wer von euch ist der Schnellste?«

»Jack.«

»Dann läuft Jack jetzt ins *Strandkafé* hoch und sagt Linnea Bescheid, dass sie in der Robbenstation anrufen und jemanden herschicken soll. Kriegst du das hin, Jack?«

Der Größte der drei nickte. »Klar.«

»Gut, flitz los. Und wir drei ...« Es nützte nichts, er brauchte die Jungs, um dem Tier den Weg abzuschneiden. Allein schaffte er das nicht. »Ihr geht hier vorn runter zum Wasser, ganz langsam, dass der Kerl da unten sich nicht erschreckt. Und dann macht ihr euch ganz groß, Arme nach oben und so. Und da vorn bleibt ihr einfach stehen. Nicht näher ran, ja?«

Sie nickten.

»Ich komme von der anderen Seite, und dann warten wir, bis jemand von der *Marinestasjon* hier ist.« Nichts einfacher als das, klar. Gib mir jederzeit die Verantwortung für zwei Siebenjährige und ein halb verhungertes Meeresraubtier. Jarik grinste die Kinder so aufmunternd an, wie er konnte. »Lasst uns loslegen, wir haben eine Robbe zu retten.«

»Hast du ein Taschenmesser?«, fragte Theo. »Ich hab mal ein Video gesehen, da hat ein Mann sich auf den Rücken von einem Seehund gesetzt und so einen Faden einfach mit dem Messer abgeschnitten.«

»Leider nicht dabei.« Ohnehin wäre es fraglich gewesen, ob er sich getraut hätte, nahe genug an das Tier heranzugehen. »Einer von euch?«

Kopfschütteln antwortete ihm.

Jarik sah zu der geschwächten Robbe hinunter. »Auf geht's.«

Die Jungs hielten sich an seine Anweisungen. Sie kletterten langsam und ruhig, ebenso wie er auf der anderen Seite der kleinen Felsenbucht. Hoffentlich war Jack inzwischen bei Linnea angekommen, und die Experten kamen bald.

Die Robbe wurde unruhig und versuchte erneut, zum Meer zu gelangen. Jarik war wirklich kein Fachmann, aber es war offensichtlich, dass er das Tier daran hindern musste. Im Meer würde es schwierig bis unmöglich werden, das elende Geisternetz runterzuschneiden. »Ganz ruhig«, murmelte er, wobei er sich nicht sicher war, ob er die Robbe meinte oder sich selbst. »Ganz ruhig, okay?«

Riesige schwarze Augen sahen ihn an, als er dem Tier den Weg versperrte. Nicht zum ersten Mal überfiel ihn frustrierte Wut auf seine Mitmenschen. Warum konnten sie die Welt nicht einfach in Ruhe lassen? Mussten sie ihren scheiß Plastikmüll überall verteilen? Der Gedanke, dass dieses Netz einmal einem seiner Stammkunden gehört haben könnte, ließ ihn mit den Zähnen knirschen. Aber Svein und Hans waren altmodisch, sie passten auf ihre Netze auf. Mehr als einmal hatte er einen der beiden auf seinem Kutter sitzen und Fischernetze flicken sehen. Wahrscheinlicher war, dass dieses Ding hier von einem der großen Trawler stammte, die vor der Küste das Meer leer fingen und das Ökosystem zerstörten.

»Tut mir leid, dass wir so eine strunzdumme Spezies sind, Kollege«, sagte er zu der Robbe, so leise, dass die Kinder ihn nicht hören konnten. Erst jetzt sah er die verwickelten Fäden an der rechten Brustflosse. Das Tier würde so vielleicht nicht mal richtig schwimmen können. Wie war es überhaupt bis hierher gelangt? »Ich hoffe, gleich kommt jemand, um dir zu helfen.«

Er reckte den Kopf, konnte von hier unten aber noch weniger erkennen, ob Jack Erfolg gehabt hatte. Dafür traf ihn unerwartet ein eisiger Wasserschwall von hinten.

Theo und Luis kreischten auf und schafften es, nicht von der Welle erwischt zu werden, die Jariks Hosenbeine durchnässt hatte. Die Flut kam. In zwei Stunden spätestens würde diese Bucht mannshoch überflutet werden. Hoffentlich beeilten die Leute von der Robbenstation sich. Und was, wenn nicht?

Zur Not musste er einen der Jungs losschicken, um ein Messer zu holen, und irgendwie selbst … Eine weitere Welle schwappte ihm gegen die Knöchel. Die Flut kam schneller, als er gedacht hatte. Aber noch war die Robbe im Trocknen, sie lag mindestens einen halben Meter über seinem Standort.

Oben auf den Felsen erklangen Stimmen. Eine Kinderstimme – und eine Frau. Jack hatte Linnea mitgebracht. Super. Und er stand hier vor Kälte zitternd mit am Hintern klebender Hose. Garantiert war seine Nasenspitze knallrot. Er wischte sich mit dem Ärmel darüber, um wenigstens potenzielle Kondensströpfchen loszuwerden. »Habt ihr jemanden erreicht?«, rief er, sobald Linnea auftauchte. »Oder zufällig ein Messer mitgebracht?«

»Kein Messer, nein.« Linnea betrachtete ihn mit einem Blick, den er nicht lesen konnte. »Kein Messer. Aber Nina und Bo von der Robbenstation kommen gleich mit dem Boot.«

»Gut.«

Während Jack erstaunlich behutsam zu den anderen Kindern kletterte, schien Linnea ein wenig ratlos. Einen Moment lang sahen sie sich nur an – er verkatert, durchgefroren und nass, sie mit Wollmütze über den langen schwarzen Haaren,

Wollhandschuhen und dicken Stiefeln wie ein Model aus einem winterlichen Werbeprospekt.

»Musst du –«

»Soll ich –«

Sie hatten gleichzeitig angefangen zu sprechen und hörten gleichzeitig wieder auf.

»Du zuerst«, rief Linnea.

Die Robbe schien sich wegen der vielen Menschen immer unwohler zu fühlen. Sie warf den Kopf hin und her und versuchte wieder, auf den Felsen zu kommen. Reflexartig machte Jarik einen Schritt nach vorn und trieb sie zurück in Sicherheit.

»Zu viele Leute. Geh am besten wieder.« Hoffentlich war das laut genug gewesen, dass Linnea ihn hören konnte.

»Sicher, dass ich nicht –«

»Ja, sicher!« Götter, war ihm kalt. Wenn die Robbe jetzt aus Angst ihre letzten Kräfte mobilisierte und auf ihn losging, um zum Wasser zu kommen, waren sie beide erledigt. »Hau einfach ab.«

Und dieses Mal konnte er Linneas Blick deuten. *Soll die Sturmflut dich holen* bedeutete er. Oder vielleicht auch *Fick dich doch ins Knie*. »Auf eine Art ist es beruhigend.«

»Was?« Die nächste Welle schwappte ihm gegen die Wade, er machte einen Schritt nach vorn.

Die Robbe knurrte.

»Dass ich meine schlechte Meinung über dich doch nicht ändern muss. Wäre sehr verwirrend gewesen.« Sie wandte sich an die drei Jungen. »Wenn sich einer von euch nachher eine heiße Schokolade abholen will, kommt einfach vorbei.«

Und dann ging sie.

»Vielleicht kannst du in ner halben Stunde oder so noch

mal bei der Robbenstation anrufen«, rief er ihr hinterher. Bis dahin konnte man ihn vermutlich als Eisstatue abtransportieren. Er hätte gern ein Telefon gehabt, wenigstens, um die Uhrzeit im Blick zu haben. Wie lange warteten sie hier schon? Zehn Minuten? Eine Viertelstunde?

Theo fragte: »Warum hat Linnea eine schlechte Meinung von dir?«

»Keine Ahnung.« Was nicht hundertprozentig der Wahrheit entsprach.

»Ich habe eine gute Meinung von dir.«

»Das ist nett von dir.«

Der Ozean holte sich Minute für Minute mehr Land zurück, die Jungen wurden zappelig, die Robbe suchte nach Fluchtwegen. Jariks Kleidung klebte ihm eisig am Rücken und an den Beinen.

Nach einer Ewigkeit endlich kam ein Motorboot näher.

Ihr Angebot hatte nur Theo, Luis und Jack gegolten, und Jarik wusste das garantiert ebenso wie sie. Trotzdem ertappte Linnea sich bei der Überlegung, ob er wohl ebenfalls auf eine heiße Schokolade vorbeikommen würde, wenn der Seehund in Sicherheit war.

Das war zum Glück Blödsinn. Warum sollte er? Er war klitschnass gewesen, vermutlich sehnte er sich wesentlich mehr nach einer heißen Dusche als nach einer heißen Schokolade. Keine Gefahr also, dass der lästige Mistkerl hier auftauchte. Sie konnte sich entspannen.

Sie entspannte sich kein bisschen.

Ob die Leute helfen konnten? Aus dem Fenster hatte sie nur zuschauen können, wie das Boot mit Bugwelle vorbeifuhr und dabei einen Sprühschleier hinter sich herzog. Die kleine Bucht jedoch, wo Jarik mit der Robbe und den Kindern wartete, ließ sich von hier aus nicht einsehen.

Noch waren keine Gäste da. Sie könnte also …

Mit fliegenden Fingern zog Linnea einen Zettel aus ihrer Krimskramsschublade, kritzelte mit einem dicken Stift *Bin gleich zurück* darauf und klebte ihn an die Tür, bevor sie zwei Wärmflaschen, eine Decke und die Thermosflasche mit heißer Schokolade in eine Tasche stopfte, vier – jawohl – Metalltassen in die Hände nahm und hinunter zur Bucht eilte.

Sie kam gerade noch rechtzeitig, um von oben zuzusehen, wie Nina und Bo von der Robbenstation eine Transportkiste verriegelten. Mit Jariks Hilfe und unter Anfeuerungsrufen der drei Kinder schoben sie sie auf das Boot. Die beiden Biologen trugen gefütterte Anglerhosen, Jarik stand in der dünnen Joggingkleidung bis zum Bauch im novemberkalten Wasser.

Er musste erbärmlich frieren, aber er redete beim Arbeiten entspannt mit Nina und lachte jetzt sogar über irgendetwas. Er hatte ein schönes, offenes Lachen. Schade, dass er so unerträglich war, wenn er nicht gerade Robben rettete.

Bo stieg über die Leiter im Heck auf das Boot und reichte Nina die Hand, an der diese sich mit einem Schwung hochzog. Jarik drehte sich um und watete ans Land, während Nina den Anker einholte. Er klatschte die wartenden Jungen der Reihe nach ab und sagte etwas, das der Wind davontrug, bevor es zu ihr gelangen konnte.

Das Boot tuckerte los, trotzdem kletterte Linnea mitsamt der Tasche und den Tassen über die Felsen nach unten. »Ich bin wohl zu spät für das Spektakel. Möchte jemand heiße Schokolade zum Aufwärmen haben?«

»Ja, ich!« Luis hopste heran.

Jarik hatte dem Boot hinterhergesehen, jetzt drehte er sich zu ihr um, die Augenbrauen irritiert zusammengezogen. »Das wird wohl kaum reichen.« Eine neutrale Aussage, wäre da nicht sein wie immer abfälliger Ton gewesen.

Blödmann. Da wollte sie einmal nett zu ihm sein. Sie lächelte. »Ich meinte auch die Kinder.«

Er schaute bedeutungsvoll auf die vierte Tasse in ihrer Hand.

»Und mich«, sagte Linnea.

»Ist eine schöne Idee.« Dieses Mal klang es fast freundlich, auch wenn seine Zähne klapperten. »Danke.«

Ihr Timing war definitiv nicht gelungen. Sie konnte jetzt nicht in aller Seelenruhe anfangen, heiße Schokolade auszuschenken. Aber weder wollte sie die zappeligen Kinder hier allein lassen noch Jarik, so weiß, wie er war. »Jungs, der Mann da muss ins Warme. Schokolade gibt's bei mir im Café.« Sie sah Jarik an. »Ich geb's zu, sie war für dich. Ich konnte ja nicht ahnen, dass ihr schon fertig seid. Also, falls du auch mit ins Café kommen möchtest …«

»Ich geh lieber duschen.«

Die drei Jungs waren schon auf dem Weg die Felsen hoch. In stiller Übereinkunft folgten Linnea und Jarik ihnen.

»Sonst kam mir das nicht so steil vor«, sagte Jarik. Er stieg vor Linnea nach oben. Bei jedem Schritt fiel ihr die nasse Hose auf, die an seinen Beinen klebte.

»Sonst hattest du vielleicht auch wärmere Muskeln.« Ihre weiteren Mitbringsel kamen ihr inzwischen ein wenig, nun, niedlich vor. Dennoch wollte sie es wenigstens anbieten. »Wenn du willst … Ich habe eine Decke dabei. Und Wärmflaschen.«

Die Hände auf einen der Felsen gestützt, hielt Jarik inne und wandte sich um. Er war kalkweiß und blaulippig, trotzdem sah sein Lächeln noch … schön aus.

Linnea schüttelte den Gedanken ab. Es war vollkommen unwichtig, ob Jarik hübsch lächeln konnte. Jetzt gerade und generell sowieso. Aber vielleicht war es gut, wenn sie ihn von der Kälte ablenkte, während sie die letzten beiden Felsen bezwangen. »Habt ihr den Seehund sicher auf den Weg geschickt?«

»Kegelrobbe.« Das Amüsement in seiner Stimme war deutlich.

»Und ich fing gerade an, dich erträglich zu finden.«

»Sorry.«

»Hat Nina etwas gesagt, wie die Aussichten für die *Kegelrobbe* sind? Was passiert mit ihr?«

»Sie werden halt den ganzen Plastikscheiß runterschneiden. Vermutlich untersuchen sie sie und päppeln sie auf, dann wird sie wieder freigelassen.«

»Und schwimmt dann hoffentlich nicht gleich ins nächste Netz.«

»Das wäre zu hoffen.«

Sie waren an der Straße angelangt. Vor Linneas Café hüpften ungeduldig die drei Jungen herum.

»Dann also … bis irgendwann«, sagte Jarik.

»Sicher, dass du nach Hause kommst? Du kannst wirklich die Wärmflaschen nehmen.« Sie hörte sich an wie ihre Mutter.

Jarik betrachtete sie einen Moment zu lange. »Lass mal«,

sagte er dann. »Das kriege ich gerade noch hin.«

Erst, als sie schon wieder beim Café war, fiel ihr auf, dass sie keine Ahnung hatte, wo Jarik genau wohnte. Aber vermutlich war das auch egal.

Vier

Die Sache mit der Robbe hatte Jarik auf eine Idee gebracht. Eine im Winter wohl etwas wahnwitzige Idee, aber was sollte schon groß passieren? Mehr als ihn für seltsam halten, konnten die Leute nicht. Und das wäre ja nicht das erste Mal in seinem Leben.

Für den Quizabend versammelte sich gefühlt nicht nur ganz Lillehamn im *Frontstage*, sondern sämtliche Nachbargemeinden noch dazu. Ganz, wie er gehofft hatte. Normalerweise bekam Jarik ungefähr mit, wer kam und wer ging. Doch heute war einer der Tage, an denen er schon kurz nach sieben die Übersicht verloren hatte. Statt die Tür im Blick zu behalten, war er gut damit ausgelastet, Bier zu zapfen, Longdrinks zu mischen, Moltebeerenschnaps auszuschenken und zwischendurch den Stammgästen ein paar nette Worte zuzurufen. Lucas und Karo balancierten die vollen Tabletts zum Teil auf Kopfhöhe zwischen den Leuten durch. Wahrscheinlich würden sie morgen Muskelkater haben. Neben der Kasse hatte Jarik eine Liste deponiert, auf der er sich notierte, worauf er beim nächsten

Quizabend achten musste, falls dieser Testballon flog. Er kritzelte im Vorbeigehen *Personalaufteilung?* darauf und trat neben Majbritt, die heute die Küche an Karo abgegeben hatte, um das Quiz zu leiten. »Wie sieht's aus? Können wir gleich loslegen?«

Sie nickte. »Hast du damit gerechnet, dass es so voll wird?«

»Im Leben nicht.« Und das allein war etwas, das er auch jetzt, nach vier Jahren *Frontstage*, immer noch verblüffend fand. Die Leute kamen … zu ihm. Gut, nicht unbedingt, um Zeit mit ihm persönlich zu verbringen, aber sie kamen freiwillig. Sogar Kjell und seine Kumpels, die ihm früher den Schulrucksack geklaut und in den Fjord geworfen hatten, behandelten ihn inzwischen wie einen Menschen. Vielleicht hatten sie das von damals auch bloß vergessen. Für die drei war das Mobbing wohl weniger einschneidend gewesen als für ihn. Vermutlich hatten sie sich zu Hause keine Prügel für verlorene Schulhefte eingefangen und danach drei Wochen strafarbeiten müssen, zum Beispiel.

»Hey, Jarik!« Wenn man vom Teufel spricht.

Jarik nickte. »Kjell.«

»Super Sache, das mit dem Quiz! Stell schon mal den Pokal bereit.«

»Sicher.« Als hätte Kjell je auch nur die geringste Chance in einem Quiz, das Jarik konzipiert hatte. Aber außer diesem kleinen Anflug von Selbstzufriedenheit berührte es ihn kaum. Noch einmal nickte er Kjell zu, tippte sich lächelnd an die Stirn und deutete dann auf Kjells Brust. Eine beliebige Geste, die ebenso »viel Glück« wie auch »du Fuchs« bedeuten konnte. Inzwischen beherrschte er diese Gesten, ohne dass es albern aussah – anders als früher, wenn der uncoolste, unsicherste Junge der ganzen Schule sich an ihnen versuchte.

Majbritt füllte Moltebeerenschnaps in kleine Gläser, also kümmerte Jarik sich um Lucas' aktuelle Bestellung. Dabei beobachtete er, wie Kjell sich zu einem der Stehtische im hinteren Bereich des Schankraums durchdrängte. Als Jarik ihm hinterher sah, fiel ihm die größere Gruppe an dem Tisch an der Wand auf: die Solberg-Clique. Nachdem er zwei Klassen übersprungen hatte, waren Alva und ihr Zwillingsbruder Espen in seinem Jahrgang gewesen, Krister war drei Jahre älter. Kjell war im Alter irgendwo zwischen den dreien. Ohnehin lernten in der winzigen Grundschule alle im selben Raum. Nur so hatten Kjell und seine Clique sich auf ihn einschießen können, der viel jünger war. Krister hatte eine Zeitlang ebenfalls auf deren Liste gestanden, was für eine schräge Art von Verbundenheit zwischen ihnen beiden gesorgt hatte. Sie waren weit gekommen seitdem. Krister und seine Geschwister führten eine gutgehende Arztpraxis, fast schon eine kleine Klinik. Der Laden lief immerhin so gut, dass Alva sich eine Auszeit von ein paar Monaten hatte nehmen können, von der sie erst kürzlich zurückgekehrt war. Und Jarik selbst ... Für ihn war das *Frontstage* gleichzeitig Höchstleistung und in Erfüllung gegangener Traum: Er wohnte in einer kleinen Stadt mitten in der Natur, arbeitete absolut nach seinen eigenen Regeln, und dazu noch brachte ausgerechnet er die Menschen von Lillehamn zusammen. Er würde sich das nicht nehmen lassen. Nicht durch die Nebensaison und schon gar nicht durch Konkurrenz in Lillehamn, Verbundenheit mit Linneas Verwandtschaft hin oder her. Er hatte nichts gegen Linnea persönlich, eher im Gegenteil. Bevor sie angefangen hatte, ihm Gäste abzuziehen, hatte er sie ganz nett gefunden – und irgendwie sogar attraktiv.

Am großen Tisch beugte Alva sich nach vorn, um ihrer

Schwägerin etwas zu erzählen, und gab dadurch den Blick frei auf ihre Sitznachbarin.

Linnea.

Natürlich war sie heute auch hier. Und warum sollte sie es auch nicht sein, wo doch ganz Lillehamn versammelt war?

»Boss?«

Jarik war sich sicher, nur wenige Sekunden zu den Solbergs hinübergestarrt zu haben, aber Lucas sah aus, als wartete er schon minutenlang auf das Bier für seine Bestellung. Schnell holte Jarik die letzte Flasche aus dem Kühlschrank. »Wir fangen gleich mit dem Quiz an. Übernimmst du dann kurz den Tresen?«

Lucas nickte, während er das volle Tablett anhob, und Jarik sah mit Befriedigung, dass er Karo im Vorbeigehen Bescheid gab. Sein Team funktionierte hervorragend.

Er schnappte sich eins der Schnapsgläser, die Majbritt gefüllt hatte, und kippte den Inhalt hinunter. Nicht, dass er vorhatte, in die Fußstapfen seines Vaters zu treten, aber heute war ein bisschen angetrunkener Mut schon in Ordnung.

Auf dem Weg zu der erhöhten Ecke, die dem *Frontstage* als Bühne diente, mussten Majbritt und er am langen Tisch vorbei. Wieso achtete er auf einmal darauf, sich nicht anders zu bewegen als sonst? Und wie bewegte er sich, wenn er nicht darauf achtete? Hingen seine Arme normalerweise runter, oder hatte er die Hände in den Hosentaschen? Probehalber schob er sie hinein, aber es fühlte sich falsch an. In den Hosenbund gehakt? Nein, das wirkte unsicher.

Das Ganze wurde absurd.

Dies war ein Heimspiel, und all die Leute waren gekommen, um es mit ihm zu spielen. So. Hände locker, Schultern zurück. Er hatte nicht umsonst jahrelang Lässigkeit gelernt. Souverän nickte er Krister zu, Espen, Annik – und Linnea.

Sie lächelte, wenn auch nur ein wenig.

Seit der Robbe hatte er sie nicht gesehen. Ihr Lächeln konnte alles bedeuten. Oder gar nichts. Vielleicht war das der größte Schaden, den er von damals davongetragen hatte: Er konnte oft nicht einschätzen, was Leute dachten. Im Moment spielte das keine Rolle, sondern er musste sich darauf konzentrieren, den Quizabend zu überstehen, auch wenn ein ziemlich großer Teil von ihm gerade sehr gern davongelaufen wäre. Er sah zu Kjell hinüber. *Haha, Mülli hält sich wieder für superschlau. Und jetzt hat er sich im Klo versteckt! Was ist, wenn wir ihn da nicht rauslassen? Willst du da vielleicht übernachten, Mülli?*

Jarik blinzelte die Erinnerung weg und schritt umso engagierter auf die Bühne zu. In diesem Augenblick blieb Majbritt vor ihm stehen, und er musste eine Vollbremsung machen, um nicht in sie hineinzulaufen.

Majbritt drehte den Kopf und grinste zu ihm hoch. »Nicht so stürmisch, Boss.«

»Stürmisch ist meine Spezialität, weißt du doch.« Es klang völlig entspannt. *Fake it till you make it.*

Sie lachte. »Hab ich mir sagen lassen, ja.« Ihr Lachen half ihm ein Stück weiter. Niemand wollte ihm hier und heute etwas Böses. Außerdem konnte er aufhören, darüber nachzudenken, wie er taktisch klug auf Linnea Løvskogs Lächeln reagieren sollte. Als er wieder zu ihr hinübersah, hatte sie den Blick abgewandt. Nun, auch das *Strandkafé*-Problem musste er nicht heute Abend lösen. Heute war Quizabend.

Er ließ Majbritt den Vortritt und sprang mit einem Satz hinter ihr auf die Bühne. Sie nahm das Handmikro aus dem

Ständer, reichte es aber ihm. Zum letzten Mal: Es gab keinen Grund für Herzhämmern und eiskalte Finger. Keinen Grund. Jarik drückte den Rücken durch und lächelte in die Runde. Äußerliche Gelassenheit hatte ihn Schule und Studium überleben lassen. Sie würde ihn auch durch diesen Abend tragen.

Einen Moment lang blieb sein Blick an Krister hängen, der ihm einen erhobenen Daumen zeigte.

Jarik schaltete das Mikrofon ein. »Hallo, Lillehamn.«

Johlen und Klatschen erfüllte den Raum, und Jarik spürte, wie sich ein Lächeln auf seinem Gesicht ausbreitete. Ein echtes.

»Schön, dass ihr alle gekommen seid.« Sein Atem war nur ein winziges bisschen zittrig. »Hände nach oben: Wer ist bloß wegen des großartigen ersten Preises hier?«

Gelächter, mehr Applaus; einige Wenige hoben die Hände.

»Wusste ich, Kjell.« Fast hätte er erleichtert ins Mikro gelacht, als er feststellte, dass auch seine Gelassenheit echt zu werden begann. Jarik Mathisen, Geschäftsinhaber, war wieder da.

»Also: Willkommen zum ersten Pub-Quiz, das es je in … nun, im Umkreis von zwanzig Kilometern gegeben hat.«

»Mindestens fünfundzwanzig!«, rief jemand, ein paar Leute klatschten.

Okay, bisher lief alles gut. Er lächelte noch einmal in die Runde. »Mindestens. Mir bleibt jetzt nur noch zu sagen: Beteiligt euch rege, habt Spaß. Und begrüßt mit einem herzlichen Applaus unsere Quizmasterin des Abends, Majbritt!«

Johlen, Klatschen, irgendwo trampelte sogar jemand. So ausgelassen hatte Jarik die Lillehamner selten erlebt.

Majbritt umarmte ihn knapp, als er ihr das Mikro in die Hand drückte.

Er schaffte es bis zurück hinter den Schanktresen, bevor

sein Körper ihm durch weiche Knie und kalte Finger mitteilte, soeben einem Wolfsrudel entkommen zu sein – oder zumindest etwas ganz Ähnlichem. Aber er hatte es geschafft. Eine öffentliche Ansprache vor bestimmt hundert Leuten. Während er zuhörte, wie Majbritt die Gäste so viel lässiger, als er es je gekonnt hätte, aufwärmte und ihnen die Regeln für das Quiz erklärte, stieg ein erleichtertes Lachen in ihm auf.

»Gibst du mir einen Cider?« Jarik kannte den Namen der Frau nicht, aber sie wohnte irgendwo am Ortsrand Richtung Jørpeland.

»Kommt sofort.«

»Bei der ersten Frage könnt ihr euch gleich drei Punkte sichern«, sagte Majbritt auf der Bühne. »In welchem Jahr und in welcher Stadt schlug die norwegische Garde einen Pinguin zum Ritter? Und wie hieß dieser Pinguin? Ihr habt zwei Minuten, um über die Antwort zu diskutieren. Wenn wir jemanden bei der Internetsuche ertappen, wird das Team für die entsprechende Frage disqualifiziert.«

Jarik ließ den Blick über die verschiedenen Tischteams schweifen. Alle hatten die Köpfe zusammengesteckt und berieten sich. Nur eine Gruppe Teenager im hinteren Teil der Bar hatte die Smartphones gezückt. Er wartete, bis Majbritt ihn ansah, und deutete dann mit einem Kopfnicken hinüber.

»Das gilt auch für euch an Tisch vier«, sagte Majbritt gutgelaunt. »Wie ist der Name eures Teams?«

Sichtlich betreten steckten die vier ihre Telefone weg. Das einzige Mädchen am Tisch war es, das Majbritt antwortete. »Mindmasters«, sagte sie.

Jarik verkniff sich ein Grinsen. Er zog innerlich vor Majbritt den Hut für die Leistung, vollkommen ernst zu bleiben.

»Ab sofort heißt ihr *Die vier Königspinguine*. Ihr seid für die erste Frage raus, aber keine Sorge, ich habe noch mehr.«

Jarik fuhr die Lautstärke der Musik hoch, bis sein Timer anzeigte, dass zwei Minuten vorbei waren.

»Nächste Frage. Mit achtzigtausend Kilometern Gesamtlänge hat Norwegen die zweitlängste Küstenlinie der Erde. Welches Land hat die längste? Zwei Minuten, gleiche Regeln.«

Dieses Mal ließen auch die neu ernannten *Vier Königspinguine* ihre Smartphones in den Taschen.

Am langen Tisch erkannte Jarik an Espens Lippenbewegungen, dass die Solberg-Crew mit »Kanada« als Antwort richtig lag. Linnea hob einen Finger, anscheinend stimmten sie gerade ab.

Sein Gewissen kniff ihn wegen der letzten Frage. An dem moltebeerenschnapsseligen Planungsabend mit Majbritt war sie ihm unfassbar witzig vorgekommen. Aber bei Lichte betrachtet, war sie alles andere. Linnea hatte ihm nichts getan, außer dieses dumme Café zu eröffnen, als er gerade aufgeatmet hatte, weil die Eisdiele geschlossen wurde. Sie hatte nicht wissen können, wie sehr sie ihm damit in die Quere kam und das Zusatzgeschäft ruinierte, auf das er gehofft hatte.

»Es geht weiter, Leute! Wie heißt die unterirdische Saatgutbank auf Spitzbergen, in der Saaten aus aller Welt für den Notfall gelagert werden?«

Noch konnte er die Elendsfrage zurückziehen.

»Drei Schokobier, ein Helles für Stehtisch zwei«, rief Karo ihm zu, noch während sie sich durch die Menge zu ihm schob.

Jarik bückte sich zum Kühlschrank. Warum hatte niemand das Schokobier nachgefüllt? »Ich muss kurz nach hinten.« Für den Fall, dass Karo ihn über dem Lärm nicht verstanden hatte, gestikulierte er entsprechend dazu.

Wenn er noch in der Fragepause zu Majbritt wollte, musste er sich beeilen. Die Kästen mit dem Schokobier standen zum Glück recht weit vorn. Jarik schnappte sich einen und trug ihn in den Schankraum, wo er Karo drei Flaschen reichte und den Rest in den Kühlschrank sortierte.

Gut, jetzt zu Majbritt.

Sein Timer vibrierte, es wurde Zeit für die nächste Frage. Jarik stellte die Musik leiser, bedeutet Lucas, noch einmal den Ausschank zu übernehmen, und drängte sich durch die Leute Richtung Bühne.

Majbritt hatte ihn noch nicht bemerkt. »Bei der nächsten Frage wird es kulinarisch. Wer von euch isst genauso gern Kuchen wie ich?«

Verhaltene Rufe antworteten ihr.

»Haben wir für die Antwort auch zwei Minuten Zeit?«, erkundigte sich Espen.

»Witzbold. Die eigentliche Quizfrage kommt noch.«

Mist, verflixter. Warum hatte sie die Reihenfolge geändert? Konnte sie nicht erst die anderen Fragen abarbeiten? Es war ja nicht so, dass sie nicht eine ellenlange Liste von ihm bekommen hätte. Mit einem gemurmelten »Sorry« schob er einen Typen an Stehtisch eins zur Seite.

»Es geht, wie gesagt, um Kuchen, genaugenommen um Apfelkuchen. Die Frage ist …«

Mit einem Satz war er auf der Bühne.

»Wie heißt das deutsche Wort für *eplekake*, und wie viele Buchstaben hat es?«, fragte Majbritt.

Jariks Mund war trocken.

Wie ferngesteuert sah er zu dem langen Tisch.

Linnea saß mit dem Rücken zu ihm. Jetzt hatte sie sich umgedreht und schaute ihm gerade in die Augen. Es war schwierig, in ihrer Miene zu lesen – sogar für jemanden, der in solchen Sachen besser war als er, wäre es wohl schwierig gewesen. Wenn er mit seiner Einschätzung nicht ganz falsch lag, hatte Linnea mindestens so viel Übung darin, sich Verletzungen nicht anmerken zu lassen, wie er selbst.

Es kostete ihn Mühe, aber er hielt ihrem Blick stand und hob einen Mundwinkel zum Lächeln.

Ihre Augen verengten sich minimal. War das Zorn, was er in ihrem Gesicht sah? Oder … Enttäuschung?

Es war ihm klar, wie es auf sie wirken musste, dass er genau dann auf der Bühne aufgetaucht war, als Majbritt die elende Frage gestellt hatte. Und passenderweise starrte er Linnea jetzt auch noch an, als würde er einen Triumph auskosten. Dabei war die Frage bloß eine blöde, unbedachte Idee gewesen. Er hatte ja nicht einmal gewusst, ob Linnea zum Quiz kommen würde. Am Ende unterschied ihn wohl doch nicht so viel von seinem Vater, wie er gern glauben wollte.

Linnea betrachtete ihn immer noch, und immer noch hielt er ihrem Blick stand. Das Ganze wurde zum Wettbewerb, wer es länger aushielt. Gut, konnte sie haben. Er mochte der Arsch hier sein, aber daran war er gewöhnt. Er würde nicht einknicken. Doch zu seiner Überraschung schlich sich ein Lächeln auf Linneas Gesicht. Es war kein fröhliches Lächeln, eher eins, das man jemandem schenkte, den man für einen hoffnungslosen Fall hielt. Trotzdem erwiderte er es.

Sie schüttelte ganz leicht den Kopf, dann sahen sie gleichzeitig weg.

»Und ich sage dir, der Typ hat es gezielt auf mich abgesehen.« Am liebsten hätte Linnea ihr Bier einfach stehengelassen und wäre demonstrativ gegangen. Nur die Tatsache, dass sie endlich mal wieder Freizeit mit Alva und den anderen verbrachte, hielt sie davon ab. Noch war das Quiz nicht beendet, auch wenn ihr die Lust am Rätseln gründlich vergangen war. Aber Espen, Krister und Annik stritten sich noch engagiert über richtige Antworten.

Sie war das letzte Mal in dieser Bar gewesen, so viel stand fest. Jarik Mathisen bekam keine einzige Krone mehr von ihr.

»Und das will mir nach wie vor nicht in den Kopf.« Nachdenklich nahm Alva einen Schluck von ihrem Karamellbier.

»Hast du nicht mitbekommen, wie er mich bei seiner bekloppten Apfelkuchenfrage gerade angesehen hat? Wenn das keine glasklare Provokation war, weiß ich auch nicht.«

»Aber so ist Jarik nicht. Er …« Alva zögerte sichtlich, dann gab sie sich einen Ruck. »Jarik hat selbst zu viel eingesteckt, um jemand anderen auf eine innere Abschussliste zu setzen.«

»Was meinst du?«

»Sie haben ihn v-verprügelt«, schaltete Krister sich von der gegenüberliegenden Tischseite ein. Er klang fast gelangweilt, aber die Tatsache, dass er stotterte, verriet Linnea ein bisschen was darüber, wie sehr ihn die Erinnerung anfasste. »W-war zu schlau und zu anders für unsere Dorfschule.«

Krister war also auch ein Fan. Wie es aussah, waren alle wild entschlossen, Jarik in Schutz zu nehmen. Aber, bitte, Jarik Mathisen als Mobbingopfer? Ausgerechnet er? Linnea schnaubte. »Dann hat er es sich wohl inzwischen anders überlegt, was die Abschussliste angeht. Eine Person steht auf jeden Fall drauf: ich.«

»Nach wie vor glaube ich das nicht«, sagte Alva. »Was war an der Frage so bedeutsam?«

Linnea öffnete den Mund, um zu antworten, als hinter ihr die Stimme der Moderatorin erklang, Majbritt. »So, Leute. Das war die letzte Frage. Die ausgefüllten Zettel bitte zu mir, in einer halben Stunde ist Siegerehrung.«

In einer halben Stunde würde Linnea nicht mehr hier sein, so viel war sicher. Ihr Beitrag zum Quiz war ohnehin eher bescheiden gewesen.

Espen stand auf, um den Quizzettel nach vorn zu bringen.

»Linnea?«, fragte Alva.

Richtig. Sie wollte wissen, was an Jariks blöder Frage so schlimm gewesen war. »Ach, nichts Großes«, sagte Linnea. »Eigentlich. Neulich hatte ich Apfelkuchen als Kuchen des Tages und auf meinem Ankündigungsschild das Wort eben auf Deutsch geschrieben. Jarik kam vorbei und hat sofort daran rumgenörgelt. Das war an dem Tag, als er auch wegen Weihnachten reden wollte.« Bei dem Wort ›reden‹ malte sie mit den Fingern Gänsefüßchen in die Luft. »Und seine scheiß Apfelkuchenfrage eben diente einzig und allein dazu, mich zu erniedrigen.«

»Bist du sicher?«, fragte Espen. Linnea hatte nicht einmal mitbekommen, dass er hinter ihr stehen geblieben war. »Ich hab nicht alles mitbekommen, aber … ich meine, Jarik ist Vieles, aber eigentlich kein Arschloch.«

»Uneigentlich wohl doch«, sagte Linnea. »Ist jetzt egal. Wie geht's Svea?«

»Wieder besser. Sie fühlte sich allerdings noch nicht fit genug, um mitzukommen.« Espen lachte kurz. »Oder vielleicht wollte sie mich auch bloß aus dem Haus haben, damit sie in Ruhe Videos schneiden kann.«

Linnea betrachtete ihren Cousin von der Seite. Es war nicht einmal ein Jahr her, dass sie alle während Espens größter Krise zusammen im Ferienhaus auf Selerøy gesessen hatten. Und jetzt wirkte er zutiefst zufrieden. Manchmal konnten Situationen sich so schnell ändern. Wer weiß, wo sie selbst nächstes Jahr um die Zeit stehen würde. Vielleicht ließ sich wirklich etwas finden, womit sie das *Strandkafé* durch den Winter bringen konnte. Sie lächelte Espen an. »Grüß Svea auf jeden Fall lieb von mir.«

»Das tu ich«, sagte Espen. »Du kannst auch gern mal wieder vorbeikommen.«

»Werde ich tun, sobald ich Zeit habe.« Okay, das war absurd. Sie würde sich die Zeit nehmen müssen – irgendwann.

»Deal.«

»Habe ich alle Zettel?«, fragte Majbritt von der Bühne aus.

Schnell hob Espen ihren in die Luft. »Der Gewinnerzettel fehlt noch.«

Während im Raum Lachen und Buh-Rufe erklangen, sagte Majbritt: »Dann bring ihn lieber schnell her.«

Jetzt wäre der richtige Zeitpunkt zu gehen. Tut mir leid, Leute, ich bin müde. Sie konnte auch einfach ehrlich sein und sagen, was Sache war: Jede Minute länger, die sie Jarik ertragen musste, war eine zu viel. Nur das Bier würde sie noch schnell austrinken.

Die Musik wurde leiser, das Mikrofon knisterte. Jariks Stimme hinter ihr sagte: »Skål«

Es war merkwürdig. Einerseits wollte sie dringend hier weg, andererseits war sie so neugierig, was er zu sagen hatte, dass sie sich sogar wieder zu ihm umdrehte.

Jarik hielt abwartend ein Schnapsglas in die Höhe. Als er

die Aufmerksamkeit des Raums gewonnen hatte, kippte er die klare Flüssigkeit hinunter und kniff kurz gepeinigt die Augen zusammen. »Der war für das Quiz. Ich hoffe, ihr hattet alle Spaß.«

Sein Blick glitt zu Linnea. Leider war sie nicht schnell genug, ihm einen Mittelfinger zu zeigen, bevor er wieder wegsah. Spaß, klar.

»Während Majbritt die Ergebnisse auswertet, könnt ihr gern wie gewohnt essen und trinken, hoffentlich reichlich.«

Wohlwollendes Lachen antwortete ihm.

»Aber erst will ich euch eine Geschichte erzählen.«

Wieder traf sie Jariks Blick, begleitet von einem so vorsichtigen Lächeln, dass es Einbildung gewesen sein konnte. Nun, er brauchte nicht zu glauben, dass er sich damit freikaufen konnte. Sie war nicht mehr siebzehn und fiel darauf rein, dass gutaussehende Typen ihr scheinbar schüchtern zulächelten. Schon gar nicht nach der Apfelkuchennummer eben.

Endlich räusperte er sich und wandte seine Aufmerksamkeit wieder dem Rest des Publikums zu. Vorhin hatte sie schon den Eindruck gehabt, er würde sich am Mikrofon festhalten. Aus irgendeinem Grund schien ihr das jetzt noch mehr der Fall zu sein. »Vor ein paar Tagen«, sagte er, »haben ein paar Jungs aus der Kongchristiansgate eine verletzte Kegelrobbe am Strand gefunden. Sie hatte sich in einem verlorenen Fischernetz, einem sogenannten Geisternetz, verheddert und wäre wohl gestorben, wenn die drei sie nicht gefunden hätten.«

Zwei alte Männer am Nachbartisch murmelten protestierend. Wenn Linnea es richtig in Erinnerung hatte, waren das Hans und Svein, ehemalige Fischer, die Einzigen, deren Kutter noch im Hafen lagen. So wie Lotta und ihre Freundinnen im

Strandkafé, schienen diese beiden hier zum Inventar zu gehören. Mutig von Jarik, das Thema anzusprechen, das musste sie ihm – wenn auch widerwillig - zugestehen.

»Ich weiß.« Jarik hob abwehrend die Hand. »Robben sind die natürlichen Feinde der Fischer und das alles. Was im Übrigen nicht stimmt, denn ohne die Industriefischerei wäre genug für alle da, wie es seit Jahrhunderten der Fall war. Und ein bisschen Futterneid berechtigt uns nicht dazu, unseren Müll in ihrem Wohnzimmer abzuladen.«

Sie folgte Jariks Blick zu Kjell, der an einem der Stehtische seinem Kumpel in die Seite stieß und ihm etwas zuflüsterte.

Jariks Griff um das Mikrofon wurde fester. »Glaubt mir, ich weiß, wie scheiße es sich mit Müll im Wohnzimmer lebt.«

Ein paar Leute lachten. Linnea verstand den Witz nicht.

»Um zum Punkt zu kommen: Die Sache mit der verletzten Robbe hat mich auf eine Idee gebracht. Ich möchte mit euch zusammen«, er öffnete den Arm zu einer einladenden Geste, die die ganze Bar einschloss, »den Robben und anderen Wildtieren rings um Lillehamn ein Weihnachtsgeschenk machen. Am ersten Sonnabend im Dezember gibt es ein großes Beach Clean-up. Oder vielmehr ein Nature Clean-up, weil nicht nur am Strand überall angeschwemmtes Plastik rumliegt. Handschuhe müsst ihr mitbringen, für Müllsäcke und Abtransport ist gesorgt. Es gibt Freibier und Gløgg für alle.«

Gemurmel, Applaus. Kein Enthusiasmus.

Dabei war die Idee gut, richtig gut. Ein Volksfest mit Sinn. Zu schade, dass sie ausgerechnet von Jarik gekommen war. Und, sie biss die Kiefer aufeinander, dass seine Aktion vermutlich nachmittags stattfinden würde. Leute, die das Dorf putzten, konnten nicht gleichzeitig in ihrem Café Kuchen essen.

»Und gute Laune solltet ihr auch dabeihaben.« Jariks letzter Satz blieb einen Moment verloren im Raum hängen.

Dann sagte dieser Kjell so laut, dass es wohl alle hören konnten: »Skål, Jarik. Ich komme auf jeden Fall vorbei. Vielleicht hat mein Kleiner ja auch Lust mitzukommen. Der mag Tiere.«

Ganz offensichtlich machte Jarik Mathisen ernst.

Fünf

Erst das Quiz, dann die Säuberungsaktion, zu der die Leute allein schon deswegen kommen würden, weil es Freibier gab. Während sie im Café sitzen und ihren Kuchen allein essen würde. Oder mit Lotta. Es war wohl an der Zeit, tätig zu werden.

Linnea hatte ihre Idee lange genug mit sich herumgetragen, diese jetzt in die Tat umzusetzen, dauerte nur den halben Vormittag. Sie schrieb, druckte, klebte und marschierte mit ihrer Papierrolle im Rucksack los. Inzwischen verscheuchte ein scharfer Wind aus Nordwesten jegliche Erinnerung an den Sommer. Mit der Mütze über den Ohren lehnte sie sich in den Wind. Als sie zum Café zurückkam, war es gerade mal elf, sie konnte also noch in Ruhe alles für den Nachmittag vorbereiten. Die Tische im Außenbereich dekorierte sie gar nicht erst. Dafür zündete sie – das erste Mal überhaupt – das Feuer im Kamin an. Wenn sie schon auf den Innenraum beschränkt war, konnte sie den für ihre Gäste wenigstens so behaglich gestalten, wie es irgend ging.

Lotta und ihr Strickclub hatten sich die Sitzecke neben dem Kamin ausgesucht. »Es ist jetzt beinahe noch schöner bei dir als im Sommer«, sagte Lotta, als sie eine heiße Schokolade mit Sahne nachbestellte.

»Danke.« Linnea sah in die Runde. »Braucht ihr noch etwas außer der Schokolade?«

»Ich nehme einen Gløgg«, sagte Ingerlise. »Man kann sich ja nicht früh genug auf die Weihnachtszeit vorbereiten.«

»Glühwein habe ich noch nicht.« Das ›noch‹ hatte Linnea im letzten Moment in den Satz eingefügt. Vermutlich ließ sich recht einfach herausfinden, wie man die Lizenz zum Alkoholausschank erhielt. Wollen wir doch mal sehen, Jarik Mathisen. »Aber ich kann dir einen hausgemachten Punsch anbieten.«

»Den nehme ich.«

»Ich auch.«

»Gut, dann habe ich jetzt eine heiße Schokolade mit Sahne und zweimal Punsch. Kommt sofort.« Sie lächelte noch einmal in die Runde und eilte hinter die Kuchentheke. Das leise Zischen beim Aufschäumen der Sahne übertönte einen Moment die Musik. Beinahe hätte Linnea auch das Glöckchen über der Tür nicht gehört, das eine neue Besucherin ankündigte. »Svea!«

Ihre … Was war Svea als Verlobte ihres Cousins für sie? Gab es so etwas wie eine Schwippcousine? Svea jedenfalls hob die Hand zur Begrüßung und kam zum Tresen.

»So eine Überraschung«, sagte Linnea. »Setz dich gern. Ich bringe nur eben die Getränke an den Tisch.«

»Ich bleibe stehen, das ist okay.«

Lotta und ihre Freundinnen warfen sichtlich neugierige Blicke herüber. Sie hatten alle gehört, natürlich, dass Doktor Espen Solberg seine Laborantin heiraten würde. Wahrscheinlich hatte sich auch im Ort herumgesprochen, unter welchen Umständen die beiden zusammengekommen waren.

Svea lächelte ihnen mit dieser Freundlichkeit zu, die nichts über ihre wahren Gefühle preisgab. Als Linnea sie kennengelernt hatte, war Svea ihr immer unnahbar erschienen, aber inzwischen wusste sie, dass sich hinter diesem Lächeln eine Frau versteckte, die genug Liebe und Kraft für drei besaß.

»Ich bin gleich bei dir.«

»Kein Problem. Ich wollte nur einen Spaziergang machen und dich mal wieder besuchen. Wenn du so weit bist, nehme ich einen Sanddorntee, falls du welchen hast.«

Linnea grinste. »Könnte sein, dass ich für dich welchen finde. Und ich freue mich gerade wie blöde, übrigens, dass du vorbeigekommen bist.«

»Tut mir leid, dass ich mich so rar gemacht habe.«

»Du warst krank, oder?«

»Ja, erbärmlich. Aber jetzt ist das vorbei. Hast du Lust, nächste Woche mit mir in den neuen *James Bond* zu gehen, solange der noch läuft?«

»Klar. Irgendwann finden wir abends schon –«

Das letzte Wort blieb Linnea im Hals stecken. Sie wusste, dass die Türglocke Jarik ankündigte, noch bevor sie sich umgedreht hatte. Sie wusste es einfach. Weil ihr Herz seltsam im Hals schlug und sie die Fäuste ballte, ohne auch nur darüber nachzudenken. »Die Zeit«, beendete sie entschieden ihren Satz und lächelte Svea an und drehte sich erst danach zu Jarik um.

»Hi, Svea.« Er hob die Hand zum Gruß. »Linnea.« Den drei Frauen in der Kaminsitzecke nickte er zu, dann sah er sich kurz um und nahm auf dem schmalen, blauweiß gestreiften Zweisitzersofa am Fenster Platz. Als sei er selbstverständlicher

Stammgast hier, griff er nach der Karte auf dem Tisch und schlug die langen Beine übereinander. Was sollte das jetzt werden?

Linnea sah Svea hilfesuchend an, aber die hob nur die Schultern. Wer weiß, vielleicht hatte Espen ihr gar nicht erzählt, was beim Quizabend passiert war. Für jeden Außenstehenden musste es schließlich wie eine Lappalie aussehen. Und Espen und Svea hatten wohl andere Gesprächsthemen als das Hickhack zwischen Jarik und ihr.

Aber er kam als Gast, und niemand sollte ihr je nachsagen können, Gäste würden im *Strandkafé* nicht freundlich behandelt. Sie straffte den Rücken und trat mit einem Lächeln an Jariks Tisch. »Was kann ich für dich tun?«

»Ist dein Kaffee bio?«

Was auch immer das jetzt wieder werden sollte. »Und fairtrade«, sagte sie freundlich. »Er kommt aus Nicaragua. Das schreibt man mit C.«

Einen winzigen Moment war sie sicher, Humor in seinen Augen zu sehen, aber dann hob er den rechten Mundwinkel zu diesem herablassenden Grinsen, das sie inzwischen so gut kannte. »Tut man das?«

Sie nickte. »Ich dachte, es interessiert dich vielleicht.«

»Brennend. Ich nehme einen Kaffee. Schwarz.«

»Kommt sofort.« Ihr Herz klopfte wie nach einem Hundertmeterlauf, während sie äußerlich gelassen zur Kaffeemaschine ging. Mit dem Rücken zum Raum schob sie eine Tasse darunter. »Sieht er immer noch her?«, flüsterte sie durch die Zähne Svea zu.

»Nein. Blättert in der Karte«, antwortete Svea ebenso leise.

»Gut.«

»Was ist das mit euch beiden?«

»Mit uns?« Beinahe hätte Linnea laut losgelacht, weil ›mit euch beiden‹ so ungefähr nach dem genauen Gegenteil zu der schwelenden Feindschaft zwischen Jarik und ihr klang. »Der innige Wunsch, der jeweils andere möge spontan in Flammen aufgehen, schätze ich.«

»Was ist passiert?«

»Erzähle ich dir später.«

»Jetzt sieht er her.«

Linnea zauberte ein professionelles Lächeln auf ihre Gesichtszüge und brachte den Kaffee samt Keks und Zuckerdöschen auf einem Tablett zu Jariks Tisch.

Inzwischen hatte der die Ärmel seines cremeweißen Langarmshirts hochgeschoben, sodass die Unterarme in ihrer ganzen sehnigen, tätowierten Pracht zur Geltung kamen.

Angeber.

Normalerweise mochte sie keine bunten Tattoos, aber Jariks waren derart besonders, dass Linnea nicht anders konnte, als hinzusehen. Abstrakte Muster verschlangen sich mit Pflanzen, Pflanzen mit Tiersilhouetten, Tiere wieder mit Mustern. Es musste Ewigkeiten gedauert haben, diese Kunstwerke stechen zu lassen.

Nun, sie war nicht hier, um Jarik Mathisens Arme zu bewundern. »Dein Kaffee, bitteschön.«

Er schaute auf, und für den Bruchteil eines Augenblicks geschah etwas Eigenartiges. In der Bucht mit der Robbe hatte sie etwas Ähnliches erlebt, aber jetzt empfand sie es deutlicher: Es war, als wären sie zwei Schauspieler, die mitten im Stück innehielten und sich jenseits der Masken betrachteten, ganz kurz nur. Während dieser Millisekunde *sah* Jarik sie – und sie sah ihn. Nicht den nervtötenden Besserwisser, dessen schiere Anwesenheit sie verärgerte, sondern einfach einen Mann. Einen schönen, interessanten Mann, den sie kennenlernen wollte. Dann war der Moment vorbei, Jariks Arroganz rutschte zurück an ihren angestammten Platz. Statt eines Danks nickte er und wandte sich wieder dem Buch zu, das er mitgebracht hatte.

Linnea konnte den Titel nicht erkennen, aber irgendwo in ihrem Hinterkopf wurde bei diesem Anblick etwas angesprochen. Bücher! Sie war Ewigkeiten nicht mehr in einer Bibliothek gewesen, da die nächste kilometerweit entfernt war. Also bestellte sie Bücher online oder las sie als E-Books. Aber garantiert gab es auch in Lillehamn genügend Leute, die gern auf Papier lasen. Wie wäre es, wenn sie im Café eine Art Tauschbörse für Bücher einrichtete? Oder einen Buchclub. Vielleicht könnte sie in mittlerer Zukunft sogar Lesungen organisieren.

Sie kritzelte die Idee auf einen Zettel und steckte ihn in die Hosentasche.

Es war nicht so, dass Jarik sich auffällig verhalten hätte. Eher im Gegenteil. Er saß einfach ruhig in der Ecke und las. Lotta und die anderen redeten und lachten genau wie vorher. Oberflächlich war nichts anders. Trotzdem war seine Anwesenheit wie … Linnea suchte nach der passenden Analogie … wie eine Art Störsender. Sie konnte nicht ausblenden, dass er da war. Selbst wenn er einfach nur Kaffee trank und sie keines Blickes würdigte, fühlte sie sich beobachtet. Was wollte der Typ hier? Hatte er zu Hause keine Kaffeemaschine?

Linnea zwang sich, ihn zu ignorieren. Auch im Hinterkopf. Sonst wandte sie Gästen nie den Rücken zu, grundsätzlich nicht. Sie behielt den Gastraum immer im Auge, um schnell reagieren zu können, falls jemand etwas brauchte. Heute setzte sie sich so hin, dass sie Jarik nicht ansehen musste und trotzdem mitbekommen würde, falls sie in der Kaminecke benötigt wurde. Sie tat ihr Bestes, auf das Gespräch mit Svea über *James Bond* konzentriert zu bleiben. Es fiel ihr schwer, weil ein Teil ihres Bewusstseins die ganze Zeit auf Habacht war.

»Tschuldigung«, sagte Jarik.

Linnea bekam gerade noch mit, wie Svea grinste, bevor sie sich sehr langsam zu Jarik umdrehte.

Er hob die Tasse hoch und tippte dagegen.

»Kommt sofort.«

Warum machte sie das so wütend – außer natürlich, weil eine weitere Tasse bedeutete, dass er so schnell nicht das Feld räumen würde? Vermutlich genau deswegen.

»Er steht auf dich«, wisperte Svea.

»Sicher. Das wird's sein.«

»Ich weiß, wie Typen aussehen, wenn sie was wollen. Und Jarik will eindeutig was von dir.«

»Ja. Meine Selbstauflösung, ich sagte es.«

»Glaub, was du willst.« Svea lächelte fein. »Ich will mal wieder los. Lass uns nächste Woche auf jeden Fall ins Kino gehen. Und komm bei uns vorbei, wenn du Zeit hast.«

»Gern.« Linnea begleitete sie zur Tür. »Pass auf dich auf.«

»Und du auf dich.«

Sie schloss die Tür hinter Svea und sah gerade noch, wie Jarik den Blick abwandte.

Auch nachdem der Strickclub sich verabschiedet hatte, blieb Jarik. Was bedeutete, sie war allein mit ihm. Angenehme Gesellschaft war definitiv anders. Wie konnte jemand einfach in einer Ecke sitzen, beim Lesen keinen Ton von sich geben und dennoch so sehr im Weg sein?

Linnea drehte die Musik unauffällig lauter. Und dann noch ein wenig. Jeder ihrer Bewegungen war sie sich bewusst, selbst alltägliche Handgriffe wie das Ausräumen der Spülmaschine fühlten sich auf einmal unbeholfen an. Sie stellte noch etwas lauter, doch auch das änderte nichts daran, dass der Raum sich gleichzeitig viel zu leer und unangenehm … besetzt anfühlte. Feindliche Übernahme des *Strandkafé*.

»Sorry?« Jarik hatte die Hand gehoben, als wäre dies eine ganz normale Situation zwischen Cafébedienung und Kunden.

Sie sah ihn fragend an.

»Würdest du die Musik etwas leiser machen, bitte?«

Linnea atmete tief durch. Ihr Lächeln hatte vermutlich etwas vom Zähnefletschen einer Hyäne. »Für dich jederzeit.«

Sie schaltete die Musik aus.

Fehler. Jedes Geräusch wurde durch die Stille scheinbar potenziert. Das satte Klappen, als Jarik sein Buch schloss, klang laut durch den Raum, ebenso das Kratzen, als Linnea die Kiste mit dem Putzzeug unter die Kuchentheke schob. Es war nicht auszuhalten.

»Leiser hätte genügt.«

Okay, das reichte. Sie stapfte durch den Raum, baute sich vor ihm auf und verschränkte die Arme. »Was willst du, Mathisen?«

»Leisere Musik?«

Oh nein. Das Spiel würde sie nicht mitspielen. »Warum bist du hier?« Sie wartete nicht, bis er mit diesem süffisanten Lächeln auf seine Kaffeetasse gedeutet hatte, sondern legte nach: »Hast du zu Hause keine Kaffeemaschine?«

»French Press. Müllvermeidung und so.«

»Wollte ich immer wissen.«

Er sah sie einen Moment an, als überlegte er, ob sie das ernst meinte. Hinter seiner Fassade schien es zu arbeiten, aber bevor er etwas sagen konnte, sprach sie weiter. »Sag schon. Was willst du? Mir vielleicht Vorträge über die richtige Schreibweise von *Kvæfjordkake* halten?«

»Nein.« Jarik nahm sein Buch und seine Jacke und stand auf. Dummerweise war er jetzt fast einen Kopf größer als sie, und als er einen Schritt auf sie zu machte, musste sie nach oben sehen. »Was bekommst du?«

»Ein Kaffee kostet fünfunddreißig Kronen, steht auch in der Karte. Mit drei Kaffees bist du bei einhundertfünf.«

Er zog sein Smartphone hervor, vippste ihr fünf Kronen mehr und kam sich garantiert großzügig vor.

»Chapeau, übrigens. Für die Idee mit der Müllsammelaktion. Ich wette, du hast eine Party gefeiert, als dir einfiel, wie du während meiner Öffnungszeiten Leute binden kannst.«

»Sicher. Nur deswegen mach ich das.« Mit der ihm eigenen Abfälligkeit schüttelte er den Kopf und ging zur Tür. Dort drehte er sich noch einmal um.

Vielleicht war sie unfair, aber ihr Nervenkostüm war gerade zu dünn. Er sollte einfach nur verschwinden. »Ist noch was?«

Er zögerte. »Nein.«

Jarik kickte einen Zweig zur Seite, den der Wind auf die Uferpromenade geweht hatte. Statt mit einem befriedigenden Geräusch gegen etwas zu stoßen, drehte der dämliche Zweig sich lediglich und grätschte ihm gegen den Fuß, sodass er hochspringen musste, um nicht über sein eigenes Geschoss zu stolpern.

Gestern Abend, nachdem er es geschafft hatte, sich vor ganz Lillehamn zu stellen und die Leute ausgerechnet zum Müllsammeln einzuladen, hatte er geglaubt, dagegen sei ein Gespräch mit Linnea einfach. Was sollte schon groß passieren, wenn er sie um Entschuldigung bat? Stattdessen hatte er Öl ins Feuer gegossen. Zu behaupten, das Gespräch sei mittelmäßig gelaufen, wäre massiv beschönigt. Es hatte gar keins stattgefunden. Gut, Linnea hatte auch nicht eben einen Rekord im Entgegenkommen aufgestellt. Trotzdem. Er musste ja nicht mit ihrem Gewissen leben, sondern mit seinem eigenen.

Kalt und unfreundlich fegte ihm der Nieselregen ins Gesicht, als er mit den Händen in den Jackentaschen in den Måneskinnlien einbog, wo er wohnte. Die kleine Straße verband die Uferpromenade mit der Kongchristiansgate. Er sollte demnächst einfach wieder den anderen Weg nehmen, wenn er zur Bar – oder überhaupt irgendwohin – ging. Es gab genügend Möglichkeiten, die Uferpromenade zu meiden.

Inzwischen kam der Wind ungebremst von vorn, und der dämliche Regen lief ihm nicht nur in den Kragen, sondern floss ihm auch als Rinnsal entgegen. Dies war definitiv nicht sein Tag.

Dabei war das Quiz wirklich ein Erfolg gewesen, und er hatte sogar den Clean-up angeregt. Er konnte sich bloß nicht angemessen darüber freuen. Weil er die Sache mit der Apfelkuchenfrage verdammt noch mal immer noch nicht geklärt hatte. Glaubte Linnea wirklich, was sie gesagt hatte?

Vor seiner Haustür drehte er um und ging mit schnellen Schritten zurück zum *Strandkafé*, bevor er es sich anders überlegen konnte. Sollte Linnea von ihm denken, was sie wollte. Sie wäre schließlich nicht die Erste, die nichts mit ihm anfangen konnte, und sie würde kaum die Letzte sein. Er würde sagen, was er loswerden musste. Was sie dann damit tat, lag nicht in seiner Hand.

Sie war allein im Café, als er kam. Und ihr Gesicht drückte nicht eben Freude aus. »Muss mein Glückstag sein. Gleich zweimal Besuch von Jarik Mathisen.«

Er sah sie nicht an, sondern die Tür, während er sie schloss. Los jetzt. Die Zeiten, als er für Ehrlichkeit Prügel eingesteckt hatte, waren ja wohl lange vorbei.

Linnea war mit einem Geschirrtuch in der Hand hinter ihrer Kuchentheke hervorgekommen.

»Das gestern«, sagte er übergangslos, »das war nicht gegen dich gerichtet. Nichts von beidem.«

Einen Moment lang schien sie nicht zu wissen, was sie mit dieser Information anfangen sollte. Dann lachte sie freudlos auf. »Ach nein?«

»Nein, es war bloß eine dumme Quizfrage.«

»Die dir spontan aus dem Nichts eingefallen ist.« Sie kam einen Schritt näher, und er verstand endlich den Ausdruck *ihre Augen loderten vor Zorn*. »Du hast so über die Fragen nachgedacht und kamst spontan darauf, dass man die Rechtschreibung von *deutschem Apfelkuchen* abfragen könnte. Für wie bescheuert hältst du mich?«

»Ich –«

»Und die Frage hatte natürlich nichts damit zu tun, dass du mich vor ganz Lillehamn bloßstellen wolltest«, fauchte sie.

»Das ist doch lächerlich! Ich wusste nicht mal, dass du kommen würdest.«

»Umso schlimmer! Was lästerst du sonst noch alles hinter meinem Rücken?«

»Überhaupt nichts.« Allmählich wurde er auch zornig. Er lästerte nicht über andere. Weil er verdammt noch mal kein Arschloch war. Und schon gar nicht lästerte er über diese Frau, die mit flammenden Augen und leicht geöffneten Lippen vor ihm stand. Viel zu nah. »Ich bin gekommen, um Frieden zu schließen«, zischte er. »Aber da du daran wohl kein Interesse hast, kann ich auch wieder gehen.«

Linnea gab ein fassungsloses Schnauben von sich, ihr Atem strich über sein Gesicht. »Frieden, ja? Du willst mir bloß mitteilen, dass du recht hast, Unschuldslamm. Vergiss es.«

»Ich habe nie gesagt, dass ich –«

»Und dein Clean-up! Vielleicht war das nicht der Hauptgrund, aber ich glaub dir keine Sekunde –«

»Du weißt genau, warum ich das tun musste. Du warst dabei, am Strand!«

Und endlich schien sie nichts mehr dagegenhalten zu können. Sekundenlang – vielleicht auch minuten- oder äonenlang starrten sie sich nur an. In Linneas Augen brannte immer noch Zorn, ihre Brust hob und senkte sich beim Atmen, die Lippen glänzten. Er sollte dringend zusehen, dass er hier rauskam.

Stattdessen trat er einen Schritt nach vorn, gleichzeitig mit Linnea.

Jarik hatte es nicht einmal aktiv entschieden. Oder hatte er? Er wusste nur, dass ihre Lippen auf einmal auf seinen lagen und seine auf ihren, und dass er die Hand in ihren Nacken legte und ihre Haare seidig über sein Handgelenk strichen, dass ihre Zungenspitze seine Zähne entlangglitt und ihm gleichzeitig schwindelig wurde und Seligkeit seinen Körper flutete. Und dann wusste er nicht einmal mehr das, sondern fühlte nur noch. Linneas Haut unter seinen Fingerspitzen, die feinen

Härchen in ihrem Nacken. Ihr Duft ließ sein Hirn schweben, irgendwo in der Unendlichkeit. Sie drehte den Kopf leicht, und er küsste ihren Mundwinkel, wo die Haut ebenso süß war wie an ihren Lippen. Dann küsste er ihre Nase und wieder ihren Mund. Sie öffnete die Lippen und ließ seine Zunge ein.

Etwas sehr Urtümliches brach sich mit aller Macht Bahn. Er wollte das, er wollte sie küssen mit aller Zärtlichkeit, zu der er fähig war, und gleichzeitig mit aller Wildheit. Er wollte mehr von ihr spüren, ohne Kleidung zwischen ihnen, ihre nackte Haut an … ja, an seiner, trotz allem. Haut an Haut, neben sich, unter sich, um sich.

Sie hatte die Augen geschlossen und gab beim Küssen kleine, wohlige Laute von sich. Irgendwie gelangten seine Hände auf ihren Hintern, er zog Linnea näher an sich. Sie wölbte sich ihm entgegen und lachte leise und abgehackt. Und er … Wie aus einem Rausch tauchte er auf.

Was im Namen aller Bergtrolle tat er hier? Wie konnte er … Fuck, er konnte doch nicht …

»Wow.« Linnea schüttelte den Kopf, wie um unerwünschte Insekten loszuwerden. Ihre Wangen waren gerötet. »Was war das denn?«

»Keine Ahnung.« Jarik stopfte sein Shirt mit einem Ruck in den Hosenbund. Das Einzige, das er mit hundertprozentiger Wahrscheinlichkeit sagen konnte, war, dass er auf der Stelle diesen Raum verlassen musste. Und, um Linneas Frage zu beantworten: Etwas, das sich ein paar Minuten lang unglaublich richtig angefühlt hatte und das doch so falsch war wie nur irgendwas.

Sechs

Wie auch immer er es geschafft hatte, aus dem Café zu kommen – der Regen hatte noch zugelegt und durchnässte ihn auf den wenigen Metern bis zu seiner Wohnung. Doch er spülte die Bilder in seinem Kopf nicht weg, und nicht die Empfindungen, die unkontrolliert durch seinen Körper tobten.

Was war da gerade passiert? Was bedeutete es? Bedeutete es überhaupt irgendetwas – außer, dass er die Uferpromenade ab sofort umso gründlicher meiden sollte?

Er duschte lange heiß und dann länger sehr kalt, bevor er sich für den Job fertig machte. Seine Handbewegungen waren fahrig, als er seine Haare in Form gelte. Was war eben in ihn gefahren?

In seinem Shirt, bildete er sich ein, hing noch eine Spur von Linneas Parfum. Er warf es in den Wäschekorb, obwohl es gut noch einen Abend mitgemacht hätte. Stattdessen zog er ein schwarzes Hemd zur schwarzen Jeans an. Dazu seine üblichen Doc Martens.

Die feuchte Lederjacke ließ er hängen und warf sich den Regenmantel über. Er hatte wenig Lust, den ganzen Abend in nassen Klamotten zu verbringen.

Mit gesenktem Kopf lief er die Kongchristiansgate entlang, an der Praxis der Solberg-Geschwister vorbei und bog dann ab zum *Frontstage*. Er hatte die Kapuze so weit ins Gesicht gezogen, dass er das Plakat im Fenster der Bar – *seiner* Bar – beinahe übersehen hätte, obwohl es neonorange leuchtete.

Er machte eine Vollbremsung.

What. The. Fuck.

Nächstes Wochenende:
KUCHEN-CONTEST IM STRANDKAFÉ!

Wer von euch hat das leckerste Familienrezept?
Meldet euch zum großen Backwettbewerb und Tes-
tessen am kommenden Wochenende an!
Alle Einnahmen kommen der Robbenstation von
Lillehamn zu Gute. Details findet ihr auf unserer
Website: www.strandkafe.no
Ich freue mich auf euch!
Linnea

Daneben ein QR-Code.

Der Name war handgeschrieben, das ganze Ding eine designerische Vollkatastrophe. Dazu noch war es nicht auf ein Blatt gedruckt, sondern aus zwei Bögen zusammengeklebt.

Jarik biss die Kiefer aufeinander. Seit wann hing dieses Plakat hier? Gestern war es auf jeden Fall noch nicht dagewesen. Spielte Linnea mit ihm, oder was sollte das werden? Oder war das ihre Antwort auf seine Ansage, sie müssten über Weihnachten reden? Tausend Fragen, die er nicht beantworten konnte. Er versuchte, den Gedanken an den Kuss zu verdrängen und sich stattdessen in Erinnerung zu rufen, wie herausfordernd Linnea ihn am Quizabend angesehen hatte. Und auf einmal war er sich sicher, dass dieses Plakat genau das bedeutete, was er in ihrem Gesicht zu lesen geglaubt hatte: *Sieh her, Jarik. Achte auf meinen ausgestreckten Mittelfinger. Ich werde nicht das Feld räumen.*

Aber wieso hatte sie ihn dann eben noch geküsst? Also, falls nicht er es gewesen war, der zuerst sie geküsst hatte – was mindestens ebenso beunruhigend wäre. Seine Lippen brannten immer noch, wenn er daran dachte. Und sein Körper. In seinem Magen drückte es. Vielleicht sollte er nicht wie ein Idiot vor seiner eigenen Bar stehen und Linneas Unterschrift anstarren.

Er öffnete die Tür und schlug den Samtvorhang zurück.

»Hey, Boss.«

»Wer hat das Plakat da angenommen?«

»Welches?«

Berechtigte Frage. Weder bei dem Poster von der Robbenstation noch für die Ankündigung der Schultheateraufführung in Fuglesang hatte ihn interessiert, wer sie wann von wem angenommen hatte. »Das Kuchending«, sagte er so lässig wie möglich.

»Ich.« Irritiert sah Majbritt ihn an. »Wieso?«

»Nur so. Seit wann hängt es da?«

»Linnea hat es heute Mittag gebracht, als ich gerade Bestellungen eingeräumt habe.«

Hat sie etwas dazu gesagt? Wie war ihr Gesichtsausdruck? Hatte sie dieses Oberteil an, das ihr so über die Schulter rutscht? Hat sie den Kopf herausfordernd zurückgelegt? Natürlich fragte er nichts davon.

»Schöne Idee, finde ich.«

»Ja.« Und wie. Jarik zog den tropfenden Regenmantel aus.

Majbritt schien nicht zu merken, dass er nicht ganz ihrer Meinung war. »Ich denke, ich werde einen Mandelkuchen dafür backen.«

Jarik schwieg.

»Du könntest auch mitmachen«, sagte Majbritt.

Sicher. Wo seine Familie immer schon so viele schöne gemeinsame Stunden mit Kuchenbacken verbracht hatte. Wäre es nicht so bitter, hätte er gelacht. »Eher nicht.«

»Hast du nicht mal von diesem Apfelkuchen erzählt, den deine Mutter früher gebacken hat?«

»Das war unsere Nachbarin.« Und er brauchte wohl kaum ausgerechnet mit einem *Apfelkuchen* bei Linneas Event aufzutauchen. Also, angenommen, er hätte vorgehabt, das überhaupt zu tun. Was er nicht hatte.

So voll es beim Quiz gewesen war, so leer war das *Frontstage* jetzt. Das war etwas, das er einrechnen musste. Wenige Leute kamen an zwei Tagen hintereinander, und nur von Hans, Svein und Jostein, die sich den ganzen Abend an einer Flasche Bier und einem Glas Schnaps aufhielten, konnte er nicht einmal Majbritts Stundenlohn bezahlen, geschweige denn die Miete. Selbst seine Stammgäste waren bisher nicht eingetroffen. Aber es war auch noch früh.

Er hatte nie geglaubt, mit dem *Frontstage* reich werden zu können, aber dass es so knapp werden würde, war ihm nicht klar gewesen. Trotzdem. Er liebte seinen Laden. Und er brauchte ihn.

Majbritt hatte sich an einen der leeren Tische gesetzt und las etwas in ihrem Smartphone. Jarik holte zwei Flaschen Whisky-Vanilla-Bier aus dem Kühlschrank, eine davon stellte er vor Majbritt hin.

»Danke.«

»Ist hier noch frei?«

Sie lächelte zu ihm hoch. »Nimm Platz.«

So gehörte sich das. Man fragte, bevor man sich jemandem näherte. Man – er schluckte bei der Erinnerung – man packte nicht einfach zu und küsste ungefragt drauflos.

»Ich wollte dir eh noch was erzählen«, sagte Majbritt.

»Wie gut, dass wir gerade Zeit haben.«

Wie aufs Stichwort kamen Jostein und Hans nacheinander durch den Vorhang.

Jarik stand wieder auf. »Das Übliche?«

»Jawoll.«

»Kommt Svein noch?«

»Wie immer.«

Jarik brachte ihnen drei Flaschen Helles samt Öffner und kehrte dann zu Majbritt zurück. »Was wolltest du erzählen?«

»Rina hat den Job in Rotterdam bekommen.«

Jarik nahm einen Schluck von seinem dunklen, schweren Bier und spürte nach, wie es ihm bitter durch die Kehle rann. »Rotterdam, hm?«

Majbritt holte tief Luft, und sogar er erkannte das als Anlaufnehmen. »Sie fängt am ersten Dezember schon an, und ich werde mit umziehen. Fernbeziehung ist nicht so unser Ding.«

Schnell nahm er noch einen Schluck, weniger wegen des Alkohols, sondern eher, um Zeit zu gewinnen und herauszufinden, wie er auf die Neuigkeit reagieren sollte. Sie waren nicht eng befreundet, Majbritt und er. Nicht in dem Sinne, dass sie ihre Freizeit miteinander verbrachten. Aber er vertraute ihr. Er verließ sich auf sie. Sie verurteilte ihn nicht, wenn ihm – inzwischen nur noch sehr selten – all die Menschen zu viel wurden. »Herzlichen Glückwunsch«, sagte er.

»Ich wollte dir das am Wochenende schon sagen, aber es war so viel zu tun mit der Quizvorbereitung und …«

»Schon okay.«

»Wenn du willst, helfe ich dir, jemand Neues zu finden.«

»Lucas ist ja da. Und Karo.«

»Ihr könnt das Weihnachtsgeschäft aber zu dritt nicht stemmen.«

Wohl nicht. Aber er würde auch niemanden so schnell einarbeiten können. Majbritt wusste, wie er tickte und was er von ihr erwartete. Lucas hatte es inzwischen auch begriffen, Karo immerhin meistens. Nun, dann würde er eben selbst ein paar mehr Schichten schieben müssen. Er hatte ohnehin nicht viel anderes zu tun, während der Rest der Welt *En stjerne skinner i natt* sang oder Stollen backte.

Sie hatte Jarik Mathisen geküsst. Das war … mehr als erstaunlich. Und möglicherweise ein Grund, ihren Geisteszustand untersuchen zu lassen.

Noch eine Stunde später, während sie bei lauter Musik den Fußboden des Cafés wischte, wurde ihr heiß, wenn sie daran dachte. Womit wohl die alte Frage endlich abschließend beantwortet wäre: Es war möglich, jemanden gleichzeitig sehr anziehend zu finden und nicht ausstehen zu können.

Doch das spielte keine Rolle, jetzt nicht und morgen nicht und nicht in drei Jahren. Der Kuss war ein, wenn auch sehr, sehr anregender, einmaliger Ausrutscher gewesen.

Sie tunkte den Wischlappen in den Putzeimer.

Sie hatte Jarik Mathisen geküsst. Warum hatte sie das getan? Und wieso würde sie es sofort wieder tun? Was stimmte mit ihr nicht? Sie hasste Jarik mit so ziemlich jeder Faser ihres Seins. Jawohl. Nur, dass sie ihn eben auch … begehrte. Mit eventuell noch mehr Fasern.

Nur zufällig sah sie, dass ihr Telefon leuchtete. Jemand versuchte, sie anzurufen. Auf Zehenspitzen hüpfte Linnea über den frisch gewischten Boden zur Kuchentheke, auf dem ihr Smartphone lag. Sie stellte die Musik leiser, bevor sie ihre Freundin begrüßte. »Hallo, Igny.«

»Hi. Passt es gerade?« Typisch Igny, ganz altmodisch anzurufen statt zu texten oder ihr eine Sprachnachricht zu hinterlassen.

»Für dich immer. Was gibt's?«

»Ich wollte nur mal hören, wie es dir geht.«

Linnea setzte sich auf das Sofa neben dem Kamin und zog die Füße unter den Körper. Ihre Socken waren feucht vom gewischten Boden. »Weißt du noch, wie ich dir letztens von der Idee mit dem Backwettbewerb erzählt habe? Seit heute Mittag hängen meine Plakate im ganzen Ort. Beim *KiWi*, in der Robbenstation, bei *Jamal's* –«

»Das ist euer syrischer Imbiss, oder?«

»Ja. Ich hoffe, er nimmt teil und steuert Baklava bei.«

»Sag Bescheid. Ich komme nach Lillehamn und werde es im Alleingang aufessen.«

Linnea lachte. »Untersteh dich.«

»Meinst du, drei Plakate reichen?«

»Es sind ja nicht nur drei. Du hast mich bloß unterbrochen. Es hängt auch eins im Kindergarten, in der Arztpraxis, im Schaukasten am Hafen …« Wie albern konnte es bitte noch werden, dass sie jetzt schon vermied, über das *Frontstage* zu sprechen? So was hatte sie das letzte Mal mit dreizehn getan, als sie hoffnungslos in Mathis aus der Zehnten verknallt gewesen war. »Und im *Frontstage*«, sagte sie entschlossen. »Das ist die Bar hier.«

»Mit diesem superscharfen Barkeeper, weiß ich doch. Wir waren im Sommer zusammen dort. Und du hast neulich schon von ihm erzählt.«

Richtig, das hatte sie wohl. Und noch so Einiges andere. »Ob Jarik so wahnsinnig scharf ist, weiß ich nicht.« Ha. Ha. Haha. Ha. Sicher doch.

»Ach komm. Von der Bettkante stoßen würdest du den auch nicht, oder?«

Linnea fing haltlos an zu kichern.

»Was ist so komisch?«

»Ich hab ihn geküsst. Oder er mich. So genau –«

»Was? Wann? Warum weiß ich davon nichts?«

»Weil das erst vor einer Stunde war.«

»Du hast mich eine Stunde in Unwissenheit gelassen!«

»Und«, sagte Linnea würdevoll, »weil es nichts zu bedeuten hat. Es war ein Versehen.«

»Klar.«

»Er nervt ohne Ende.«

»Aha.«

»Ernsthaft. Was ich dir von seinem Besuch im Café erzählt habe, war nur der Anfang.« Die Erinnerung an Jariks Hände auf ihrer Haut kribbelte zwischen ihren Beinen. »Das Neueste kennst du überhaupt noch nicht.«

»Wie kann man jemanden aus Versehen küssen? Warst du betrunken?«

»Nein. Dann wäre ich es ja wohl jetzt auch noch.«

»Stimmt.«

Linnea war klar, was Igny erwartete: einen detaillierten Bericht darüber, wie Linnea einen Mann hatte küssen können, dessen Hauptbeschäftigung darin bestand, ihr auf die Nerven zu gehen. Nur, dass sie das selbst nicht wusste. »Okay, willst du die ganze Geschichte hören?«

»Wenn sie mit einem Kuss endet, klar.«

»Hör auf, ich sagte doch, es war ein Versehen.« Trotzdem erzählte sie Igny alles, was sich nach dem Apfelkuchentag zugetragen hatte: davon, wie sie nach der Robbenrettung angefangen hatte, Jarik mit anderen Augen zu sehen. Wie er sie dann beim Quizabend bloßgestellt und damit den Eindruck wieder zerstört hatte – nur, um gleich darauf seinen Clean-up anzukündigen. Sie verschwieg, dass sie ihm quasi angesehen hatte, wie er dabei Anlauf nahm und über seinen Schatten sprang. Und wie anziehend ihn das machte.

»Wow. Mutig, in eurem Kaff so was zu veranstalten. Und dann noch um die Jahreszeit.«

»Ja. Bloß, dass es wohl zu einer Zeit stattfinden wird, wenn im Café endlich mal ein bisschen was los sein könnte.«

»Und du hast ihn, bevor oder nachdem du das wusstest, aus Versehen geküsst?«

»Igny! Das hier ist kein Highschooldrama oder so was. Himmel, ich bin eine erwachsene Frau mit intakten Hormonen, der Typ sieht leider verboten gut aus, und … na ja, irgendwie war es leider heiß, mich mit ihm anzuzoffen.«

»Bist du nicht diejenige, die mir immer Vorträge über dysfunktionale Beziehungen gehalten hat, sobald mit einem Kerl was nicht so harmonisch lief wie bei deinen Eltern?«

»Ich hab ja nicht von Beziehung gesprochen, sondern von einem zufälligen Kuss.«

»Wirst du es wieder tun?«

»Nein!«, sagte Linnea. »Außerdem ist das nicht wichtig. Ich kann mich jetzt nicht mit so was ablenken. Ich habe in wahnwitzig kurzer Zeit einen Backwettbewerb vorzubereiten. Hoffentlich meldet sich überhaupt jemand an.«

Ihre Freundin zögerte keine Sekunde. »Wenn sich niemand anmeldet, bist du krank, ganz einfach.«

»Nein, das … nein. Das wäre eine Lüge.«

»Hattest du je einen Tag ganz ohne Gäste?«

»Vor zwei Wochen ungefähr, ja.«

»War es an einem Wochenende?«

»Nein«, gab Linnea zu. Der Wischlappen schien ihr vorwurfsvoll zuzuwinken, trotzdem kuschelte sie sich tiefer ins Sofa. »Und bei dir? Was passiert in deinem Leben?«

Nachdem sie eine weitere halbe Stunde mit Igny telefoniert und das Café zu Ende geputzt hatte, buk sie einen Rührkuchen mit Walnüssen, setzte Hefeteig an und räumte auch in ihrer Wohnung die Küche auf. Leider drängelte sich zwischendurch immer wieder die Erinnerung an Jariks Kuss in ihre Gedanken. Fast hätte sie Salz statt Zucker für den Kuchen genommen. Irgendwie musste sie den Kopf frei kriegen. Wie lange war sie nicht mehr einfach ziellos durch den Ort gelaufen? Vielleicht sollte sie das heute tun. Sie flocht die Haare zum Zopf und zog ihre Sportsachen an.

Im Hinuntergehen griff sie nach dem Telefon auf der Kommode. Die ersten Anmeldungen waren bereits eingegangen!

Von ihrer Familie zwar, aber Linnea beschloss, sie genauso ernst zu nehmen wie jede andere Anmeldung auch.

Sie legte das Telefon vor sich auf den Boden, während sie sich die Schuhe band. Alva wollte Kvæfjordkake backen, und Svea schrieb ins Kommentarfeld des Anmeldeformulars, dass es in ihrer Familie zwar keine Kuchentradition gab, sie dennoch gern einen nicht speziell norwegischen, aber dafür ausgesprochen leckeren, rohen Schoko-Orangen-Käsekuchen beisteuern würde. Ob das in Ordnung wäre.

Linnea hinterließ als Antwort eine kurze Sprachnachricht: »Natürlich! Das ist absolut in Ordnung. Ich freue mich auf dich und den Kuchen.«

Der Wind riss ihr beinahe die Tür aus der Hand. Nur mit Kraft konnte Linnea sie wieder schließen. Andere Leute mochten sich bei diesem Wetter im Haus verstecken, sie lebte auf. Vom Strand kam das aufgeputschte Rauschen des Meeres – wahrscheinlich liebte es den Sturm ebenso wie sie. Mit dem Wind im Gesicht und dem Pfeifen der Luft in den Ohren trabte sie hinunter zum Strand. Der Abend war dunkel genug, dass niemand ihre jämmerlichen Joggingversuche beobachten würde, selbst falls sich halb Lillehamn am Strand herumtrieb. Doch sie traf nur Alvas Freund Jo, der ihr entgegengeschwebt kam, als sie gerade eine winzig kleine Pause machte, um wieder zu Atem zu kommen. Unfassbar, wie man bestimmt neunzig Kilo Sehnen und Muskeln derart geschmeidig bewegen konnte.

»Hi, Linnea.« Er fiel in einen langsamen Trott, der eher wirkte, als würde er auf der Stelle laufen. »Schöne Idee mit dem Kuchenwettbewerb. Wir kommen vorbei.«

»Ja, Alva hat eben geschrieben. Ich freu mich.«

»Wir auch. Bis Sonnabend.« Damit verschwand er wieder in der Dunkelheit, und Linnea beschleunigte ihre Schritte ebenfalls. Ein paar Minuten würde sie wohl schaffen zu laufen, ohne an Atemnot zu verenden.

Sie joggte bis zum Ende des Strands, drehte um und lief zurück. Himmel, war sie untrainiert. Mit Igny war sie regelmäßig zweimal pro Woche zum Sport gegangen, aber seit sie in Lillehamn wohnte, hatte sie das Training vernachlässigt. Auf Höhe der Robbenstation drehte sie um, weil ihre Lunge und ihre Beine sich zu einer Protestgemeinschaft zusammengetan hatten. Rechts ging es zurück zum Hafen, links zum *Frontstage*. Linnea blieb an der Abzweigung stehen, um ihre Waden zu dehnen. Und die Leisten, wenn sie gerade dabei war.

Wenn sie sich anstrengte, konnte sie im Licht der Straßenlaterne vor der Bar sogar ihr Plakat im Fenster erkennen.

Sieben

Bis um neun tauchte kein weiterer Gast auf. Jarik hatte im Brauereiraum hinter der Bar den CO_2-Gehalt und die Temperatur bei den aktuell gärenden Biersorten kontrolliert, drei Online-Bestellungen versandfertig gemacht, die Lieferung für den Supermarkt zusammengestellt und ein bisschen aufgeräumt.

Und beinahe wäre es ihm dabei gelungen, nicht die ganze Zeit an diesen Kuss zu denken. Beinahe.

Okay, ein wenig.

Er war ein verdammtes emotionales Wrack.

Absurd.

Neben den Kisten für den *KiWi* stellte er die Sackkarre bereit, dann ging er zurück in den Schankraum. Hans, Svein und Jostein waren immer noch die einzigen Gäste, und wie es aussah, waren sie immer noch beim ersten Bier.

Mit dem Buch, das er gerade las, setzte er sich wieder zu Majbritt. Konzentrieren konnte er sich nicht, obwohl das Team um Ermittlerin Lena Berge kurz vor der Aufklärung des Falls stand.

»Okay, spuck's schon aus.«

»Was?«

Majbritt legte ihr Smartphone zur Seite. »Du starrst seit bestimmt zehn Minuten auf dieselbe Seite im Buch.«

Es war ihm nicht einmal aufgefallen.

»Ist es, weil ich weggehe?«

»Nein.« Er fuhr sich mit den Fingern durch die Haare. Majbritt war es gewesen, die ihm beigebracht hatte, dass es manchmal auch guttat, mit Leuten über die eigenen Probleme zu sprechen. »Höchstens ein bisschen.«

»Was dann? Dich drückt schon seit Tagen was, aber heute ist es noch mal anders.«

»Ja.« Kann man wohl sagen.

Majbritt wartete, und Jarik suchte nach den richtigen Worten. Was genau brachte ihn denn eigentlich so durcheinander?

»Hast du schon mal jemanden geküsst, obwohl du diese Person nicht mal leiden konntest?«

»Jetzt hast du meine Aufmerksamkeit.«

Er schnitt ihr eine Grimasse. »Die hatte ich schon vorher.«

»Mag sein. Wen hast du geküsst?«

»Du hast meine Frage nicht beantwortet.«

»Ja, habe ich. Bevor ich mit Rina zusammenkam, ungefähr tausendmal. Und ich war nicht ein einziges Mal danach so neben der Spur wie du jetzt. Ganz im Gegenteil. Meistens fand ich es eher … erregend.«

Nicht, dass er das nicht auch gefunden hätte. Ein Teil seines Bewusstseins kreiste seither einzig und allein darum, wie er diesen Kuss fortsetzen konnte.

»Du guckst verklärt.«

»Höchstens ratlos«, sagte er. »Trinkst du noch was mit mir,

bevor du Feierabend machst?«

»Klar. Schokobier.«

»Ich weiß nicht, was ihr alle an dem so gut findet.« Es war bloß aus einer Laune heraus entstanden und hatte sich zum Bestseller entwickelt. Für sich selbst holte er seine neueste Kreation mit Karamellnote.

Er brauchte drei Schlucke, bis er so weit war, Majbritt wenigstens an einem Teil des Dramas teilhaben zu lassen. »Linnea«, sagte er. Ihren Namen auszusprechen tat etwas Seltsames mit seinem Herzschlag. »Ich hab Linnea geküsst.«

»Endlich.«

»Wie, endlich?«

»Seit sie das erste Mal hier aufgetaucht ist, kriegst du große Hundeaugen, wenn du sie ansiehst.«

Das, was jeder Mann hören will. Majbritt hatte sehr offensichtlich eine leicht falsche Vorstellung von dem, was zwischen Linnea und ihm passierte. »Punkt eins«, sagte er. »Ich habe keine Hundeaugen.«

»Wenn du das sagst.«

»Punkt zwei und gleichzeitig der Beweis für Punkt eins: Linneas dämliches Café ist das Letzte, was Lillehamn braucht. Es ist ein wirtschaftliches Ärgernis. Es ging uns hervorragend, solange es nur *Jamal's Place* und das *Frontstage* gab.«

»Aha.«

»Punkt drei.« Allmählich wurde er warm. »Die Frau selbst ist nervig und zickig und …« Sexy. Sehr sexy. Und süß. Und tough. Und er brauchte noch einen Schluck Bier, bevor er sich um Kopf und Kragen redete.

»Du hast sie geküsst«, übernahm Majbritt seinen in der Luft hängenden Satz.

»Ja, verdammt.« Er stellte das Bier zu heftig ab. »Und man kann nicht einfach Leute küssen, ohne sie zu fragen. Man überschreitet nicht einfach Grenzen. *Ich* tue das nicht.«

Ein hohles Ploppen ließ ihn aufsehen. Nachdenklich klopfte Majbritt mit dem Zeigefinger auf die Öffnung ihrer Flasche. »Okay«, sagte sie schließlich. »Okay. Ich verstehe, warum, aber ich glaube trotzdem, dein kluger Kopf geht gerade ein bisschen mit dir durch.«

Gerade jetzt fühlte er sich tendenziell … nicht besonders klug. »Inwiefern?«

»Woran machst du fest, dass du eine Grenze überschritten hast? Hat Linnea irgendwie zu erkennen gegeben, dass sie deinen Kuss unangenehm fand?«

»Nein, aber …«

»Siehst du.« Majbritt stand auf.

»Trotzdem war es nicht in Ordnung. Gerade bei ihr nicht. Sie soll nicht denken, ich würde sie irgendwie für … keine Ahnung, für leicht zu haben halten.«

»Warum sollte sie das denken?«

»Hast du dich mal mit rassistischen Stereotypen auseinandergesetzt? Die ewig verfügbare asiatische Frau und so?«

»Ich gebe zu, dass ich das nicht getan habe. Aber, Jarik, allein, dass du dir Gedanken um diese Dinge machst, zeigt doch …« Majbritt hob ein bisschen hilflos die Hände.

»Ich muss sie mir machen. Aus Gründen.«

Langsam setzte sie sich wieder. »Wir kennen uns nicht wirklich privat, das weiß ich. Aber ich habe in all der Zeit genug von dir mitbekommen, um zu wissen, dass du ein empathischer, kluger Mensch bist.«

»Ach, bin ich das?« Es wäre einfach, Majbritt das Gegenteil

zu beweisen. Er hatte lange genug geübt, mit den anderen mitzuhalten. Aber etwas in ihm verzehrte sich danach, von ihr Bestätigung zu bekommen. Absolution für etwas, das er nicht getan hatte.

»Das bist du. Auch wenn du es manchmal ganz gut versteckst.«

»Sorry.«

»Und, um mal zum Punkt zu kommen: Nur, weil dein Vater die Fortschrittspartei wählt, macht das dich nicht auch gleich zu einem Nazi.«

»Vielleicht macht es mich aber zu jemandem, der besonders achtsam sein sollte«, sagte Jarik zu dem Flaschenhals, auf dem sein Zeigefinger Kreise zog.

»Achtsam sein ist das eine. Sich für etwas steinigen, was höchstwahrscheinlich überhaupt gar kein Problem darstellt, ist das andere.« Als er nicht antwortete, erhob sie sich wieder. »Ich mach Feierabend, wenn du nichts weiter für mich zu tun hast.«

Jarik schüttelte den Kopf. »Habe ich nicht.«

Bevor sie ging, drehte Majbritt sich noch einmal um. »Du könntest sie fragen, weißt du? Wie sie es fand.«

»Danke für den Tipp.«

»Immer gern.«

Es war ja nicht so, dass er nicht selbst draufgekommen wäre. Vielleicht hatte er nur Majbritts Anstoß gebraucht. Er mochte es zuverlässig jedes Mal vermurksen, wenn er persönlich auf Linnea traf, aber es gab ja noch andere Möglichkeiten. Auf ihrer Website fand er Linneas Telefonnummer.

Aber was sollte er schreiben? Linnea hatte nicht gewirkt, als fände sie den Kuss unangenehm. Machte es das Ganze besser? Und wie sprach man so etwas an? *Hey, ich bin total scharf auf dich. Ist das okay?* Wohl kaum. Sein Kopf, der noch Wochen später einmal gelesene Texte aufrufen konnte, versagte kläglich beim Schreiben einer simplen Textnachricht. Das Telefon war schon heiß in seiner Hand.

Eine Flasche Karamellbier später hatte er endlich ein paar kohärente Sätze zusammengestoppelt.

> Hey.
> Weiß nicht, was da vorhin mit mir los war. Betrachte es als nie geschehen, wenn du kannst.
> Jarik

Das war okay, oder? Er schickte die Nachricht ab, bevor er anfangen konnte, einzelne Worte zu analysieren.

Linnea antwortete, als Hans und die anderen schon gegangen waren, und Jarik das letzte Glas zurückgestellt hatte. Zwei Worte nur:

> Nicht geschehen?

Irritiert betrachtete er die Nachricht. Das war doch Linneas Nummer. Ihr Profilbild zeigte eine Person, die mit ausgestreckten Skiern durch die Luft sprang, zu klein, um Details zu erkennen. Er glich die Nummer auf der Website ab. Sie stimmte.

> Dass ich dich einfach so geküsst habe, meine ich. Das tut mir leid. Es war nicht anständig.

War es nicht.

Nicht besonders aussagekräftig, ihre Antworten. Was hieß das jetzt? Dass es zwischen ihnen wie vorher war? Oder wollte sie, dass er noch mehr zu Kreuze kroch? Und wenn schon, konnte sie haben.

Kommt nicht wieder vor.

An den tanzenden drei Punkten sah er, dass sie antwortete, aber in dem Moment wurde das Display seines Telefons schwarz und ließ sich auch nicht wieder aktivieren. Na, wunderbar. Was immer Linnea ihm noch mitteilen wollte, würde warten müssen.

Er mied die Uferpromenade konsequent und nahm den Umweg über die Kongchristiansgate, als er am Freitagvormittag zum Strand ging. Er musste überaus dringend den Kopf frei bekommen. Kuss hin, Kuss her – die Tatsache blieb bestehen, dass Linneas Café ihm auf Dauer Einbußen verursachen würde. Zum Glück hatte es am Tag zuvor aufgehört zu regnen, und sogar der Wind wehte nur noch sanft. Trotzdem hatte Jarik ständig die Haare im Gesicht, die sich in Strähnen aus seinem Zopf lösten.

Sein Telefon hatte endgültig den Geist aufgegeben. Wenn er herausfinden wollte, was Linnea noch geschrieben hatte, würde er mit ihr sprechen müssen. Nach dem unseligen Backwettbewerb.

Die Idee hatte Linnea nicht spontan nach dem Quizabend aus dem Hut gezaubert, das brauchte er nicht zu denken.

Wahrscheinlich hatte sie sie entwickelt, nachdem er mit ihr dieses misslungene Gespräch über Weihnachten geführt hatte. Und sie wusste dabei verdammt genau, was sie tat: Sie ließ die Menschen von Lillehamn erleben, dass das *Strandkafé* ein Ort der Behaglichkeit war. Zusammenkommen. Weihnachten. Alle, die morgen im *Strandkafé* Kaffeeduft riechen, einen Kuchen nach dem anderen probieren und mit ihren Nachbarn lachen würden, programmierten damit gleichzeitig ihr Unbewusstes auf *Weihnachten im Strandkafé*. Kuscheliges Kaffeetrinken, Kuchen und Gemeinsamkeit zielten– unter anderem – direkt aufs Oxytocinsystem und stellten somit ungefähr das genaue Gegenteil von Müllsammeln am kalten Strand dar, Gløgg hin oder her. Linneas Einfall war genial, blöderweise musste er ihr das lassen.

Wäre ihm etwas wie dieser Backwettbewerb eingefallen, er hätte wohl noch eine Playlist mit weihnachtlich anmutender Musik zusammengestellt. Keine Weihnachtslieder, das war zu plump, und dafür war es auch noch zu früh im Jahr. Aber der Osloer Gospelchor zum Beispiel hatte mit Sicherheit Musik im Angebot, die bei den Leuten Assoziationen mit Weihnachten wachrief. Und Glühwein würde er ausschenken, in Mengen. Wenigstens diese Möglichkeit hatte Linnea nicht.

Die kleinen Freuden.

Diese Runde ging ganz klar an Linnea. Es sollte ihn ärgern, aber abgesehen davon, dass er ständig ihr Gesicht mit diesen unglaublich verführerischen Lippen vor sich sah, spürte er absurderweise fast so etwas wie eine Art Stolz auf sie. Er mochte kluge Frauen. Trotzdem: So schnell gab er sich nicht geschlagen. Weihnachten bestand schließlich nicht nur aus Essen.

Ein Stück Folie flatterte vor ihm im Sand. Automatisch

bückte er sich und zog es heraus. Es entpuppte sich als eingerissene Plastiktüte, perfekt, um darin zu sammeln, was immer er sonst noch fand. Das Erste war eine ausgebleichte *Kvikk-Lunsj*-Packung, gefolgt von einer kaputten Weichspülerflasche, Angelhaken, und immer wieder Fetzen von Fischernetzen. Schon vor der Sache mit der Robbe hatte er ab und zu Müll eingesammelt, aber erst, seit er das regelmäßig tat, merkte er, wie viel angeschwemmt wurde. Das Sammeln bezahlte ihm nicht die Miete, aber wenigstens tat er damit etwas Sinnvolles. Er sollte bei Gelegenheit in der Robbenstation vorbeigehen und nachfragen, wie sich sein Schützling machte.

Ob Linnea viele Anmeldungen hatte? Würde sich morgen halb Lillehamn bei ihr den Bauch vollschlagen – und das *Frontstage* abends verwaist bleiben? Auf ihrer Homepage gab es dazu keine Informationen, und ihr Instagram-Account lag seit Tagen brach.

Er hob die Reste eines Luftballons auf. Das zugehörige Kunststoffband riss eine Schlangenlinie in die Sandoberfläche.

Die joggende Frau am anderen Ende des Strands erkannte er sofort. Sein erster Impuls war, sofort umzudrehen und seinen Ausflug für beendet zu erklären. Aber Linnea hatte ihn mit Sicherheit auch gesehen. Außerdem war das Blödsinn. Selbst wenn er sich nach diesem Kuss fühlte wie ein von Hormonen verwirrter Teenager, musste er sich dennoch nicht so benehmen.

Er tat also genau das, was er normalerweise auch getan hätte: Er ging am Strand entlang, unten an der Wasserkante, und wenn er irgendwo Plastik oder anderen Müll fand, hob er ihn auf. Allerdings hätte er sonst wohl nicht darüber nachgedacht, ob es lässiger aussah, in die Hocke zu gehen oder sich einfach zu bücken. Die ganz großen Probleme der Welt.

Außerdem sollte er sich Gedanken über eine angemessene Begrüßung machen. Er wusste immer noch nicht, was Linnea in ihrer letzten Nachricht geschrieben hatte. Ihr Plakat hing in seiner Bar. Und er hatte eine trockene Kehle, und sein Herz schlug zu laut.

Linnea trug Sportkleidung, enge Sportkleidung. Hätte man ihn danach gefragt, er hätte geschworen, sie beschleunigte ihre Schritte, als sie auf ihn zugelaufen kam. »Jarik.« Knappes, abwartendes Lächeln.

»Mein Telefon ist kaputt«, sagte er.

»Das erklärt es.«

»Was hast du geschrieben?«

Sie zuckte mit der Schulter. »Nichts weiter.«

Nichts weiter. »Ich vermute, du wirst mir nicht verraten, was dieses *Nichts weiter* im Detail war?«

»Nein.« Sie trabte weiter auf der Stelle.

Hektisch durchforstete er sein Hirn nach möglichen Gesprächsthemen und stieß auf das Offensichtliche. »Backwettbewerb, hm?«

Linnea grinste. »Man tut, was man kann.«

»Hast du schon viele Anmeldungen?«

»Als würde ich dir das verraten.«

»Dies hier ist Lillehamn. Ich bekomme es ohnehin mit.« Wenn er nur vernünftig denken könnte! Er bückte sich nach einem winzigen Schnipsel Plastik, hauptsächlich, um etwas anderes zu tun als Linnea anzustarren. »Was kommt als Nächstes? Das große *Strandkafé*-Backbuch?«

»Keine dumme Idee«, warf sie im Weiterlaufen über die Schulter. »Erstaunlich, aus deinem Mund.«

Er lachte. »Glaub nicht, dass du die Werbung dafür in mein

Fenster hängen kannst!«

»Überleg dir das, Mathisen! Am Ende denken die Leute noch, du hättest was gegen mich!«

Ob Jarik wusste, wie unfassbar anziehend er war, so windzerzaust mit diesem unrasierten Kinn und den Haaren, die sich vom Regen und Salzwasser um sein Gesicht lockten? Und das war keine Show. Nicht einmal in ihren verfolgungswahnsinnigsten Träumen konnte sie annehmen, er hätte sich extra zurechtgemacht. Schließlich hatte er ebenso wenig wie sie wissen können, dass sie sich am Strand begegnen würden. Möglicherweise sollte sie langsam den Gedanken zulassen, Jarik Mathisen nicht ganz und gar zu verabscheuen.

Die Idee mit dem Backbuch hatte er ihr nur so hingeworfen, als Witz vermutlich. Aber sie war … nicht schlecht. Überhaupt gar nicht schlecht. Wenn Linnea genügend Rezepte zusammenbekam und jemanden für gute Fotos fand, wäre so ein Backbuch bestimmt etwas, das nicht nur die Leute aus Lillehamn gern kauften, sondern auch die Touristen.

Sie schrieb es auf ihren geistigen Notizzettel unter die Tassen und die Kekse. Erst einmal würde sie morgen sehen, wie der Kuchenwettbewerb lief. Und Espen hatte versprochen, ihr ein Bücherregal zu zaubern, auf dem sie die ersten Tauschbücher deponieren konnte. Vielleicht wurde das auch noch rechtzeitig fertig.

Nach dem Duschen setzte sie sich mit ihrem Laptop an den Küchentisch in ihrer Wohnung. Igny hatte auf der Website wirklich ein Wunder vollbracht. Zusätzlich zum eigenen

Namen und dem Namen des Kuchens konnte man optional das Rezept eintragen. Außerdem gab es ein Feld, in dem sich ankreuzen ließ, ob der Kuchen irgendwelche bestimmten Eigenschaften hatte, zum Beispiel aus lokalen Zutaten bestand, vegan oder glutenfrei war. Man konnte auch einfach eigene Bemerkungen hineinschreiben. Linnea hätte an diese Feinheiten selbst nie gedacht.

»Ich hätte dir auch gern noch ein Skript geschrieben, um das Ausdrucken zu automatisieren, aber dafür hat die Zeit nicht mehr gereicht«, hatte Igny gesagt. Linnea war auch so schon überwältigt gewesen. Jetzt kopierte sie Rezept um Rezept auf kleine Bögen mit dem Logo des *Strandkafé*, die sie mit ihren kläglichen Computer- und Grafikkenntnissen selbst zusammengebastelt hatte. In aller Bescheidenheit: So schlecht sahen sie nicht aus. Insgesamt waren unglaubliche vierunddreißig Kuchen zum Wettbewerb angemeldet worden.

Die wenigsten Leute hatten bei den Zusatzangaben Kreuzchen gesetzt, dafür fanden sich erstaunlich viele persönliche Geschichten. *Diese Waffeln hat mein Opa für mich gebacken, nachdem ich schwimmen gelernt hatte.*

Sie scrollte weiter.

Skoleboller schmecken nach dem Schafabtrieb am allerbesten! Jedes Jahr, wenn die Schafe sicher für den Winter im Stall sind, sitzen wir noch eine Weile zusammen und essen Skoleboller. Dazu gibt es Gløgg.

Zu den meisten Namen hatte Linnea nicht mal ein Gesicht vor Augen. Aber die Leute wollten mitmachen! Ihr kleines Café würde so voll sein wie das letzte Mal bei der Eröffnungsfeier im Frühling.

Linnea las und kopierte, scrollte, las, kopierte.

Meine Tante Sanna hat ein Sommerhaus an einem See in Schweden und bewirtet aus einem Zelt in ihrem Garten Kanuwanderer. Es heißt, für diesen Schokoladenkuchen paddeln Leute auch schon mal zehn Kilometer.

Vor Freude tanzte etwas in ihr.

Sie mochte, Jarik sei Dank, im *Frontstage* keine neuen Freunde finden – aber vielleicht kamen diese neuen Freunde einfach zu ihr. Morgen. Vielleicht würde sie sich mit Ingrid anfreunden, die den Schokoladenkuchen mitbrachte. Oder mit Martin, der nach dem Schafabtrieb mit seinen Kumpels Skoleboller aß. Oder mit – ihre Freude zerfloss wie Zuckerwatte an einem Regentag, als sie den nächsten Namen las – Sushilover. Gut, mit dem wohl eher nicht. Das war … Sie schluckte. Nicht witzig auf jeden Fall. Sie hatte einen Blick auf das Rezept geworfen, bevor sie sich selbst stoppen konnte. *Hundekuchen!*, hatte ›Sushilover‹ geschrieben. *Aus frischem Dackelfleisch. Noch viel leckerer als Schlangensalat.*

Linnea ballte die Hände zu Fäusten. Die Fingernägel drückten schmerzhaft in ihre Handflächen.

Okay, ganz ruhig bleiben. Das ist bloß irgendein frustrierter Idiot. Vielleicht auch ein Teenager, der sich vor seinen Kumpels großtun wollte. Niemand Wichtiges. Blödmänner waren unbedeutend. Trotzdem hatte sie kalte Finger.

»Aber warum rufen die das immer, Mama?«

»Weil sie es nicht besser wissen, Schätzchen. Die sind dumm.«

»Aber ich hab denen gesagt, dass ich das nicht will! Thomas hat ganz komisch gelacht, und Camilla hat so gemacht.« Sie zeigte ihrer Mutter, wie Camilla mit den Zeigefingerspitzen ihre Augen zu schmalen Schlitzen gezogen hatte.

Ihre Mutter hockte sich vor sie hin. »Ach, Linni. Ich wünschte so sehr, ich könnte dir das erleichtern. Aber Idioten wird es dein Leben lang geben.« Sie öffnete die Arme, und Linnea stürzte sich hinein.

Die tröstende Wärme ihrer Mutter beruhigte sie, die Haare lagen wie ein schützender Goldvorhang um sie. Linnea ließ sich den Rücken streicheln, bis es in ihrer Brust nicht mehr ganz so eng war.

»Soll ich mit deiner Lehrerin sprechen?«

»Hab ich schon gemacht.« Sie zog die Nase hoch. »Mit Kristin und mit der Vertrauenslehrerin.«

»Und das hat nicht geholfen?«

»Die sagen dann nur, dass alle manchmal geärgert werden.«

Immer noch strich die Hand ihrer Mutter über ihren Rücken. »Wäre es für dich okay, wenn ich Kristin auch noch mal anrufe?«

Später saß Linnea im Kinderzimmer auf dem Boden und brachte ihre Spielzeugpferde von der Wiese in den Stall. Tobi spielte mit ein paar Freunden auf dem Dachboden ziemlich laut Piratenschiff, sodass Linnea erst nicht hörte, wie ihre Mutter telefonierte. »Nein, es ist nicht dasselbe, Kristin. – Ja, aber rothaarig ist immer noch … – Natürlich stärken wir sie, ja. – Das verstehe ich. Ich erwarte trotzdem, dass Sie an der Stelle aktiv werden. – Gut. Sonst schicke ich gern noch mal einen Artikel zu –«

Ohrenbetäubendes Getöse vom Dachboden ließ Linnea zusammenzucken. Sie bekam nicht mehr mit, wie ihre Mutter das Telefonat beendete, nur, wie sie nach oben rief: »Alles in Ordnung?«

Ach, Mama. Kannst du nicht jetzt auch noch mal schnell für mich telefonieren?

Linnea löschte den Eintrag, nachdem der erste Schreck abgeklungen war. Ihre Mutter hatte recht gehabt. Idioten würde es immer und überall geben. Es lag an ihr, wie viel Macht sie ihnen zugestand. Normalerweise konnte sie solche Sachen inzwischen abprallen lassen – diese Attacke hier hatte sie nur deswegen so kalt erwischt, weil sie in Lillehamn nicht damit gerechnet hatte. Sie hatte ihren Schutzschild zu weit heruntergefahren. Ein Fehler, der ihr kein zweites Mal passieren würde. Natürlich war selbst in Lillehamn die Welt nicht nur rosa.

Wenn sie sich wenigstens nicht so hilflos gefühlt hätte! Sie hatte keinen Gegner, nur diesen namenlosen Typen, der oder die ebenso direkt neben ihr wohnen wie völlig unbekannt sein konnte. Seine Feigheit war es, was das Ganze noch unangenehmer machte als im direkten Kontakt. Bei rassistischen Bemerkungen auf der Straße konnte sie kontern. Wenn Leute nicht aggressiv waren, sondern nur unbedacht, konnte sie erklären – wobei sie es eigentlich nicht für ihren Job hielt, ihren Mitmenschen das Denken beizubringen, aber hey. Sie tat, was sie musste.

Auf einmal hatte sie Sehnsucht nach ihrer Mutter und Heimweh nach Bergen. Wenn das mal nicht der optimale Zeitpunkt dafür war. Warum tat sie sich dieses Café an? Bevor sie die restlichen Rezepte kopierte, griff sie zum Telefon.

»Dies ist der Anschluss von Dorthe Jansson. Hinterlasst gern eine Nachricht.«

»Hallo Mama. Ich wollte einfach mal anrufen.«

Auch bei Igny erreichte sie bloß die Mailbox.

Ganz Bergen hatte anscheinend beschlossen, einfach ohne sie weiterzumachen. Nun, dann also zurück zu den Kuchen.

Nachdem sie die letzten Rezepte kopiert hatte, schickte sie die Dateien an Espen. Er hatte angeboten, die Karten auszudrucken und ihr nach Feierabend vorbeizubringen. In einer weiteren Nachricht schrieb er, er hätte tatsächlich noch eine geschliffene und geölte Eichenbohle, die sich als Bücherregal eignen würde. Bis er kam, hatte sie genug zu tun.

Sie fuhr nach Jørpeland zum Partyverleih, um zusätzliches Geschirr, Besteck und Klapptische abzuholen, nur für den Notfall, und kaufte auf dem Rückweg beim *KiWi* noch drei Packungen Kaffee für den Notfall. Vierunddreißig – nein, dreiunddreißig – Kuchen! Sie hatte keine Ahnung, mit wie vielen Menschen sie rechnen sollte. Fünfzig? Hundertfünfzig? Nein, so viele wohl kaum.

Hoffentlich regnete es nicht.

Acht

Pünktlich um zehn standen Espen, Krister, Svea und Alvas Freund Jo vor der Tür. Kristers Stiefsohn Theo bemerkte Linnea erst, als er vom Auto aus rief: »Brauchen wir den Werkzeugkoffer auch, Krister?«

Espen antwortete: »Ja, später. Aber lass erst mal drin.«

»Und die Tasche mit dem Pavillon?«

Krister grinste entschuldigend. »Er ist nicht zu bremsen, wenn er arbeiten will. Ich hole den Pavillon.«

»Wir sind ziemlich viele Leute, nur um ein Zelt aufzubauen«, sagte Espen. »Svea, wir könnten eigentlich wieder gehen, nachdem ich das Brett angebracht habe, und …« Übertrieben verführerisch hob er die Augenbrauen.

»So weit kommt's noch.« Svea gab ihm einen gespielten Klaps auf den Hintern. »Wir sind zum Helfen hier, also tun wir das. Während Kris, Jo und Theo den Pavillon aufbauen, könnten wir die Tische herrichten. Oder hast du was anderes für uns zu tun, Linnea?«

»Die Tische herzurichten wäre großartig von euch.«

Svea hob einen Daumen. »Betrachte es als erledigt. Wenn ich irgendetwas von diesen ewigen Galaveranstaltungen meiner Eltern gelernt habe, dann, wie man Tische dekoriert.«

»Mach es bloß nicht zu aufwändig.«

Zwei Stunden später erkannte Linnea ihr Café fast nicht wieder. Nicht nur hatte Espen ein wunderschönes Brett für Bücher angeschraubt, sondern Krister hatte sogar ein paar ausgelesene Krimis dafür mitgebracht. An der Wand neben der Kuchentheke hatten sie gemeinsam einen Tapeziertisch aufgestellt und so genügend Platz für die zu erwartenden Kuchen geschaffen. Vor dem Haus stand ein großer Zeltpavillon, unter dem nicht nur Linneas normale Außensitzplätze, sondern auch noch drei Stehtische Raum fanden. Svea hatte mit einfachen Mitteln – Teelichtern in Gläsern, Muscheln, Steinen oder kleinen Treibgutstücken vom Strand – jedem der Tische eine individuelle Dekoration gegeben. Dazu leuchteten im ganzen Raum verteilte Lichterketten. Es wirkte schon fast weihnachtlich. Hundert Teller auf Stapeln waren auf Sauberkeit kontrolliert, ebenso Tassen und Besteck. Jo hatte die Musikanlage und das Headset-Mikrofon überprüft, und Theo hatte mit großen roten Buchstaben *Velkommen* auf ein altes Laken gepinselt, das jetzt am Eingang des Pavillons hing.

Das *Strandkafé* war bereit.

Als erste Gäste kamen Lotta, Ingerlise und Randi mit zwei anderen Frauen, die Linnea noch nie gesehen hatte. Keine von ihnen war für die Schlangensalat-Nachricht von gestern verantwortlich, davon konnte sie wohl ausgehen. Sie wollte das nicht tun, nicht heute, nicht in Lillehamn, trotzdem checkte sie automatisch alle Ankömmlinge daraufhin ab, ob von ihnen Ärger zu erwarten war. Dabei hatte sie kaum Zeit, alle zu begrüßen und an Espen weiterzuleiten, der die Kuchen in Empfang nahm.

Jamal tauchte mit einem riesigen Blech voll Baklava auf.

»Woher weißt du, dass ich mir genau das gewünscht habe?«, fragte sie. »Kannst du Gedanken lesen?«

»Vielleicht.«

»Ich werde niemandem etwas davon abgeben, sondern –«

»Überraschung, Cousinchen!« Mit einer zweistöckigen Marzipantorte, auf deren Spitze eine Robbe thronte, betrat Alva den Pavillon. Auf dem unteren Teil des Kuchens saßen viele kleinere Marzipanrobben, eine hinter der anderen.

»Alva!« Himmel, sie war jetzt schon überfordert mit dem Begrüßen der Neuankömmlinge. »Entschuldige, Jamal. Geh am besten einfach durch zu Espen und Annik.« Jetzt Alva. »Jo hat behauptet, du hättest mit den Robben zu tun.«

»Hatte ich. Was glaubst du, wie viel Arbeit es war, die zu formen.«

Überwältigung trug nicht eben dazu bei, die richtigen Worte zu finden. Linnea lächelte ihre Cousine an und hoffte, dass diese auch so verstand, wie sehr sie sich über die Überraschungstorte freute. »Sie ist unglaublich schön.«

Martin, der die Skoleboller mitbrachte, erwies sich als gutmütiger Bär. Er hatte seine Frau und drei blonde Mädchen dabei, die tatsächlich alle Festtagstracht trugen. Begrüßen, erklären, Kuchen bewundern – während der nächsten halben Stunde wusste Linnea kaum, was sie zuerst tun sollte. Schließlich drängten sich in und vor ihrem kleinen Café bestimmt achtzig Menschen, und gefühlt auf jeder Oberfläche ab Tischhöhe standen Kuchen, Torten, Teilchen. Es duftete überwältigend.

Espen schenkte in weißem Shirt und einer blauweißen Kellnerschürze Kaffee aus. Krister und Jo hatten die Speisen übernommen und verteilten zu jedem Stück einen der Bewertungszettel, auf dem die Leute die Nummer des jeweiligen Kuchens und eine Sternebewertung ankreuzen konnten. Svea hatte ihre Kamera dabei und fotografierte Menschen und Kuchen.

Ein Blick auf die Uhr an der Wand neben dem Kamin verriet Linnea, dass es Zeit für die offizielle Eröffnung war. Auf einmal waren ihre Hände feucht. Sie schüttelte sie aus. Dies hier war viel weniger schlimm, als eine Präsentation vor irgendeinem Firmenvorstand zu halten, und das hatte sie zigmal getan und dabei sogar die gönnerhaften Bemerkungen selbstherrlicher Typen ertragen, die meinten, Linneas Job besser zu verstehen als sie selbst.

Sie stieg hinter der Kuchentheke auf einen Stuhl und sah in die Runde. Sich die Aufmerksamkeit des Raums zu holen, funktionierte bei einer Besprechung mit *Equinor* nicht anders als beim Backwettbewerb in Lillehamn. In einem Rhetorikseminar hatte sie einmal eine Methode gelernt, bei der man sich vorstellte, mit einer Art innerem Scheinwerfer nach und nach die Leute anzustrahlen – und dann einfach zu warten. Man benötigte keinerlei Hilfsmittel, und in den meisten Fällen dauerte es nicht länger als eine Minute, bis sich die letzten Plaudernden gegenseitig auf die zunehmende Stille im Raum aufmerksam machten und die Gespräche verklangen.

Heute waren es nur vierzig Sekunden.

Linnea lächelte in die Runde. »Willkommen. Ich freue mich, dass ihr da seid.«

Den Lärm von Linneas Kuchenschlacht hörte er schon an der Straßenecke, und die Uferpromenade war bis zum Hafen zugeparkt. Vor dem Café hatte sich eine Menschentraube versammelt wie bei ihm höchstens in lauen Sommernächten.

Diese fremde Frau, die seit nicht mal einem Jahr in Lillehamn wohnte, hatte es irgendwie hinbekommen, so viele Menschen aus ihren Häusern zu locken. Es war unglaublich. Sogar der Himmel kooperierte. Wieder ertappte Jarik sich dabei, einen vollkommen absurden Stolz auf Linnea zu empfinden. Als gäbe es irgendeine Verbindung zwischen ihnen, nur, weil sie sich einmal geküsst hatten.

Unter dem Stolz lauerte allerdings seine alte Bekannte, die Schüchternheit, und je näher er dem Café kam, desto stärker drückte sie ihm gegen den Kehlkopf.

Jarik trat für einen Moment zwischen zwei parkende Autos und schaute auf den Fjord hinaus. Er würde jetzt einfach in dieses Café gehen wie jeder andere auch. Er musste wissen, wie viele Besucher es wirklich waren und welche Bedrohung dieser Event für sein Geschäft darstellte. Und mal ehrlich. Was sollte denn bitte passieren? Die Leute würden kaum mit Kuchen nach ihm werfen, sondern aller Wahrscheinlichkeit etwas Weltbewegendes wie »Hallo Jarik« sagen. Oder gar nichts. Eventuell würde Linnea eine spitze Bemerkung machen, aber auch das brachte ihn nicht um. Zum großen Teil waren die Menschen hier vermutlich ohnehin dieselben wie die, die er jede Woche im *Frontstage* traf. Also.

Als er kurz darauf lässig unter dem *Velkommen*-Banner hindurchschlenderte, sah ihm niemand mehr an, wie sehr er sich zusammennehmen musste, um nicht wieder umzukehren. Hoffentlich.

Hände locker in die Hosentaschen, entspannt einen Weg durch die Leute bahnen, ab und zu nicken oder lächeln. Er konnte das.

»Hey, Jarik.« – »Hallo.« – »Wie geht's?«

Es war ganz einfach.

Er schob sich durch Blicke und Gesprächsfetzen ins Innere. Wenigstens begrüßen sollte er Linnea, wenn er schon zum Spionieren kam, selbst wenn er ihre letzte Nachricht immer noch nicht gelesen hatte.

»... geht's denn dem Kleinen in der Schule?« – »Ja, ganz gut so weit, es ist ja immer ...«

Jariks Aufmerksamkeit wanderte weiter.

»So ein Hecht!« Er musste zurückweichen, um keine Hand ins Gesicht zu bekommen, aber der Mann merkte es nicht einmal. »Das war vielleicht ein Klopper.« – »Genauso groß wie meiner letztes Jahr?«

Immer dieselben nichtssagenden Gespräche. Es gab Gründe dafür, dass die meisten Menschen ihn langweilten.

»Nein, nein in Japan kennt man ja auch so was wie Kuchen.« – »Ach, aus Japan kommt die? Ich dachte, aus Vietnam oder so.« – »Jedenfalls irgendwo da unten, ist ja fast das Gleiche. Sind ja alle sehr nett und dienstbeflissen da.«

Jarik hatte nicht vorgehabt, sich in irgendeiner Weise an dem Gespräch – an irgendeinem Gespräch – zu beteiligen, aber das konnte er nicht unwidersprochen lassen. Mit den Händen in den Hosentaschen blieb er neben den Frauen stehen.

Wie auf ein Signal hin wandten sie sich ihm zu. Beide hatte er schon gesehen, die eine wohnte sogar irgendwo bei ihm in der Nähe.

»Hallo.« Sie strahlte ihn an. Elisa, erinnerte er sich. Schulsprecherin, als er uncool und unglücklich gewesen war. Später war sie nach Italien gezogen. Ihr Blick sagte mehr als deutlich, dass sie ihn jetzt nicht mehr bemitleidenswert fand, eher im Gegenteil. »Jarik. Dich habe ich ja lange nicht gesehen.«

»Dabei wohne ich immer noch in Lillehamn.«

»Gut siehst du aus.«

Die andere Frau beugte sich verschwörerisch zu Elisa. »Er hat doch jetzt die Bar.«

»Mixt du auch Cocktails?«, fragte Elisa. »Ich finde es sehr heiß, wenn ein Mann das kann.« Das Letzte raunte sie ihrer Freundin zu, aber es galt eindeutig ihm.

Er gönnte ihr sein schönstes Barkeeperlächeln. »Ab und zu. Und du? Wohnst du noch in Paris?«

Irritiert sah Elisa ihn an. »Ich war nie im Leben in Paris, leider.«

So nonchalant er konnte, hob er die Schultern. »Richtig. Rom war es. Irgendwo da unten im Süden, wusste ich doch. Ist ja alles das Gleiche.«

»Du …« Gespielt empört stemmte sie die Arme in die Seiten. »Du machst dich über mich lustig.«

»Nein.«

»Von wegen!«

Er zwinkerte ihr zu. »Komm gern auf einen Cocktail im *Frontstage* vorbei, solange du hier bist. Ich bin allerdings nicht besonders dienstbeflissen.« Er überlegte noch hinterherzuschieben, dass er ja auch nicht asiatisch war, aber verkniff es sich. Elisas IQ reichte hoffentlich, um seine Botschaft auch so zu verstehen.

Linnea plauderte neben der Kuchentheke mit Kristers Freund

Morten. Oder … flirtete? Es sollte ihn nicht stören, wenn sie es tat. Warum auch? Nur, weil sie sich aus Versehen geküsst hatten, was ab-so-lut nichts zu bedeuten gehabt hatte?

Trotz allem war sie noch, na ja, so was wie der Feind. Sie war Konkurrenz. Und sein Besuch hier rein geschäftlich.

Acht von zehn Leuten, hatte er neulich gelesen, glaubten, der erste Kuss sei ein Indikator dafür, wie die Beziehung zwischen zwei Menschen verlaufen würde. Warum dachte er überhaupt darüber nach? Es gab sogar Studien dazu. Frauen entschieden anhand erster Küsse, ob sie mit jemandem eine Beziehung eingehen wollten. Schon wieder dieses Wort. Linnea und er hatten keine *Beziehung*. Aber verflucht, es störte ihn – Höhlenmensch, der er war –, wie sie diesen Typen da anstrahlte.

Er drängte sich durch, bis er beinahe neben ihr stand.

Sie war nicht überrascht, sondern sah direkt in seine Richtung. »Hi, Jarik. Was treibt dich her?«

»Konkurrenzforschung«, sagte er wahrheitsgemäß.

»Und ich dachte schon, du hättest Sehnsucht nach mir gehabt.« Sie lächelte spöttisch. Der feine rosa Lipgloss auf ihrer Unterlippe reflektierte das Licht des Strahlers an der Decke.

Jarik hob einen Mundwinkel. »Wer weiß?« Bloß ein versehentlicher Kuss.

»Morten – Jarik. Ich nehme an, ihr kennt euch.«

»Flüchtig«, sagte Morten, und Jarik nickte.

Er wusste nicht, woran er es merkte, aber ihm war in diesem Augenblick klar, dass Linnea zum Schlag ausholte. Sie bedachte ihn mit einem Engelslächeln. »Morten ist Journalist, wusstest du das? Er schreibt für *Ryfylke Nyheter* einen Artikel darüber, was ich mit dem *Strandkafé* für die Weihnachtszeit plane.«

»Ach, tut er das?«, fragte Jarik, wenn auch nur, um Zeit zu

gewinnen, während sein Hirn Zufallsinformationen zum Thema abfeuerte, bis er die entscheidende gefunden hatte. Er wandte sich an Morten. »Geht es der Presse so schlecht, dass ihr jetzt auch Advertorials macht?«

»Ganz so ist es nicht«, sagte Morten.

Jarik stieß Luft durch die Nase, was hoffentlich so abfällig rüberkam, wie er geplant hatte. »Geht mich nichts an. Guten Nachmittag euch noch.«

»Dir auch. Schön, dass du da warst.«

Von wegen. Er wandte sich zum Gehen, drehte sich dann aber noch einmal halb um. »Ach, Linnea? Ich bring dir die Tage ein Plakat zum Aufhängen vorbei.«

Blieb zu hoffen, dass alles klappte.

»Habt ihr so eine Art Wettstreit laufen?«, hörte er Morten hinter sich fragen, aber blöderweise lachte Elisa neben ihm in diesem Augenblick so laut auf, dass er Linneas Antwort nicht verstehen konnte.

Was ich mit dem Strandkafé *für die Weihnachtszeit plane.* Er biss die Zähne zusammen. Sie legte es darauf an. Sie legte es ganz klar darauf an. Und das regte ihn ebenso sehr auf, wie es ihn … anregte. Götter, er war einfach völlig gestört.

»Ach was, Wettstreit.« Linnea winkte mit souveränem Lachen ab. »Wie kommst du darauf?«

»Na ja, all die Aktionen …« Morten schob sich ein Stück von Ingrids schwedischem Schokoladenkuchen in den Mund. »Sorry, aber der ist so gut«, sagte er kauend. »Wenn es nach mir geht, ist das der Siegerkuchen.«

»Du hast sie noch gar nicht alle probiert.«

»Stimmt.« Ratlos betrachtete er seine Finger, und Linnea angelte ihm eine Serviette von der Theke. »Also, Wettstreit. Ich hatte den Eindruck, weil jahrelang in Lillehamn absolut nichts los war. Und jetzt macht Jarik diese Quizabende und du den Backtag hier. Was ist es für ein Plakat, von dem er gesprochen hat?«

»Keine Ahnung. Vielleicht für seinen nächsten Quizabend.«

Aber etwas sagte ihr, dass es um etwas anderes ging – und dass Morten nicht ganz falsch lag mit seiner Vermutung. Jarik und sie befanden sich schon mittendrin, in diesem Wettstreit. Er hatte an dem Tag begonnen, als Jarik Weihnachten für sich beansprucht hatte. Vielleicht hätte er sich besser überlegen sollen, wen er da herausforderte.

Seine so zielsicher kurz vor dem Abschied hingeworfene Bemerkung, er würde ihr morgen ein Plakat vorbeibringen, war schwer zu verdrängen. Und Jarik selbst … auch. Ihre Lippen wussten noch zu genau, wie sich dieses kratzige Kinn angefühlt hatte. Und ihre Hände erinnerten sich an jedes winzigste bisschen seiner Haut und seiner Haare. Und wie konnte jemand solche Augen haben?

Und gleichzeitig ein derart arroganter Vollpfosten sein, übrigens, du armes, verwirrtes Herz. Sie wollte jetzt nicht in Tagträumen über den schönsten und leider auch lästigsten Mann von Lillehamn versinken. Ihre Gäste hatten ein Recht darauf, dass Linnea für sie da war.

»Jedenfalls: tolle Aktion heute. Hat die Leute von Lillehamn mal vor die Tür gebracht«, sagte Morten.

»Danke.«

»Was steht denn nun als Nächstes an?«

»Das weiß ich noch nicht genau. Wenn ich darf, schicke ich dir eine Pressemitteilung, wenn ich wieder etwas plane.«

»Jederzeit.«

»Ich muss mich um die anderen Gäste kümmern. Du hast für deinen Artikel alles, was du brauchst, oder?«

»Sonst rufe ich an oder komme noch mal vorbei, kein Ding.«

Nachdem sie Morten den restlichen Kuchen überlassen hatte, ging Linnea von Grüppchen zu Grüppchen, redete mit den Leuten und bedankte sich, dass sie gekommen waren.

Hinter der Theke fingen Annik und Krister in der Zwischenzeit an, die Stimmzettel auszuzählen, auch wenn immer noch ständig welche nachkamen.

»Das ist ein rauschendes Fest, Linnealein.« Linneas Stammkundin Lotta war zu ihr getreten. »So viel Kuchen hat Lillehamn in hundert Jahren noch nicht gesehen.«

»Es wird als *Das große Fressen* in die Annalen eingehen«, sagte Espen über Linneas Schulter. »Morgen haben wir bestimmt lauter Magenverstimmungen in der Praxis.«

»Nur für euch habe ich das alles arrangiert«, gab sie zurück.

»Du bist so nett, Cousinchen.«

Linnea wandte sich wieder Lotta zu. »Freut mich, dass es dir gefällt.«

»Ganz enorm. Aber ich muss jetzt nach Hause zu den Kätzchen.«

Bevor Lottas Abschied den allgemeinen Exodus einläuten konnte, stieg Linnea noch einmal auf den Stuhl und stellte die Musik aus.

»Danke, dass ihr alle hier gewesen seid, beziehungsweise

immer noch hier seid. Die Ersten müssen nach Hause, deswegen will ich noch schnell drei Sätze sagen. Erstens: Es ist ja nie einfach, neu an einen Ort zu kommen, und ich bin glücklich, dass wir uns alle heute ein bisschen kennenlernen konnten. Zweitens: Wenn ich es richtig sehe, zählt die Hälfte der Solbergschen Familienpraxis immer noch Stimmzettel aus. Ich werde auf meinem Instagramprofil und auf der Website verraten, welcher Kuchen am meisten Stimmen bekommen hat, und beim nächsten Event hier im *Strandkafé* halten wir eine kleine Siegerehrung ab. Damit bin ich bei drittens: Ich habe noch viel vor mit diesem kleinen Café. Haltet also die Augen offen, kommt gern wieder und erzählt auch euren Freunden, dass es hier schön ist.« Sie lächelte in die Runde. »Das war's auch schon. Danke.«

Sie war so, so, so müde. Sie würde gleich einfach nur den Kopf auf den Tisch legen und einschlafen. Und sie konnte mindestens drei Tage lang keinen Kuchen mehr sehen. Am Ende hatte es ein hartes Kopf-an-Kopf-Rennen zwischen dem Schokoladenkuchen, Sveas rohveganem Käsekuchen und der Mandeltarte gegeben, die Jariks Bedienung gebracht hatte, obwohl sie nur ein paar Minuten geblieben war. Morten würde sich freuen zu hören, dass sein Favorit gesiegt hatte.

»Sicher, dass ich dir nicht noch helfen soll?« Alva legte ihr die Hand auf die Schulter.

Linnea drehte sich zu ihr um. »Lass mal. Ich werde heute nichts mehr tun, nachdem ich die übriggebliebenen Kuchen irgendwie verstaut habe.«

»Wir kommen einfach morgen früh zum Zeltabbauen.«

»Gibt Kuchen zum Frühstück«, sagte Linnea.

Alva lachte. »Keine Chance. Haben die Leute ihre Reste nicht mitgenommen?«

»Nicht alle.« Vor Erschöpfung konnte Linnea kaum noch geradeaus denken. »Martin – das ist der Typ, der mit den drei kleinen Kindern hier war, die alle gleich aussahen, weiß nicht ob du ihn kennst. Jedenfalls ist er Bäcker. Und er hat angeboten, morgen was mit zur Tafel zu nehmen.« Sie gähnte. »Himmel, bin ich fertig.«

»Aber es hat sich gelohnt, finde ich.«

»Hoffentlich.«

Nachdem Alva gegangen war, blieb Linnea einfach sitzen, den Kopf in die Hände gestützt. Ihre Verwandten und deren Freunde abgezogen, waren wahrscheinlich nicht einmal die Hälfte der Menschen heute neue Gäste gewesen. Trotzdem: Für die Bekanntheit des *Strandkafé* hatte es sich auf jeden Fall gelohnt. Wenn Mortens Artikel erschien, brachte das vielleicht auch noch weitere Menschen zu ihr. Hatte Jarik ihr tatsächlich abgenommen, dass der Artikel nur über sie sein würde?

Sie sollte sich einfach um die Kuchen kümmern, anstatt jetzt ihr Smartphone herauszuziehen und die Nachrichten zu lesen, die er ihr nach dem Kuss geschrieben hatte. Musste sie ausgerechnet in Jarik Mathisen verknallt sein?

Neun

Linnea wurde wach, weil ihr linker Fuß eingeschlafen war. Ihr Fuß, der – sie musste das erst sortieren – über der Armlehne des Zweisitzers am Kamin lag. Richtig. Fünf Minuten bloß hatte sie sich hinlegen wollen. Wahrscheinlich hatte der Alarm versagt. Oder, stellte sie nach einem Blick auf ihr Smartphone fest, sie hatte gar nicht auf *Start* gedrückt.

Es war nach acht, sie hatte also fast zwei Stunden geschlafen. Kein Wunder, dass ihr armes, über der Lehne hängendes Bein protestierte.

Ächzend hob sie es herunter und ließ den Fuß kreisen. Jetzt wusste sie auch wieder, was sie vorhin so überfordert hatte, dass sie es in ihrer Erschöpfung nicht hatte lösen können. Die Kuchen, die Martin morgen abholen wollte, mussten gekühlt werden. Was bedeutete, sie musste sie auf die Kühlschränke im *Strandkafé* und in ihrer Wohnung verteilen. Und wohl auch noch ihre gesammelten Verwandten anschreiben, ob sie vorbeikommen und ihre Kühlschränke belagern durfte.

Sie rief den Familienchat auf und begann zu schreiben.

Wer von euch hat noch –

Bevor sie zu Ende getippt hatte, tauchte in der Vorschau eine Nachricht auf. Von … Jarik.

Die Runde geht an dich.

Dazu ein Bild vom nahezu verwaisten *Frontstage*. Jarik musste es von hinter der Bar aufgenommen haben, denn im Vordergrund stand ein leeres Schnapsglas.

Ob Jarik zu den Barkeepern gehörte, die selbst ihre besten Kunden waren? Sie hatte bisher nicht diesen Eindruck gehabt, aber das hieß ja vielleicht nichts.

Dein Telefon funktioniert wieder!

Es ist neu. Deine Nachricht ist in den Weiten des Äthers verloren gegangen. Du könntest mir verraten, was genau du geschrieben hast.

Vielleicht. Irgendwann.
Hast du auf mich angestoßen?

Mit mir selbst. Mehrfach.

Falls es dich aufbaut, ich ersticke in Kuchen.

Sie stand auf und humpelte durch den Raum, um das Kuchenchaos aus einem möglichst beeindruckenden Winkel zu fotografieren. Und sie legte sich nicht wieder hin, nachdem sie Jarik das Bild geschickt hatte, sondern fing an aufzuräumen. Das erledigte sich ja leider nicht von allein.

Beeindruckend. Was tust du mit all dem Kuchen?

Die ganze Nacht essen vermutlich.

Vielleicht sollte sie ihm ernsthaft antworten. So erstaunlich es war: Sie führte gerade so etwas wie eine normale Konversation mit Jarik Mathisen.

Keine Ahnung, ehrlich gesagt. Ich werde es irgendwie auf saubere Teller sortieren und versuchen, genügend Kühlschränke zu finden.

Es verging ein bisschen Zeit, bis er mit einem Bild antwortete. Linnea verstand erst, was die mannshohe Edelstahltür mit der massiven Verriegelung war, als sie Jariks Nachricht dazu las.

Reicht der Kühlraum der Brauerei?

Sie musste träumen. Wahrscheinlich lag sie in Wirklichkeit doch noch auf dem Sofa am Kamin und schlief. Oder sie schlafwandelte. Nicht nur kommunizierten sie normal miteinander, sondern … Hatte Jarik ihr soeben Hilfe angeboten?

Wer bist du? Was hast du mit Jarik gemacht?

Jarik liegt betrunken im Eisfach. Er wacht so schnell nicht wieder auf.

Sie prustete los.

Der Mann küsste nicht nur so, dass sie es nicht vergessen konnte, sondern er benahm sich ihr gegenüber ausnahmsweise völlig normal. Er bot ihr seinen Kühlraum an, und er brachte sie zum Lachen. Es war mehr als eigenartig.

Wenn das Kühlraumangebot dein Ernst ist, nehme ich es an.
Danke.

Mach mal bitte ein Selfie.

Warum?

Ich will sicher sein, dass ich es wirklich mit Linnea zu tun habe.

Selfie, so weit kam es noch. Sie schickte ihm ein Emoji mit rausgestreckter Zunge.

Die nächste Stunde verbrachte sie damit, halbe Kuchen, viertel Kuchen, einzelne Tortenstücke und übriggebliebene Teilchen in Boxen, auf Teller und Platten zu sortieren und ins Auto zu laden. Nur ein paar Stücke behielt sie für den nächsten Tag.

Jarik stand hinter der Bar, als sie kam, und schäkerte mit zwei Frauen, die auf den hohen Hockern vor dem Tresen saßen. Er hatte die Ärmel des hellen, körperbetonten Shirts nach oben gestreift, in der rechten Hand schüttelte er einen Cocktail.

Eine der Frauen schien wild entschlossen zu sein, ihn heute Abend noch abzuschleppen. Sie wirkte, als würde sie gleich über den Tresen krabbeln. Außer den beiden war die Bar so gut wie leer. Nur Jostein, Hans und Svein spielten an ihrem Tisch Karten.

Linnea näherte sich der Theke.

»Hey, Linnea.« Jariks Gruß klang so selbstverständlich, als seien sie alte Freunde und nicht … was auch immer. Geschäftsfeinde, die aus Versehen für den heißesten Kuss des Jahrhunderts übereinander hergefallen waren.

Die beiden Frauen drehten sich zeitgleich zu ihr um. »Hallo! Toller Nachmittag heute!«, sagte die, die sich so begeistert zu Jarik gebeugt hatte. »Richtichwaslos in Lillehamn.«

Linneas Hirn holte nur langsam auf. »Stimmt, ihr wart auch da.« Sie sah die nüchternere der beiden an. Ihren Namen hatte sie vergessen, aber die Frau stammte aus dem Ort. »Ich hoffe, es hat euch gefallen.«

»Ja, ganz top, wirklich.«

»Danke. Empfehlt das *Strandkafé* gern weiter.« Linnea lächelte ihnen zu und ging zur offenen Seite des Tresens.

Jarik wirbelte den Shaker durch die Luft. Dabei sah er sie an – und lächelte. Einfach so. Als würde er sich tatsächlich freuen, sie zu sehen.

Es war erbärmlich. Jarik Mathisen lächelte, und ihr Herz schlug Rückwärtssalti vor Aufregung.

»Wo hast du deine Sachen?«

»Im Auto vor der Tür.«

Er stellte den Cocktailshaker ab und holte etwas aus seiner Hosentasche. »Hier.«

Mit Mühe und Not schaffte sie es, den Schlüssel aufzufangen, den er ihr zugeworfen hatte.

»Kannst von außen an den Brauraum fahren. Das ist einfacher, als wenn du mit jedem Teil hier durch musst.« Als ginge sie in seinem Brauraum ein und aus.

»Okay …«

»Einfach einmal ums Haus rum.«

»Okay«, sagte sie wieder und schloss die Hand um den Schlüssel, den Jarik eben noch berührt hatte. Hatte sie vorhin ›mehr als eigenartig‹ gedacht? Eventuell könnte man das als Untertreibung bezeichnen.

»Ich helfe dir gleich, wenn ich hier fertig bin.«

»Na, na, na!«, flötete die betrunkenere der beiden Frauen. »So einfach lassen wir dich nicht gehen.«

Jarik lachte, es wirkte gutmütig.

Den Rest musste Linnea sich nicht ansehen. Sie nickte Jarik noch einmal zu und sagte vage »Na, dann« irgendwo in den Zwischenraum zwischen ihm und den beiden Frauen.

Tatsächlich war der Eingang hinter dem Haus einfach zu finden, und es war auch genug Platz zum Rangieren da, sodass Linnea mit dem Kofferraum zur Tür parken konnte.

Der Brauraum war einfach eine zu groß geratene Garage, in der drei hohe Edelstahlbehälter standen. Das mussten Jariks Braukessel sein. Dahinter in der Ecke vermutete sie den Durchgang zur Bar. An der Wand daneben stand ein Tisch, auf dem sich Messgeräte, Flaschen und Schläuche stapelten.

Gegenüber entdeckte sie die Kühlraumtür, von der er ihr ein Foto geschickt hatte.

Das Einfachste würde sein, wenn sie ihre Kisten und Teller erst hereintrug und dann geschlossen in den Kühlraum brachte.

Platz … wo konnte sie die Sachen abstellen? Die einzige Möglichkeit war der Tisch mit all den Brauereiutensilien, aber Jarik würde kaum begeistert sein, wenn sie die zur Seite räumte. Ohnehin kam es ihr merkwürdig intim vor, sich hier in seinem Privatbereich herumzutreiben.

Schließlich fand sie einen zweistöckigen Rollwagen, den sie an die Tür fuhr und belud.

Der Kühlraum war voller Regale: Ganz offensichtlich lagerte Jarik hier nicht nur die verschiedenen Biersorten aus seiner kleinen Brauerei, sondern auch die Vorräte für das *Frontstage*. Bier, Wein, Schnaps, Softdrinks. Das Regal für das Gemüse war vergleichsweise klein – klar, Gemüse wurde am besten frisch gekauft.

Sie fuhr den Rollwagen in den Raum und schloss die Tür wieder. Wie funktionierte dieser Verriegelungsmechanismus jetzt?

»Einfach runterdrücken.«

Sie zuckte zusammen.

Jarik lehnte an einem der Braukessel. »Man braucht ein bisschen Kraft dafür.« Er stieß sich ab und machte einen Schritt auf sie zu. Sie war sicher, er starrte auf ihre Lippen, und sie … sie brauchte Abstand. Oder nicht?

Jariks Augen schimmerten selbst im fahlen Neonlicht dieses kargen Raums in diesem unglaublichen Bernsteinbraun. Wolfsaugen, dachte sie vage. Er kam noch näher, während sie dastand wie festgewachsen. »Was stand in deiner Nachricht?«, fragte er.

Sie trat ebenfalls nach vorn. So nah, dass sie meinte, die Wärme zu spüren, die von ihm abstrahlte. »Was war das Letzte, was du gelesen hast?«

»*Kommt nicht wieder vor.*« Seine Stimme war rauer und dunkler als sonst. »Bist du dir da sicher?«

»Nicht hundertprozentig.«

Vorsichtig hob er eine Hand und strich ihr über die Schläfe. Sie ließ es geschehen, weil sie genau das auch tun wollte. Und weil er dabei aussah, als würde er etwas besonders Wertvolles berühren. Seine Finger hinterließen eine warme, prickelnde Spur auf ihrer Haut.

»Ich habe geschrieben«, flüsterte sie, »dass wir uns besser kennenlernen müssen, um herauszufinden, ob wir uns öfter küssen wollen.«

»Eine sehr kluge Idee.«

Ihr ganzer Körper summte, so sehr war sie sich seiner Nähe bewusst. Sein Atem streifte ihre Stirn, sie hob das Gesicht zu ihm. »Eventuell … Meinst du, man kann die Reihenfolge ändern?«

»Ich weiß nicht.« Wie sie das mochte, wenn seine Stimme so kratzte. »Ich bin ein bisschen betrunken, ich kann mich zur Not …«

Kurz ließ sie ihre Zungenspitze über seine Oberlippe gleiten. Kratzige Stoppeln, und ja, da war der Geschmack von Alkohol. Aber mehr noch der Geschmack von Jarik.

»… rausreden«, murmelte er gegen ihren Mundwinkel.

»Willst du dich rausreden?«

Statt einer Antwort berührte er sehr sanft ihre Lippen mit

seinen, wie eine Frage. Linnea antwortete, indem sie ihm die Arme um die Taille legte und ihn an sich zog, weil er noch nicht nahe genug war.

Dieses Mal war ihr Kuss nicht zornig und rauschhaft. Dieses Mal hatten sie beide den Mut, langsamer zu küssen, zu schmecken, zu fühlen. Linnea schloss die Augen und konzentrierte sich ganz auf die Glückswellen, die von ihren Lippen und ihrer Zungenspitze aus durch den ganzen Körper pulsten. Jariks Lippen waren gleichzeitig weich und fest, und bei jedem Atemzug schlich sich sein Duft tiefer in irgendeinen Teil ihres Hirns, der für absolute Seligkeit zuständig war.

Wie machte er das? Wie konnte er so gut riechen, so gut küssen, so …

Behutsam löste er sich von ihr.

Linnea öffnete die Augen.

Jarik schüttelte mit einem ganz leisen, amüsierten Lächeln den Kopf. »Nein.«

»Was nein?«

»Ich will mich nicht rausreden.« Er strich ihr mit dem Zeigefinger die Augenbraue entlang, und sie legte die Hand gegen seine unrasierte Wange.

»Ich auch nicht.«

»Sicher?«

»Ganz sicher.«

»Gut.« Sein Lächeln wurde heller, weniger vorsichtig. »Ich muss zurück in die Bar.«

»Besser ist das. Nicht, dass deine Fans am Ende noch über den Tresen klettern und sich selbst bedienen, weil du nicht da bist.«

»Meine vielen Fans, ja.«

Sie drifteten auseinander, bis nur noch ihre Finger miteinander verflochten waren. Linnea wollte nicht gehen, und sie wollte nicht, dass Jarik ging.

»Vermutlich kann ich heute früh Feierabend machen, aber genau weiß ich es nie. Wie lange bist du noch wach?«

Glaubte er, sie könnte jetzt nur ein Auge schließen? Sie würde bestenfalls im Bett liegen und debil vor sich hin grinsen, aber schlafen im Leben nicht. »Lange«, sagte sie.

»Soll ich bei dir klopfen, wenn ich hier fertig bin?«

»Ja.« Immer noch berührten sich ihre Fingerspitzen.

»Oder kommst du noch auf einen Schluck mit rüber?«

Sie würde bei ihm sein, wenn sie das tat. Sie würde ihn ansehen können, die ganze Zeit. Jedes Detail von ihm könnte sie aufsaugen. Aber sie würde nicht die Einzige sein, die ihn anschmachtete. Und nicht die Einzige, der er ein Lächeln schenkte. Der Tag war perfekt gewesen, wie er war. Er wurde nicht davon besser, dass sie müde dabei zusah, wie irgendwelche Frauen Jarik anbaggerten, ganz gleich, wie erfolglos sie dabei sein würden. »Nein«, beantwortete sie seine Frage. »Mein Café ruft.«

»Ich schließe hinter dir ab.«

Bevor er das tat, küsste sie ihn noch einmal, mehr auf den Mundwinkel als auf den Mund, und er lachte leise und froh.

Sie musste ziemlich erhitzt sein, denn die Nachtluft kam ihr kalt entgegen. Ein überdrehtes Kichern stieg in ihr auf. Jarik und sie. Jarik und Linnea. Linnea und Jarik.

Der Gedanke setzte sich in einer begeisterten Dauerschleife in ihrem Hirn fest, ohne dass sie ihn wirklich begriff. Wie konnte das auf einmal passiert sein?

Statt im Café aufzuräumen, stieg sie die Treppen zu ihrer Wohnung hoch. Sie hatte nicht mit Besuch gerechnet und in den letzten Tagen viel getan, nur keine Ordnung gehalten. Wer rechnete auch damit, auf einmal ein vorzeigbares Schlafzimmer haben zu müssen?

Als Erstes bezog sie das Bett neu und stopfte das alte Bettzeug, da der Wäschekorb ohnehin überquoll, gleich in die Waschmaschine. Danach putzte sie das Bad samt dem Spiegel voller Zahnpastaspritzer und schob die Rechnungen und Werbesendungen auf der Anrichte in der Küche wenigstens zu einem rechtwinkligen Stapel zusammen. Noch schnell duschen, rasieren und diesen dezenten Körperduft auflegen, den Igny ihr aus einer Seifenmanufaktur in Bergen geschickt hatte.

Dann streckte sie sich auf dem Bett aus und wartete.

Sie hatte seit Stunden nicht auf ihr Smartphone geachtet. Svea hatte ihr Fotos vom Nachmittag geschickt, und Igny fragte, wie der Backwettbewerb verlaufen war. Linnea leitete ihr zwei von Sveas Fotos weiter. Auf einem davon war Jarik zu sehen.

Es war so, so toll. Ich habe keine Ahnung, wie viele Leute genau da waren oder wie viel Geld wir eingenommen haben, aber es wird einen Artikel in der Lokalzeitung hier geben. Außerdem habe ich einen Bäcker aus dem Nachbarort kennengelernt, vielleicht ergibt sich da eine Kooperation. Danke noch mal für deine Hilfe!

Ich sehe, sexy Jarik war auch da. Hat er Kuchen vorbeigebracht?

Nein, er wollte bloß die Konkurrenz ausspionieren.

Aha.

Wir haben uns noch mal geküsst.

Okay, Schwester. Jetzt kommen wir zu dem Teil, der mich wirklich interessiert.

Alles im Detail aufzuschreiben, dauerte Linnea zu lange. Stattdessen hinterließ sie Igny eine Sprachnachricht von vierzehn Minuten. Arme Igny, sie hasste Sprachnachrichten. Linnea sah ihre Freundin vor sich, wie sie ungläubig die stetig blinkenden Worte ›Audio wird aufgenommen …‹ betrachtete und dann ergeben beim Zähneputzen anfing, Linneas kleinen Privatpodcast abzuhören.

Linnea schaltete das Licht aus, um die Sterne über dem Dachfenster besser sehen zu können.

Jarik. Unglaublich.

Ein dumpfes Hämmern weckte sie, und irgendwann begriff sie, dass jemand gegen ihre Haustür bollerte. Nur widerstrebend setzten sich die Erinnerungsfetzen zusammen. Doch dann sprang sie aus dem Bett. Jarik!

Wie hatte sie einschlafen können? Wie spät war es? Und

warum – ein fieser Verdacht schlich sich an – warum war es eigentlich auf einmal heller in der Wohnung?

»Komme!« Sie stolperte zur Tür, stieß sich den kleinen Zeh an der Kommode und hopste auf einem Bein weiter. Ganz egal, wie spät es war, sie würde Jarik küssen, bis er besinnungslos die Augen verdrehte.

»Guten Morgen, Schlafmütze.«

Falsche Stimme. Falsche Person. Irritiert wich sie zurück. »Oh. Espen.«

»Hast du jemand anderen erwartet?«

»Ja, ich … Wie spät ist es?«

»Gleich neun. Wir haben das Zelt abgebaut, und ich wollte dich fragen, ob du sonst noch was brauchst.«

»O Gott.« Linnea fuhr sich mit den Handflächen über das Gesicht, um wach zu werden. »Warum habt ihr mich nicht geweckt? Ihr könnt doch nicht meine Arbeit ganz allein machen.«

»So viele Leute braucht man für das Zelt nun nicht. Machst du uns einen Kaffee? Dann passt das schon.«

Neun. Wie konnte es neun sein, wenn sie doch eben noch auf Jarik gewartet hatte.

»Bin gleich unten.«

Sie hinterließ Jarik eine hektische Sprachnachricht, ob er bitte, bitte so nett sein und sich um Martin, den Bäcker kümmern könnte. Während sie sich mit der Bürste durch die zerzausten Haare fuhr, teilte sie Martin mit, dass die Kuchen im *Frontstage* waren. Verflucht, wie hatte das passieren können? Zwei jämmerliche Stunden blieben ihr, um das Café sauber zu machen. Das erste Mal in der Geschichte des *Strandkafé* freute sie sich, dass sich niemand zum Brunch angemeldet hatte.

Nach dem Ansturm gestern konnte sie wohl ohnehin nur mit wenigen Sonntagsbesuchern rechnen.

Drei Stufen auf einmal nehmend, sprang sie die Treppe nach unten. Tatsächlich war vom Pavillon nichts mehr zu sehen. Dafür hatte sich ihre gesammelte Familie im Außenbereich niedergelassen. Alva und Theo unterhielten die wild durcheinander piepsenden Hausspatzen mit Krümeln.

»Guten Morgen!« Ein Chor aus mindestens vier oder fünf Stimmen begrüßte Linnea.

»Hört auf. Mein Gewissen ist auch so schon schlecht genug.« Sie zog den Caféschlüssel aus der Tasche und öffnete die Tür zu dem Chaos, das auf die wartete. »Wer will was trinken? Kaffee, Tee? Saft?«

»Kaffee.« Espen räkelte sich. »Wen hattest du eigentlich eben erwartet?«

»Alva? Auch Kaffee?«

»Gern«, antwortete Alva im selben Augenblick, in dem Espen grinsend sagte: »Jetzt will ich es wissen.«

Krister stand auf. »Ich nehme einen Kaffee.«

»Verräter.« Espen erhob sich ebenfalls. »Dabei bist du mindestens genauso neugierig wie ich.«

Svea knuffte ihm gegen den Arm. »Wenn du nicht gleich aufhörst, meine Freundin zu nerven, lasse ich dich nachher beim Tennis nicht gewinnen.«

»Von wegen.« Aber er ließ das Thema ruhen.

Ohne dass Linnea darum gebeten hätte, fingen alle an, sich nützlich zu machen, noch bevor sie auch nur die Kaffeemaschine angeschaltet hatte. Krister spülte Teller vor, die Annik ihm abnahm und in die Spülmaschine stellte. Jo und Espen sortierten das bereits gespülte Geschirr und Besteck. Alva war mit

Theo im Bad verschwunden, um den Putzeimer mit Wasser zu füllen. Die Lichterketten, hatte Linnea beschlossen, würden für die Weihnachtszeit hängen bleiben.

»Ich weiß es übrigens.« Svea ließ den Besen in einem eleganten Schwung über den Boden gleiten.

Niemand fragte, was sie damit meinte, aber Espen hielt in der Bewegung inne. »Ach ja?«

»Ja.«

Er deutete mit der Gabel, die er gerade in der Hand hatte, auf Svea. »Du bist meine Verlobte. Dein Wissen muss auch mein Wissen sein.«

»Träum weiter, Hase.« Svea lachte, dann blieb ihr Blick irgendwo hinter Linnea hängen.

Wo … die Eingangstür sich eben öffnete. Linneas Herz raste los. Und hatte bitte mal jemand eine Tüte zum Atmen?

Svea zwinkerte ihr zu, und sie drehte sich um.

Jarik hatte die Tür noch nicht hinter sich geschlossen. Fast wirkte es, als überlegte er, doch lieber wieder zu gehen.

Linnea trat mitsamt ihrem hektisch hämmernden Herzen und dem irren Lachen, das sich durch ihre Kehle drängte, auf ihn zu. Und jetzt? Sollte sie ihn küssen? Aber er machte keine Anstalten dazu, also war es wohl besser, sich zurückzuhalten, bis sie wenigstens darüber gesprochen hatten.

»Hi.« Sein Blick hielt ihren fest.

Sie musste sich räuspern, um nicht zu piepsen. »Hi. Hat Martin sich wegen des Kuchens bei dir gemeldet?«

»Alles erledigt.«

Er trug dieses enge, dunkelgraue Shirt, durch das man jede seiner Muskeln erahnen konnte. Und er lächelte. Und schluckte. »Ich wollte dir noch was zum Aufhängen vorbeibringen.«

Erst jetzt sah sie das zusammengerollte Plakat in seiner Hand.

»Was ist es?«

Er reichte es ihr, und für einen Moment umschlossen seine Finger dabei warm die ihren.

Linnea war sich deutlich der Zuschauer bewusst, die natürlich weiter klapperten und wischten, als wäre niemand neugierig. Sie rollte das Papier auseinander.

Weihnachtsgeschenke für die Natur!
LILLEHAMN NATURE CLEAN-UP
Wir treffen uns am 4. Dezember um 16:00h.
Bringt Taschenlampen, Arbeitshandschuhe und gute
Laune mit. Für bestes Frontstage-Weihnachtsbier,
Gløgg und Müllsäcke ist gesorgt.
Anmeldungen unnötig, kommt einfach vorbei.

Richtig, da war noch was. »Samstagnachmittag.« Jariks einnehmendes Lächeln hin oder her, das hier war kein Freundschaftsbesuch. »Einer von zwei Tagen in der Woche, an denen zuverlässig Leute ins Café kommen.«

Jarik hob die Hände in einer Unschuldsgeste. »Ich weiß. Aber es ist halt auch der Tag in der Woche, an dem wahrscheinlich ein paar Leute mitmachen.«

»Klar.« In Linneas Brust ballte sich ein Wutklumpen zusammen. Was waren auch schon ein paar heiße Küsse? Hatte sie damit gerechnet, dass das Rennen um Weihnachten damit vorbei war? Am Ende ging es trotz allem immer noch darum, zu wem die Leute Weihnachten ihr Geld tragen würden. Nun gut, Jarik wollte es nicht anders. So schnell ließ sie sich hier nicht ausbooten, ganz egal, wie hübsche Augen er hatte oder wie gut sich seine Küsse anfühlten. Aber sie wollte nicht zornig auf ihn sein. Irgendwie kanalisierte sie ihre verworrenen Gefühle in einem ironischen Lächeln. »Es ist enttäuschend, weißt du? Das, nachdem ich dich extra geküsst habe, um dich auf meine Seite zu kriegen.«

Er sah sie konzentriert an, als müsse er diese Aussage erst verarbeiten. Oder nein, als suchte er etwas in ihrem Gesicht. Dann hob er belustigt eine Augenbraue. »Kam mir nicht danach vor.«

»Sei dir nicht zu sicher.« Linnea warf die Haare zurück und hoffte, sie wehten wenigstens ein wenig beeindruckend hinter ihr her, als sie zum Tresen ging und einen dicken, roten Filzstift holte. Sie ignorierte Jarik, der seltsam steif immer noch genau da stand, wo sie ihn verlassen hatte. Neben ihm auf dem Tisch lag das Plakat. Linnea schrieb ›und Kekse‹ neben seinen Text und zeichnete einen Pfeil, der hinter das Weihnachtsbier zeigte. »So.« Sie schenkte ihm ihr strahlendstes Lächeln. »Jetzt kann ich es aufhängen.«

»Gut.« Mit einem lautlosen Schnauben schüttelte er den Kopf, bitter amüsiert über etwas, das ihr entging.

»Wo hängen sonst noch welche?«, fragte sie. »Dann kann ich die nachbessern.«

»Mach dir nicht die Mühe. Das erledige ich schon.« Er nickte an ihr vorbei vage in die Runde. »Hab nur kurz was vorbeigebracht. Lasst euch nicht stören.«

»Würde keiner von denen jemals«, sagte Linnea.

»Sieht man.« Jetzt erreichte sein schiefes Lächeln immerhin seine Augenwinkel, aber er machte keine Anstalten mehr, sie zum Abschied zu umarmen oder gar zu küssen. Sie hätte gern einfach die Arme um ihn gelegt, um seine seltsame Starre zu durchbrechen, aber etwas in seiner Haltung hielt sie davon ab. Sie würde das später klären, wenn ihre Familie nicht dabei war.

Als sie die Tür hinter Jarik geschlossen hatte und sich umdrehte, bemühten sich die anderen nicht mal mehr, beschäftigt auszusehen. Einzig Jo sortierte ungerührt weiter Tassen in Kartons.

Espen grinste von einem Ohr zum anderen. »Sieh an, meine kleine, unschuldige Cousine küsst den Barkeeper.«

»Du geh doch nach Hause«, sagte Linnea.

Zehn

Es war ein Scherz gewesen. Jariks rationaler Verstand wusste das – oder hoffte es zumindest. Nur ein Witz. Linnea hatte es nicht ernst gemeint, als sie sagte, sie hätte ihn nur geküsst, um die Konkurrenz auszuschalten. Warum begriff ein Teil von ihm das verflucht noch mal nicht?

Gut, auch das konnte er erklären. Er hatte massenweise Studien dazu gelesen. Er konnte dem Glück nicht vertrauen, weil sein Hirn in einer entscheidenden Phase seiner Jugend falsch verdrahtet worden war, ein Trauma, das ihn überspannt reagieren ließ. Unter anderem wurden laut Quinlan und Burke (2018) durch jahrelanges Mobbing die Hirnbereiche, die man gesammelt Striatum nannte, geschädigt. Verantwortlich unter anderem für die Vertrauensbeurteilung. Was bedeutete, er war nie sicher, dass er den richtigen Menschen vertraute. In seiner Regalecke für Fach- und Sachbücher stand ein viel gelesenes Psychotraumatologiebuch, in dem all diese Zusammenhänge tiefgehend erklärt wurden. Nur konnte er sich – frustriert knallte er die Kühlraumtür zu – für seine klugen Erkenntnisse mal wieder exakt gar nichts kaufen.

Er sollte jetzt einfach zu Linnea zurückgehen und um Entschuldigung bitten, verflucht noch mal. Die interessanteste Frau des Ortes hatte aus unerfindlichen Gründen ausgerechnet ihn geküsst und wollte ihn näher kennenlernen. Es war einigermaßen dumm, sich selbst nicht die Chance auf das Zusammensein mit Linnea zu nehmen, indem er sich an ihrem Scherz aufrieb. Auch wenn das verringerte Volumen seines Nucleus caudatus sich voller Begeisterung darauf stürzen wollte.

Das Problem war: Er konnte nicht.

Sie hatte gestern Abend nicht geöffnet und auch keine seiner Nachrichten gelesen. Vielleicht hatte sie doch gemerkt, dass er seltsam war und es sich anders überlegt. Und der blöd gewählte Zeitpunkt für den Clean-up half natürlich nicht gerade. Aber Linnea war nicht hinterhältig. Wenn er anfing, das zu glauben, konnte er gleich einpacken. Irgendwann musste er lernen zu vertrauen. Hey, er vertraute Majbritt, bis zu einem bestimmten Punkt jedenfalls. Aber beim Gedanken an Majbritt fing sein Herz auch nicht an, komisch zu klopfen. *Nachdem ich dich extra geküsst habe, um dich auf meine Seite zu kriegen.*

»Es. War. Ein. Witz«, knurrte er durch zusammengebissene Zähne. Es tat fast weh, den Kiefer zu lockern. »Linnea hat einen Witz gemacht.« Warum sonst hätte sie ihn geküsst, als wenn sie ihn wirklich *wollte*? Sie hatte wohl kaum mit Kjell gewettet. Er hätte es gespürt, hätte sie diese Küsse nicht ernst gemeint. Oder?

Er musste, musste, musste verflucht noch mal aufhören, überall Verschwörungen gegen sich zu wittern. Linnea würde nicht loslachen wie Marte damals. *Haha, Jarik, das hast du doch wohl nicht geglaubt? Ich habe bloß mit Kjell gewettet, dass ich dich rumkriege.*

Er ballte die Fäuste. Das war Blödsinn. Nur altes Trauma, das sich losgerissen hatte und jetzt in seinem Hirn Amok lief. Nichts, was er ernst nehmen musste. Nachher würde er mit ihr reden und das klären, ganz einfach, unter Erwachsenen. Er war nicht mehr sechzehn. Und Linnea war nicht Marte. Er war Jarik Mathisen, Inhaber des *Frontstage*, und einem Reiseblog-Artikel vom letzten Jahr zufolge *the sexiest man in Lillehamn*. Also.

Bis dahin konnte er ebenso gut die Zeit nutzen und weitere Plakate an den Orten verteilen, die sonntags geöffnet waren. Linnea war ihm schließlich durch ihre Ankündigung für den Backwettbewerb mit gutem Beispiel vorangegangen.

Sein auffälligster Stift war nicht ganz so dick wie der, den Linnea benutzt hatte, und er war blau. Es würde genügen. Jarik zeichnete wie Linnea einen Pfeil und schrieb ›und Kekse vom *Strandkafé*‹ auf jedes der übrigen Plakate, dann machte er sich auf den Weg.

Per, der Hafenmeister, war nicht erfreut, dass Jarik ihn störte. »Was willst du?« Er sah nicht mal vom Bildschirm auf.

Bevor er sich selbst daran hindern konnte, machte Jarik einen Schritt zur Seite, um Pers Bildschirm erkennen zu können. Der Hafenmeister spielte Solitär.

»Die Sieben da rüber und dann –« Er unterbrach sich, weil Per jetzt doch genervt aufblickte.

»Wenn ich deinen Rat will, sage ich Bescheid, Sherlock. Also, was ist?«

Jarik verkniff sich die Bemerkung, dass man für Solitär kaum Kombinationsgabe brauchte. »Nächstes Wochenende machen wir den Strand sauber. Wär schön, wenn du das Plakat dafür in den Schaukasten hängst.«

Per biss auf seinem Kaugummi herum. »Kein Platz. Da hängt schon eins.«

»Das kann raus.«

»Seit wann entscheidest du das?«

Fake it. Jarik legte den Kopf leicht zurück, sodass es noch hochmütiger wirkte, wenn er die Augenbrauen hob. »Seit ich Teil des Orts bin, von dessen Steuergeldern dieser Schaukasten bezahlt wird. Und Linneas Event ist vorbei, braucht also wohl kaum mehr eine Ankündigung.«

»Okay, okay.« Per hob die Hände in einer Defensivgeste. »Ich geb dir den Schlüssel.« Als wäre es eine Höchstleistung, holte er einen kleinen Schlüssel aus der obersten Schublade seines Schreibtischs. »Aber wiederbringen.«

Nein, wollte ich verkaufen. »Danke.«

»Ab dem nächsten Mal kostet's.«

»Meine Steuern, mein Kasten.« Er wartete nicht auf Pers Antwort.

Bis er so weit war, mit Linnea reden zu können, hatte sich das Café mit Gästen gefüllt, und später musste er in die Bar. Sein Trauma atmete auf.

Er wollte die Verstimmung nicht, die er mit seinem unbedachten Plakat hervorgerufen hatte, aber er fand auch keine Möglichkeit, sie zu beenden. Je mehr Zeit verging, desto gründlicher arbeitete er sich in die Überzeugung hinein, dass Linnea ihre Bemerkung doch ernst gemeint haben könnte. Hätte sie sich sonst nicht ihrerseits gemeldet?

Doch sie tat es nicht. Nicht am Montag und nicht am Dienstag. Jarik ertappte sich dabei, auf dem Weg zur Bar die Uferpromenade zu meiden. Die Vorbereitung für die Säuberungsaktion fraß mehr Zeit, als er eingerechnet hatte, dazu kamen die Weihnachtsbestellungen, die er abarbeiten musste. Am Mittwoch besuchte er sogar seine Eltern, um vor sich selbst zu rechtfertigen, dass er keine Kapazitäten frei hatte. Mit schönem Gruß an sein kaputtes Striatum. Eventuell sollte er einfach eine Textnachricht schreiben, in der er sich erklärte, aber er hatte Linnea persönlich verärgert, irgendwie hatte er das Gefühl, auch persönlich um Entschuldigung bitten zu müssen. Und eventuell spielte dabei eine Rolle, dass er einfach ein Feigling war.

Noch bevor die letzten Sonntagsgäste gingen, begann Linneas Kopf zu schmerzen. Am Montag schaffte sie es gerade eben, Alva zu texten, dass sie krank war, dann legte sie das Telefon beiseite und zog die Bettdecke wieder um sich. Mit halbem Bewusstsein stellte sie fest, dass sie vermutlich Fieber hatte, bevor sie wieder in ein Zwischenreich zwischen Schlafen und Wachen trieb.

Zeit verlor ihre Bedeutung, alles verlor an Bedeutung. Manchmal träumte Linnea, aber nichts davon ließ sich festhalten. Jarik kam auf sie zugeschwebt und verschwand unter einem Berg von Kuchen. Alles tat weh, alles war kalt und heiß zugleich. Sie trieb wieder davon.

Berührungen an ihrer Stirn, die Stimme ihrer Cousine. Dann wieder Zittern. Träumen. Schweben. Jemand stopfte etwas Warmes um ihren Körper. Salz, Flüssigkeit an ihrem Mund. Es kostete Mühe, die Augen zu öffnen.

»Hey«, sagte Alva, die auf der Bettkante saß. »Willkommen zurück.«

Linnea lehnte halb aufgerichtet an einem dicken Kissen. Ihr Bettbezug war blau. Sie besaß keine blauen Bettbezüge. Und es war absurd, dass sie das als ersten Gedanken nach dem Aufwachen hatte. »Wie spät ist es?«, fragte sie. Ihre Stimme war wie eingerostet, leise und rau.

»Halb vier.«

Linnea wollte aufstehen, aber selbst die Decke zurückzuschlagen, strengte sie an.

»Was hast du vor?«

»Ich muss Kuchen für morgen vorbereiten, wenn ich schon den ganzen Tag verschlafen habe.«

»Zwei Tage«, sagte Alva. »Wenn das Ibu nicht angeschlagen hätte, hätten wir dich heute Abend in die Klinik verfrachtet.«

»Das Café …« Allein beim Gedanken an Kuchen drehte sich ihr der Magen um.

»Es ist okay«, sagte Alva. »Wir haben ein Schild ins Café gehängt: *Wegen Krankheit bis zum Wochenende geschlossen.*«

»Aber das geht nicht, ich muss –«

»Diese Brühe austrinken«, sagte Alva. »Befehl der Ärztin. Wenn die drinbleibt, gibt's lecker Zwieback.«

»Wow.« Allmählich wurde ihr Verstand endgültig wach. »Ich war richtig krank.«

»Kann man so sagen.«

Mit dem Verstand kam die Erinnerung zurück. Jarik! Sie sollte sich bei ihm melden und ihn fragen, warum er beim Abschied so seltsam gewesen war. Sie sollte. Aber ihr war so elend. Mit weichen Knien und Alvas Hilfe schaffte sie es ins Bad, aber immerhin bestand ihre Cousine nicht darauf, ihr beim Übergeben die Haare festzuhalten. Sie würde sich später bei Jarik melden, nicht, solange sie sich derart grässlich fühlte.

Den Mittwoch über schwebte sie zwischen Schüttelfrost, wenn das Fieber wieder kam, Schwitzen, wenn die Tabletten das Fieber vertrieben, und hundselender Übelkeit. Sie sollte Jarik schreiben. Sie sollte.

Am Donnerstag behielt sie Alvas Brühe zuverlässig bei sich und konnte allein duschen. Die Frau im Spiegel war ein bisschen spitznasig und blass, aber sonst wieder wie ein Mensch. Sie schlüpfte in ein frisches T-Shirt und ihre Lieblings-Jogginghose, bevor sie zurück ins Schlafzimmer ging, wo Alva dabei war, ihr Bett zum vermutlich fünften Mal neu zu beziehen. Es war kalt im Raum, aber immerhin roch es kaum noch nach Krankheit. Linnea deutete auf das Bettzeug am Boden. »Das hätte ich selbst gekonnt.«

»Sicher.«

»Wirklich, ich bin fit.«

»Komm aber nicht auf die Idee, morgen wieder zu arbeiten oder so.« Ungerührt schüttelte Alva das Kopfkissen auf.

»Arbeiten nicht, nur ein paar Kekse backen für Sonntag.«

»Haben Svea, Jo und ich gestern schon gemacht. Gefühlt zehntausend Stück. Svea hat einen Karton voll vorhin bei Jarik vorbeigebracht.« Wahrscheinlich war es Einbildung, dass Alva sie bei diesen Worten genau beobachtete. Doch sie sagte nichts.

Nachdem Alva gegangen war, griff Linnea zum Telefon. Es blinkte, und ihr Herz machte einen frohen Hopser, als sie Jariks Namen las.

Svea sagte, du seist krank. Ich hoffe,
es ist nichts Schlimmes. Danke für die
Kekse.

Mit denen hatte ich nichts zu tun. Ich habe die letzten Tage nicht viel mitbekommen.

Wir sollten reden.

Also hatte sie sich nicht eingebildet, dass etwas zwischen ihnen schief hing. Aber was auch immer es war, sie war noch nicht fit genug, sich damit zu befassen.

Sonntag, okay?

Am Freitag fing es an zu schneien. Linnea verbrachte diesen und den größten Teil des nächsten Tags in ihre Decke gekuschelt auf dem Sofa und tat, was Alva ihr befohlen hatte: nichts. Ab und zu las sie ein paar Seiten oder sah sich eine Folge *Hjem til jul* an. Nicht, weil sie sich noch wirklich krank gefühlt hätte, sondern weil sie nicht unter der Decke hervorkommen mochte. Es war wirklich kein Wetter, bei dem irgendjemand vor die Tür gehen wollte. Aber sie hatte Jarik versprochen, dass sie reden würden. Und die Kekse waren offiziell von ihr. Sie sollte sich auf jeden Fall beim Clean-up blicken lassen, auch wenn ihr viel mehr danach war, einfach auf dem Sofa zu bleiben.

Am Ende war es nur der Gedanke an Jarik, der sie dazu brachte, sich doch aufzuraffen und am halb vier die Jogginghose gegen ihre gefütterten Leggings und das cremeweiße Wollkleid einzutauschen. Eventuell ein wenig overdressed, aber das war egal. In letzter Minute zog sie noch die Schneehose über die Leggings.

Die Sonne war bereits untergegangen, auch wenn es noch mindestens eine Stunde lang hell sein würde. Linnea schlug den Jackenkragen hoch, zog die Mütze über die Ohren und stapfte zum Strand hinunter. Schmerzhaft kalter Wind fegte ihr entgegen, der kleine, harte Eiskristalle mit sich trug. Sie senkte den Kopf und schlug die Kapuze über die Mütze. Wenn ein Dutzend Leute auftauchten, konnte Jarik sich vermutlich glücklich schätzen. Das ganze Unternehmen im Dezember zu starten, war – ohne Jarik zu nahe treten zu wollen – nicht besonders durchdacht. Sie verstand, warum er auf die Idee gekommen war. Trotzdem war ihr jetzt schon kalt. Und wenn sie sich nur Jariks wegen überhaupt an den Strand wagte, wie sollte es dann dem Rest der Leute von Lillehamn gehen? Nun, zur Not würden sie eben zu zweit eine Anstandsstunde lang Müll unter Eis und Schnee hervorpulen und dann durchgefroren und angetrunken zu Jarik oder zu ihr nach Hause gehen und reden.

Über dem Pfeifen des scharfen Windes und dem Knirschen ihrer Schritte auf der verharschten Straße hörte Linnea die Bässe erst, als sie beinahe beim Treffpunkt am Hafen war. Jarik hatte tatsächlich eine der fetten Partyboxen aus dem *Frontstage* wetterfest verpackt und, wie es aussah, vom Hafenmeister Strom organisiert. *Born to be Yours* pulste über den Hafenplatz. Auf der Box stand Linneas Kekskiste und ein riesiger Gastronomie-Teespender, der vermutlich Gløgg beinhaltete. Jarik war voll damit beschäftigt, Becher zu füllen und auszugeben.

Denn Lillehamn war tatsächlich gekommen.

Nicht nur der Typ, der gesagt hatte, er würde ›seinen Kleinen‹ mitbringen, mit zwei Kindern im Schlepptau, sondern auch Jariks *Frontstage*-Crew, die gesammelte Solbergsche Praxis samt allen, die dazugehörten, Theos Freunde Luis und Jack mit ihrem Vater, und zu Linneas Überraschung auch Lotta, Randi und Ingerlise sowie bestimmt zehn Leute, die sie nicht kannte.

Einen Moment blieb Linnea stehen und blinzelte gegen den Wind, um Jarik zuschauen zu können. Seine Nase war rotgefroren, seine Wangen waren rot, und unter der schwarzen Mütze ringelte sich eine Strähne hervor, die ihm immer wieder ins Gesicht wehte. Vor allem aber wirkte er glücklich. Er witzelte mit dem Mann mit den beiden Jungen herum und reichte ihm einen Becher, als er Linnea sah.

Sie musste aussehen wie ein ziemlich unproportionierter Schneemann, trotzdem ging bei ihrem Anblick ein Leuchten über sein Gesicht.

Aus der Nähe erschien die Musik leiser als zuvor. Man konnte sich sogar unterhalten. Immer mehr Menschen kamen. Jamal und seine Frau, und sogar die beiden alten Fischer, die im *Frontstage* wohl schon zum Inventar gehört hatten, bevor Jarik die Bar übernommen hatte. Ein Volksfest am Strand. In der Abenddämmerung. Im ungastlichsten Winter, den Lillehamn zu bieten hatte.

»Hey«, sagte Jarik.

»Hey.«

Er lächelte, ein bisschen verhalten, und sie lächelte zurück. Ihre Kehle war trocken, wahrscheinlich die Nachwirkungen der Krankheit.

»Geht es dir besser?«

»Ja, ich bin wieder fit.« Sie sah sich um. »Wahnsinn, wie viele gekommen sind? Hätte ich im Leben nicht gedacht, bei dem Wetter.«

»Ich auch nicht, um ehrlich zu sein.« Er schien noch mehr

sagen zu wollen, aber dann wandte er sich der Anlage zu und stellte die Musik leiser. »Okay, Leute«, rief er. »Lasst uns anfangen, bevor es ganz dunkel wird. Ich weiß, es ist vielleicht schwierig mit dem Schnee und dem Eis, aber ich versichere euch, wir werden trotzdem noch genug Zeug finden, was nicht hierhergehört. Wir sind nicht auf den Strand beschränkt. Wer in einer Stunde den größten Müllsack voll hat, bekommt auch am meisten Glühwein. Ab jetzt!«

Die Leute lachten, holten sich, was sie brauchten, und machten sich an die Arbeit, begleitet von den Tanzrhythmen aus Jariks Partybox. So viele Menschen auf einmal tummelten sich in Lillehamn am Strand sonst nur in den Sommermonaten.

Auch Linnea nahm sich einen der Müllsäcke. Aber nicht ohne sich vorher noch einmal zu Jarik umzudrehen. »Das hier war eine ziemlich gute Idee von dir, auch wenn es mich geärgert hat.«

»Hab ich immer mal. Erkennen bloß nicht viele.«

»So mag ich dich, Jarik Mathisen.« Und das stimmte.

Als hätten sie es abgesprochen, gingen sie zusammen auf die andere Seite des Stegs, wo der Strand steiniger war und nach und nach in Felsküste überging. Auf dem Abschnitt zwischen Steg und Robbenstation sammelten längst nicht so viele Menschen. Hier auf den nassen und zum Teil vereisten Steinen war es gefährlicher und ziemlich anstrengend. Schon nach ein paar Minuten Kraxelei über die zum Teil nur katzenkopfgroßen, zum Teil einen halben Meter hohen Steine war Linnea warm. Gefunden hatte sie bisher allerdings bloß den Fetzen einer Chipstüte und einen alten Schuh.

Sie blieb stehen und hörte den Wellen zu, die über das Ufer

spülten und dann knisternd und klackernd abliefen. Es hatte aufgehört zu schneien, aber immer noch trieb der Wind Wolken über den dunkler werdenden Himmel. Lange würden sie wirklich nicht suchen können. Nicht hier, wo man bei jedem Schritt aufpassen musste, um nicht abzurutschen und sich nasse Füße zu holen oder die Knöchel zu brechen.

»Linnea?«

»Ja?«

Er war stehen geblieben. »Tut mir leid, dass ich mich nicht gemeldet habe. Ich … ich war mir nicht sicher.«

»Womit sicher?«

Sein lässiges Schulterzucken wirkte nicht ganz gelungen. »Du hast gesagt, du hättest mich nur deswegen geküsst, um mich auf deine Seite zu kriegen. Darüber musste ich nachdenken.«

Sie hatte sich also nicht geirrt. »Es war ein Witz. Ich habe dich geküsst, weil ich dich ziemlich heiß finde. Und weil ich glaube, dass ich dich sehr mögen werde, wenn ich dich kennenlerne.«

»Ich mag dich auch sehr«, sagte Jarik schlicht.

Es war zu kalt, um lange stehen zu bleiben. »Dann sollten wir das Kennenlernen wohl vorantreiben.« Sie grinste zu ihm hoch, bevor sie sich wieder daran machte, die Küste abzusuchen.

Vereinzelt flackerten schon Lichtkegel durch die Dämmerung. Die Leute hatten sich über die ganze Länge der Bucht verteilt. Linnea stützte sich auf der dunklen, vereisten Oberfläche eines größeren Steins ab und überquerte eine Lücke, in der das Wasser bis hier hoch kam. Vor ihr lag ein rostiger Metallgitterkäfig, in dem die Reste eines Fischernetzes auf und nieder schwappten. Probehalber zerrte sie daran, aber es gelang ihr nicht, es loszureißen. »Jarik?«

Er war mehrere Meter vor ihr und drehte sich jetzt um.

»Hilf mir mal, ich krieg das hier nicht raus.«

Im Gegensatz zu ihr hatte er ein Messer mitgebracht und schnitt das Netz nicht nur los, sondern schleppte es auch zurück zum Hafenplatz.

Inzwischen war der Himmel tiefdunkelblau. Wolken jagten darüber hinweg, und eine Lichtinsel am westlichen Horizont ließ einen letzten Schimmer von Sonnenuntergang erahnen.

Nach und nach kehrten die Sammler zurück, einige mit fast leeren, einige wenige mit gut gefüllten Säcken. Kristers Ziehsohn Theo und sein Freund Luis rollten einen fast neu aussehenden Rettungsring auf den Marktplatz.

»Nice!«, hörte Linnea Krister neben sich sagen. »Ich weiß schon, wofür wir den verwenden.«

Theo grinste zu ihm hoch. »Für mein Floß.«

»Ganz genau.«

Jarik hatte einen Pick-up organisiert, der Linnea vorher nicht einmal aufgefallen war. Ein Müllsack nach dem anderen landete auf der Ladefläche, und am Ende spannten Jarik, Krister und Svea eine Plane darüber.

»Feierabend!«, rief Jarik. »Jetzt müsst ihr mir nur noch helfen, den Gløgg zu leeren.«

Jemand brachte Moltebeerenschnaps, und sogar eine Feuerschale und trockenes Brennholz tauchte irgendwoher auf. Die Müllsammlung wurde zu einer tatsächlichen Party, einer Vorweihnachtsparty im Schnee. Linnea stand neben Jarik, manchmal berührten sich ihre Hände. Irgendwann legte er den Arm um ihre Schultern, eine Frage, die sie beantwortete, indem sie sich an ihn lehnte. Majbritt hatte die Musik übernommen. Inzwischen spielte sie statt EDM Weihnachtslieder, und in bester Public-Singing-Manier sangen alle mit, die dazu Lust hatten.

»Himmel på jord«, sang Linnea. Jarik brummte immerhin mit, sie spürte es durch die Jacke hindurch. Aus dem verlöschenden Feuer stiegen die letzten Funken in den Nachthimmel. *Himmel auf Erden, eine Freude so groß. Ich bin nicht allein, da, wo ich wohne … Himmel på jord.*

Nach und nach gingen die Leute. Um acht hatte Linnea das Gefühl, die halbe Nacht durchgefeiert zu haben. Sie hatte lediglich Kinderpunsch getrunken und war dennoch seltsam berauscht und erschöpft, als hätte sie persönlich für die Leerung des Gløggtopfs gesorgt.

Am Ende war der Hafenplatz still bis auf die Wellen, den Wind und das Krächzen ein paar verwirrter Möwen. Außer Jarik und ihr standen nur noch Majbritt und Lucas um den glimmenden Glutrest in der Feuerschale. Die Wolken hatten sich inzwischen ganz verzogen, und der Vollmond stand kalt und fern am Winterhimmel.

Zu viert brachten sie die Box und alle Kleinteile zurück ins *Frontstage* und den Müll auf den Parkplatz dahinter. Jarik würde ihn in den nächsten Tagen entsorgen.

Und dann waren nur noch Jarik und sie übrig. Und das Kennenlernen, das sie sich versprochen hatten. Nachdem er die Brauereitür ins Schloss gezogen hatte, fragte er: »Und jetzt?«

»Wenn es okay ist, komme ich noch einen Moment mit zu dir.«

»Okay.« Seine Stimme war rau. Vielleicht vom Feuer oder von der Kälte. Aber genauso gut konnte es bedeuten, dass er aufgeregt war. Der Gedanke gefiel ihr, Jarik könnte ihretwegen aufgeregt sein.

»Dann lass uns gehen.« Sie schob ihre Hand in Jariks. Ihre Schritte passten sich einander an, als wären sie immer schon Hand in Hand gegangen.

Elf

Ohne es abzusprechen, steuerten sie auf den Weg am Wasser zu, am Strand heute statt an der Uferpromenade. Jede kleinste Kuhle oder Erhebung im eiskrustigen Sand wurde durch die scharfen Schatten hervorgehoben, die das Mondlicht warf.

Linnea wusste nicht genau, was sie erwartet hatte. Eine schmucklose, funktionsfähige Junggesellenwohnung vielleicht. Auf jeden Fall nicht, dass Jarik sie ausgerechnet zu dem dunkelroten Häuschen in der Måneskinnlien führen würde, das ihr im Sommer durch die vielen Rosen im Vorgarten aufgefallen war.

Der Mann steckte voller Überraschungen.

Zur Haustür führten zwei Holzstufen nach oben. Der Eingangsbereich war vorgezogen, der Windfang wohl nachträglich angebaut.

Jarik löste die Hand aus ihrer, um zu öffnen. »Dann herzlich willkommen.«

Er ließ die Tür aufschwingen und schaltete das Licht ein.

Warmer Schein floss über die Stufen, die vereinzelten Schneeflocken auf dem Holz glitzerten.

Linnea trat ein. Unter ihren Füßen knarrten die Dielen, wie um sie zu begrüßen.

»Willst du mir deine Jacke geben?« Auf einmal wirkte Jarik nervös.

Der Windfang war klein für zwei Menschen. Linnea streifte die Schuhe von den Füßen, schlüpfte aus der Schneehose und zog ungelenk einen Arm aus der Jacke, bevor Jarik ihr aus dem anderen half.

Seltsam verhalten nickte er zu der Milchglasschiebetür, die wohl ins Haus führte. »Geh einfach rein, ich hänge nur eben noch die Sachen auf.«

Linnea schob die Tür zur Seite, fast lautlos rollte sie auf der groben Industriemetallschiene, die sie hielt. Das Licht aus dem Windfang fiel auch hier auf dunkle Holzdielen und streifte die Kante eines sehr flauschigen, weißen Teppichs. Linneas Schattensilhouette sah aus wie ein Alien, der aus seinem erleuchteten Raumschiff kommt. Ein leicht verzerrter Alien.

»Licht ist rechts.«

Ihre tastenden Finger fanden eine vertäfelte Wand und dann einen Schalter. Sie hatte keine Ahnung, was sie sich beim Anblick des verhutzelten, verwunschenen Häuschens von außen vorgestellt hatte – aber es war nicht *das*. Im gesamten Haus gab es kaum Wände. Auf den ersten Blick schien es nur aus einem einzigen Zimmer zu bestehen. Selbst die Decke war zum Teil entfernt worden, sodass sich der Raum über einer Balkenlage bis unter das Dach öffnete. Der dicke Teppich, dessen Kante sie beim Hereinkommen gesehen hatte, bildete mit einem behaglichen, breiten Sofa das Zentrum des Zimmers.

Dahinter war doch eine Wand, die wohl Schlafzimmer und Bad abtrennte. An der gegenüberliegenden Giebelwand erspähte Linnea ein Bücherregal. Ein Bücherkunstwerk. Eine ganze Wand voller Bücher. Unter den Kehlbalken führten Lichtleisten entlang, und neben dem Sofa lagen drei große, leuchtende … Dinger auf dem Boden. Linnea hätte sie wohl als Steine bezeichnet, aber sie waren eindeutig eher aus Milchglas als aus Granit.

Unwillkürlich musste sie stehen geblieben sein.

»Kannst ruhig reingehen.«

»Das ist wunderschön.«

»Findest du?«

»Ja. Es passt zu dir.«

»Ich wollte mal Innenarchitekt werden.« Er sagte das wie nebenbei, aber etwas daran ließ sie aufhorchen.

Sie drehte den Kopf und schielte zu ihm hoch. »Warum bist du es nicht?«

»Fällt unter Kennenlernen. Willst du was trinken?«

»Ich schätze, mein Magen wäre erzürnt über alles andere als Kräutertee. Aber so was hast du vermutlich nicht.«

»Doch.«

Erst jetzt nahm sie die offene Küche in der Ecke richtig wahr. Die Kochinsel war zum Wohnraum hin mit denselben rustikalen weißen Brettern verkleidet, aus denen auch die Wände bestanden, vielleicht war sie Linnea deswegen bisher nicht aufgefallen. Er hockte sich vor einen der Küchenschränke und spähte hinein. »Was darf es sein, die Dame? Pfefferminztee oder … ähm, Pfefferminztee?«

»Ich denke, ich nehme den Pfefferminztee.«

Grinsend richtete Jarik sich auf. »Er ist sehr zu empfehlen.«

Er füllte den Wasserkocher und schaltete ihn ein. Dann lehnte er sich an die Anrichte und schob die Ärmel seines Rollis hoch. Wieder fielen ihr seine kunstvollen Tattoos auf. »Was willst du wissen?«

Sie hatte Mühe, ernst zu bleiben. »Ich sprach von Kennenlernen, nicht von einem Bewerbungsgespräch.«

»Sorry. Ich hab nicht so viel Übung damit.« Er rieb sich den Nacken. »Ich wollte dir noch was sagen. Also, ich wollte dir Vieles sagen, aber das hier ist das Erste. An dem Tag mit dem Apfelkuchen … Ich meinte das tatsächlich hilfreich. Dachte, du wolltest bestimmt keinen Fehler auf deinem Schild haben.«

»Ernsthaft?«

Er nickte.

»Gott, Mathisen. Du brauchst echt mehr Übung in freundlicher Kommunikation.« Und dabei war er war so, so küssenswert. Sie machte einen Schritt auf ihn zu, sodass höchstens noch eine Handbreit Luft zwischen ihnen war. Luft, die knisterte und elektrisch zu summen schien.

Jarik lehnte sich nach vorn, sein Nasenflügel berührte ihren, und auf eine seltsame Weise war das intimer, als ein Kuss in diesem Moment gewesen wäre. »Bring es mir bei«, sagte er leise.

»Was? Freundliche Kommunikation?«

»Ja.« Das Wasser kochte. Mit einer Hand tastete Jarik nach hinten und schaltete den Kocher aus.

»Mit Worten?« flüsterte sie, und die Luft summte noch stärker. »Oder …« Jariks Lider flatterten, als ihre Lippen seinen Mundwinkel erreichten. Weich und fest, raue Bartstoppeln und dieser sanfte Mund. Nein, sie wollte nicht reden.

Sie wollte einfach nie wieder aufhören, ihn zu küssen.

»Tee?«, fragte Jarik irgendwann zwischen zwei Küssen, und Linnea hätte fast gelacht, weil es so hinreißend absurd war.

»Sofa«, sagte sie. Ob mit oder ohne Tee, war ihr ziemlich egal. Sie folgte Jarik zur Couch.

Im Gehen überkreuzte er die Arme, zog den Pullover über den Kopf und warf ihn auf die Sofalehne. Sein T-Shirt rutschte hoch und gab einen Augenblick lang den Blick auf die verlockende Haut über seinem Hosenbund frei. »Setz dich gern.« Er zog sein Smartphone aus der Hosentasche. »Musik?«

»Klar.« Sie setzte sich.

Eine Strähne hatte sich aus seinem Zopf gelöst und fiel ihm bis fast auf die Schulter. Sehr reizvoll, sie zu berühren. Nur stand Jarik immer noch neben dem Couchtisch. Warum kam er nicht einfach zu ihr? Stattdessen berührte er ein paarmal schnell das Display, dann erfüllten leise, rhythmisch pulsierende Klänge den Raum, ohne dass Linnea irgendwo Lautsprecher sah.

»Ich mag die Musik.« Täuschte sie sich, oder zögerte er wirklich hinaus, sich zu ihr zu setzen? Warum auf einmal?

»Ich auch.«

»Jarik?« Sie streckte die Hand nach ihm aus.

Wahrscheinlich hatte sie sich geirrt, denn jetzt ergriff er ihre Hand und ließ sich von ihr herunterziehen, wo er mit einem Knie neben, mit einem zwischen ihren Beinen landete. Sein Gesicht war sehr nah an ihrem. Sie legte die Hand in seinen Nacken und zog ihn ganz zu sich, bis sie seine warmen, festen Lippen wieder auf ihren spürte. Und dieses Mal gab es keine Ablenkung. Sie ließ die andere Hand von hinten unter sein T-Shirt wandern und strich ihm die Wirbelsäule nach oben.

Jarik seufzte gegen ihre Lippen, als würde er etwas Schweres entlassen. Seine angespannten Schultern wurden weich. Und endlich kam er ganz zu ihr zurück. »Ich zerquetsche dich.«

»Unsinn.«

Als er sich neben sie setzte, schwang sie sich im Gegenzug auf seinen Schoß und lehnte den Oberkörper an seinen, das Gesicht in seiner Halsbeuge. Eine ganze Weile saßen sie einfach so, und Linnea spürte der Nähe nach, die sie immer mehr erfüllte und durch sie hindurchrieselte, als Jarik behutsam erst ihre Haare, dann ihre Schläfe küsste.

Linnea hob das Gesicht, weil Haare und Schläfe nicht genügten. »Darf ich dir das Zopfband rausziehen?«

Jarik nickte, seine Haare lösten sich und fielen ihm in dichten braunen Wellen auf die Schultern. Fast ohne Linneas Zutun, kämmten ihre Finger hindurch. »Ich hab mich gefragt, wie lang sie wohl sind.«

»Und? Bist du zufrieden?«

»Sie sind so schön.« Noch einmal wühlte sie die gespreizten Finger hinein. »Warum habe ich keine Locken?«

»Weil du wunderschön bist ohne.« Auf Jariks Gesicht lag Verwunderung und eine Zärtlichkeit, die Linnea fast erschreckte. Er umfasste ihr Gesicht und küsste sie noch einmal, so, dass sie niemals wieder damit aufhören wollte.

Sie ließ die Hände von seinen Haaren über die Schultern und die Arme hinabgleiten. Und da war es wieder, als sie die Armbeugen erreichte, dieses kaum spürbare Zurückweichen. »Nicht gut?«, murmelte sie gegen seine Lippen.

»Doch.«

Aber der Kuss war unterbrochen. Linnea verfluchte sich dafür. Zart ließ sie die Fingerspitzen an der Innenseite seiner Arme über die Tattoos gleiten.

Jarik beobachtete sie, als wartete er auf etwas, von dem der restliche Verlauf des Abends abhing. Aber worauf?

Weiche Haut unter ihren Fingern, Sehnenstränge, Härchen – und dann wurde ihr klar, warum er zurückgewichen war. Was die geschwungenen Muster verbargen, ihrem Tastsinn blieb es nicht verborgen: Jariks linker Unterarm war überzogen von einer unebenen, flächigen Narbe, die sich bis über das Handgelenk erstreckte. Und er wartete – lauerte fast – jetzt, ob sie davor zurückschreckte.

Behutsam strich sie darüber. »Tut es weh?«

»Nein. Die Haut ist an den Stellen fast taub.«

»Seit wann hast du die? Also … wenn du drüber sprechen magst.«

Minimales Schulterzucken. »Ein Unfall, als ich noch sehr klein war. Meine Mutter ist … gestolpert, und das heiße Wasser aus dem Nudeltopf, den sie gerade abgießen wollte, ist stattdessen auf mir gelandet.« Zwischen seinen Worten klang etwas anderes mit, etwas Dunkleres. Und wenn sich jemand mit Schmerz zwischen Worten auskannte, war sie es.

»Wie furchtbar«, sagte sie vorsichtig. »Es muss wehgetan haben.«

»Ich war zwei oder so. Ich weiß es nicht mehr.«

»Und deine Mutter! Ich wette, sie hat sich zermartert.«

Wieder hob er die Schultern. »Hat sie wohl.«

Linnea zeichnete das Muster nach. »Ich mag die Tattoos. Aber mich hätten die Narben auch nicht gestört.«

»Das sagst du, weil du sie nicht gesehen hast.«

»Nein«, sagte sie fest. Begriff er das nicht? »Das sage ich, weil es mir völlig egal ist.«

Jarik hob zweifelnd eine Augenbraue. »Alle behaupten das.

Aber in Wirklichkeit ist es niemandem egal. Menschen springen auf optische Reize an, ganz egal, wie sehr sie das weglügen.«

Sie versuchte sich Jarik … anders vorzustellen. Ohne das ebenmäßige Gesicht, ohne die Haare, die sie immer wieder zerwühlen wollte, ohne diese hellbraunen Augen mit den dunklen Wimpern, ohne die gepflegte Kleidung. Es gelang ihr nicht.

Behutsam hob er eine Hand und legte sie an ihre Wange. »Ich zum Beispiel mag deine glänzenden schwarzen Haare sehr.« Seine Hand glitt in ihren Nacken, und sie ließ sich von ihm nach vorn ziehen. »Und deine zarte, makellose Haut.« Sie hätte nicht gedacht, so schnell zurückschwingen zu können, aber sein Atem an ihrem Ohr machte sie definitiv kribbelig. Sie schmiegte sich an ihn und ließ die Hände unter sein Shirt gleiten, während er sich an ihrem Hals entlang nach vorn küsste.

»Weißt du, was Kintsugi ist?«

Jariks Atem strich warm über ihre Haut.

»Kintsugi«, fuhr Linnea leise fort, obwohl Jarik sie wohl verstanden hatte, »ist eine alte japanische Kunst, bei der zerbrochenes Porzellan mit Gold repariert wird. Es ist danach noch schöner, weil man seine Geschichte sieht. Weil man sieht, dass es überlebt hat.«

»Der Vergleich hinkt.« Jariks Stimme war heiser.

»Ich weiß. Deine Tattoos erinnern mich trotzdem daran.« Sie rückte ein Stück weiter auf seinen Schoß und beugte sich nach vorn, bis ihre Lippen wieder seine fanden.

»Oh, oh.« Jariks Stimme zwischen den Küssen war nur ein raues Flüstern. »Wenn wir weiterreden wollen, solltest du dich anders hinsetzen.«

»Das sollte ich wohl.« Aber sie blieb, schmiegte sich an ihn, küsste ihn und streichelte seinen Rücken. Mit sanfter Gewissheit glitten seine Hände unter den Saum ihres Kleids und hoben es über ihren Kopf, sodass sie nur noch ein T-Shirt zur Strumpfhose trug. Und einen BH, der inzwischen an ihren Brustwarzen rieb.

Sie wollte Jarik ebenfalls das T-Shirt ausziehen, aber er hielt ihre Hand fest und schüttelte den Kopf.

»Warum nicht?«

»Keine Goldverzierung.«

Linnea brauchte einen Moment, um zu verstehen, was er meinte. Auch auf dem Oberkörper hatte er Narben. »Das ist mir so was von egal.« Sie drückte ihm noch einen schnellen Kuss auf den Mund und ließ dabei die Zungenspitze über seine Lippen gleiten, dann stand sie auf. Igny hatte mal behauptet, man könne Strumpfhosen erotisch ausziehen. Das war definitiv eine Lüge, aber Linnea gab ihr Bestes. Zunächst entledigte sie sich des T-Shirts. Dann fixierte sie Jarik, während sie mit feinem Lächeln über ihren Bauch nach unten strich und die Hände in den Bund schob.

Jarik hatte den Kopf gegen die Sofalehne gelegt und verfolgte ihre Bewegungen unter halb geschlossenen Lidern. Sein Mund stand ganz leicht offen, die Haare fielen ihm locker auf die Schultern.

Linnea kippte das Becken nach hinten, fuhr mit den Händen über ihr Gesäß und zog die Strumpfhose dabei nach unten. Doch, Igny, es geht tatsächlich. Schon die langsame, zarte Berührung ihrer eigenen Finger auf der Haut ihrer Oberschenkel schickte ein sehnsüchtiges Kribbeln durch ihren Körper.

Jarik rutschte ein bisschen hin und her, und Linnea zog Zentimeter um Zentimeter ihre Strumpfhose weiter aus. War er sich bewusst, dass seine Zungenspitze über die Unterlippe fuhr?

Beinahe hätte Linnea das Gleichgewicht verloren, als sie ihn ansah, während sie den Stoff von ihren Füßen schob und sich dann aufrichtete. »Sicher, dass du dich nicht ausziehen willst?«

»Nein.« Er bot ihr seine Hand, und sie ergriff sie. Doch anstatt sie zu sich aufs Sofa zu ziehen, erhob Jarik sich und stand dann so nah vor ihr, dass sie seine Wärme auf der nackten Haut spürte. Sie schmiegte sich an ihn, er legte die Arme um sie, umfasste mit beiden Händen ihre Pobacken und zog sie noch enger. Ein Knie schob er zwischen ihre Beine, der raue Jeansstoff drückte hart gegen ihre Scham.

»Ich will dich«, flüsterte sie. »Ganz.«

Jarik schluckte, sein Griff wurde fester. »Sicher?«

»Und wie.«

Er zögerte einen winzigen Moment, doch dann zog er das T-Shirt aus. Sogar das geriet bei ihm zum Kunstwerk. Der leicht angespannte Bizeps, als er den Arm bog, die bloße Haut unter dem Saum des Shirts … Er streifte es über den Kopf, gab seinen Oberkörper frei und sah Linnea dabei aufmerksam an. Fast schien er zu erwarten, dass sie zurückwich. Er war nicht hochtrainiert, sondern hatte einfach natürliche Muskeln, die durch körperliche Arbeit entstanden waren. Und einen entzückenden Bauchansatz, der ihn noch liebenswerter machte. Aber nicht deswegen beobachtete er ihre Reaktion so genau. Sie hatte richtig vermutet: Über die linke Taille zog sich eine weitere Brandnarbe, vom Rippenbogen bis über den Hüftknochen. Feine Härchen verliefen vom Nabel nach unten.

Sacht fuhr Linnea mit dem Zeigefinger am Rand des verästelten Narbengewebes entlang. »Ich mag sie. Sie gehören zu dir.«

Unter ihrer Berührung spannte Jarik die Bauchmuskeln an und stöhnte leise.

Der Laut gefiel ihr. Sie küsste die Kuhle unter seinem Schlüsselbein, ließ die gespitzten Lippen über seinen Brustmuskel wandern, tiefer, seitlich an der Taille entlang …

Jarik lachte leise und abgehackt.

»Die Hose ist im Weg.« Sie wollte Jarik ganz spüren, seine Haut auf ihrer Haut, alles von ihm, verletzt, heile, erregt. Mit fliegenden Fingern öffnete sie die obersten Hosenknöpfe, als er die Jeans auch schon über die Hüften zog und nach unten trat.

Nur Unterwäsche war jetzt noch zwischen ihnen – und ein Rest von Zögern, diese letzte Schwelle zu überschreiten.

»Zeigst du mir dein Schlafzimmer?«, flüsterte sie.

Er reichte ihr die Hand und zog sie hinter sich her.

Der Raum war klein, behaglich, mit schiefen Dielen und einer weiß gestrichenen Holzbalkendecke, mehr nahm Linnea auf die Schnelle nicht wahr, weil sie Jarik ansehen und streicheln musste.

Körper an Körper, Haut an Haut standen sie neben seinem Bett. Aber da war immer noch die Unterwäsche, ihr BH, der spannte, ihr Höschen, das viel zu warm war, und, Himmel, Jariks Boxershorts, die sie einfach anfassen musste. Ausgestoßener Atem und Druck gegen ihre Hand antworteten ihr.

Er öffnete ihren BH und zog den Stoff zwischen ihnen weg. Einen Moment lang sammelte sich jedes Gefühl in ihren Brustwarzen, die sich seinen Händen entgegenreckten. »Sie sind so schön.« Sanft umfasste er ihre Brüste und massierte sie mit den Handflächen. »So schön.« Seine Berührung setzte sich in Wellen fort bis zwischen ihre Beine.

Sie küsste seine Schultern, seine Schlüsselbeine, die Oberarme

– jeden Teil seiner Haut, den sie erwischen konnte. Mit beiden Händen gleichzeitig strich sie über seinen Hintern und zog dabei die Boxer ein Stück hinunter, nur ein Stück. Und dann noch eins. Und dann schob sie die Hand nach vorn und fand gespannte, pochende Härte.

Ihre Lippen trafen sich wieder, Jariks Zunge ihren Mund. Eine seiner Hände lag immer noch um ihre Brust, die andere glitt jetzt in ihr Höschen, über ihren Venushügel und … o Gott. Lust prickelte durch ihren Körper, immer wieder, immer mehr. Sie musste die Augen schließen, um besser spüren zu können, während Jariks Fingerspitzen rieben, neckten, liebkosten. Sie wollte mehr von ihm, aber immer, wenn sie ihm entgegenkam, entzog er sich. Dabei war sie jetzt schon so erregt, dass sie fast weinte. »Schlaf mit mir.«

Sie landeten auf dem Bett, Jariks schwerer, warmer Körper auf ihrem, und sein Knie zwischen ihren Beinen. Über ihrem Kopf angelte er nach etwas, Kratzen verriet das Öffnen einer Schublade.

Jarik richtete sich auf, ihre Hände fanden seine. »Gib her.« Sie mochte es so, wie er sie mit diesem verschleierten Blick ansah, und sie genoss, wie er in ihre Hand stieß, als sie ihm das Kondom überzog. Er legte den Kopf zurück und drängte gegen sie.

Lange konnte sie das nicht mehr aushalten. Sie legte die freie Hand in seinen Nacken und zog seinen Kopf zu sich hinunter, um ihn wieder zu küssen. Dieses Mal waren ihre Küsse atemlos, schnell und fordernd.

Irgendwie gelangte Jarik auf den Rücken. Sie schwang ein Bein über seine Hüften und kniete sich über ihn. Die Hände auf seinen Schultern, senkte sie das Becken. Gleich … gleich.

Jarik drängte gegen sie, fand ihre Mitte, drang … in … sie … drang tiefer. Die Lust wogte hoch, und Linnea ritt auf den Wellen, sie hörte auf zu denken, spürte nur Jarik in sich, wo es heiß und dunkel um Erlösung flehte. Jarik umfasste ihre Arme, während er ihr die Lenden entgegen hob, sich zurückzog und erneut in sie drang. Immer wieder umschloss sie ihn, trieb die Wellen weiter, höher, funkelnder. Jarik drückte den Kopf ins Kissen und stöhnte. Sein Körper spannte sich, Linnea fühlte, wie er kam, und sie ließ los und erlaubte der Lust endlich zu explodieren, wieder und wieder und wieder, und dann über ihr zusammenzuschlagen.

Eine ganze Weile blieben sie einfach liegen. Erschöpft, erfüllt, ohne die Notwendigkeit zu sprechen oder auch nur zu denken. Als Linnea kalt wurde, zog Jarik die Decke über sie, bevor sie danach fragte. Sie kuschelte sich neben ihn, legte den Kopf auf seine Schulter und ein Bein auf seinen Bauch. Mit dem Zeigefinger ertastete sie die Konturen der Narbe an seiner Taille.

Jarik schien zurückzucken zu wollen, tat es aber nicht. Sein Arm lag ruhig und fest um ihren Rücken, mit der anderen streichelte er ihren Oberschenkel. Als sie schon fast eingeschlafen war, fragte er: »Hast du dich manchmal fremd gefühlt, irgendwie anders als andere?«

»Wie kommst du drauf?«

»Hast du?«

»Jeden Tag.« Es kam einfach heraus, war leicht zuzugeben, jetzt, da sie so sicher und geborgen hier lag. »Nicht so sehr mit meinen Freundinnen. Und ich hatte auch nicht dieses berühmte Leere, die manche Adoptierte spüren. Irgendwie wusste ich immer, dass meine leiblichen Eltern mich aus Not weggegeben haben. Trotzdem gab es eigentlich jeden Tag etwas, was mich daran erinnerte, dass mein Innen und mein Außen ein Problem miteinander hatten.«

»Das meinte ich überhaupt nicht, tut mir leid, wenn es so klang.«

»Nicht?«

»Du glaubst mir das vielleicht nicht, aber ich habe keine Sekunde daran gedacht, dass du … na ja. Anders aussiehst halt.«

»Nicht?«

»Nein.« Jariks Stimme war warm und ein bisschen rau. »Wenn es um Äußerlichkeiten geht, denke ich nur daran, dass ich dich extrem hübsch finde.«

»Danke gleichfalls. Was meintest du dann?«

»Mehr so allgemein. Ob du manchmal das Gefühl hattest, nicht richtig dazuzugehören.«

»Schon. Nur hat das eben mit dem Innen-Außen-Ding zu tun. Innen war ich Linnea Løvskog, die in Bergen aufgewachsen war, sich an kein anderes Leben als dieses erinnern konnte. Aber auf dem Klassenfoto war ich jedes Mal das einzige ostasiatische Kind. Dann hab ich's halt gemerkt. Oder das dämliche Ching-chang-chong immer, und jeder glaubt, er ist der Erste, der diesen wahnsinnig sinnreichen Spruch bringt.«

»Wie war das für dich?«

Sie hob die Schultern, so gut das möglich war, während sie in Jariks Arm lag. »Lästig vor allem. Ich hab nur ganz selten das Gefühl, direkt bedroht zu sein. Womit ich mich glücklich schätzen kann, denke ich.«

Sein Atem war warm an ihrem Kopf, als er sie auf die Haare küsste. »So sollte es nicht sein. Niemand sollte dankbar sein müssen, weil er oder sie nicht bedroht wird.«

»Wohl richtig. Aber nicht die Realität, wenn man anders aussieht.«

»Ich weiß.«

»Ein Typ, den ich gedatet habe, meinte, ich würde bestimmt lieber Hunde essen, als ich ihm sagte, dass ich kein Steak mag. Lauter Kleinigkeiten halt. Ich hab mich danach übrigens mit dem nicht mehr getroffen.« Die seltsame Anmeldung zu ihrem Backwettbewerb fiel ihr ein. Sie erzählte Jarik davon. »Das war schon ein bisschen komisch. Lillehamn ist für mich immer Zufluchtsort gewesen. Natürlich weiß spätestens seit Utøya die ganze Welt, dass auch hier in Norwegen das Leben nicht nur hygge und hübsch ist, aber irgendwie … Lillehamn bedeutete für mich trotzdem Unbeschwertheit.«

»Jetzt nicht mehr?«

»Doch, eigentlich schon. War bloß ein Spinner. Ich kann mein Leben nicht damit verbringen, mich vor jedem Spinner zu fürchten.« Jarik streichelte ihren Arm, und sie streichelte seine Brust. Wer hätte gedacht, dass sie sich ausgerechnet bei Jarik Mathisen so wohl und sicher fühlen würde. So richtig. »Jarik?«

»Hm?«

»Du bist nicht von allein auf die Frage gekommen, oder? Ob ich mich fremd gefühlt hätte, meine ich.«

»Nein«, sagte er ruhig.

»Ich fühle mich blöd, wenn du mich was fragst, was auch irgendwie cinc Aussage über dich ist, und ich erzähle dir dann eine halbe Stunde mein Leben.«

»Es war keine halbe Stunde. Und es war interessant.«

»Ich finde deine Themen auch interessant. Und mir tut es gut, mich so in dein Zuhören einzukuscheln. Darf ich dir das bitte auch schenken?«

»Bestimmt irgendwann.« War es ihre Einbildung, dass er sich innerlich einen winzigen Schritt zurückzog? »Im Moment habe ich kein Bedürfnis danach.«

»Okay. Aber wenn du willst …«

»Wenn ich will, rede ich, ja.« Er sah zur Decke. »Eine Sache muss ich dir sagen. Sie hat nichts mit dir und mir zu tun, aber ich will nicht, dass du es von wem anders hörst. Mein Vater ist ziemlich weit rechts.«

Linnea konzentrierte sich auf Jariks Wärme neben sich. Er war hier, bei ihr. Und er konnte nichts für seine Eltern. »Solange du es nicht bist.«

»Wohl kaum.«

»Solange du entschieden auf meiner Seite stehst, sollte ich ihn mal treffen, sehe ich das Problem nicht.«

»Eher unwahrscheinlich, dass das je passiert. Also, das Treffen. Auf deiner Seite bin ich sowieso.«

Sie grinste. »Außer, wenn es um Weihnachten geht.«

»Außer dann.« In Jariks Stimme lag ein Lächeln. »Ich glaube übrigens, dass du dich irrst, was die Innen-Außen-Sache angeht.«

»Ach ja?« Linnea hörte auf zu streicheln und boxte ihm stattdessen gegen den Unterarm. »Willst du mir meine Wahrheit über mein Leben absprechen, Klugscheißer?«

»Nein.« Jarik sprach ganz vorsichtig. »Aber … dein Außen kann dich nicht als so fremd empfunden haben, wie du denkst. Du hattest Freundinnen.«

»Jeder hat Freundinnen oder Freunde. Das heißt nicht, dass man nicht trotzdem irgendwie außen vor sein kann. Was ich aber tatsächlich nicht war, jetzt wo du es sagst. Ich sah halt bloß anders aus.«

»Aber sie haben dich nicht weggebissen. Menschenrudel stoßen ja gern mal aus, was sie als fremd empfinden.«

Die plötzliche Bitterkeit in seinen Worten erschreckte Linnea. Sprach Jarik noch über sie? Oder über sich selbst? Hatten diese Narben ihn zu einer Art Außenseiter im Dorf gemacht? Sollte sie ihn danach fragen oder warten, bis er von sich aus darüber sprechen wollte?

»Ich glaube«, sagte sie langsam, »es ist nicht so sehr, was sie als fremd empfinden. Eher das, was sie als … als kaputt empfinden.«

Selten hatte ein Lachen ihr so ins Herz geschnitten wie der bittere, kleine Laut, den Jarik ausstieß.

»Keine Ahnung, ob du das mitbekommen hast.« Sie redete einfach weiter, weil sich bittere, kleine Lacher dadurch manchmal zum Verschwinden bringen ließen. »Aber mein Vater hatte die Huntington-Krankheit.«

»Wie Marit Solberg. Ich weiß.«

Sie überlegte kurz, ob sie Jarik erklären sollte, was das wirklich bedeutete. Doch er hatte den Namen ihrer Tante mit einer solchen Gewissheit ausgesprochen, dass er vermutlich das eine oder andere mitbekommen hatte. Also übersprang sie diesen Teil und fuhr an der Stelle fort, die jetzt wichtig war. »Wir hatten Glück – also, wenn man im Zusammenhang mit Huntington dieses Wort nutzen möchte. Papa war geistig noch sehr lange fit, und er hat sein Leben mit voller Hingabe gefeiert, auch als sein Körper nicht mehr tat, was er sollte.«

Das Streicheln an ihrem Oberschenkel hatte aufgehört. Jarik hörte schweigend und aufmerksam zu.

»Da habe ich das erste Mal wirklich gemerkt, wie gemein Menschen sein können, wenn jemand nicht mehr richtig

›funktioniert‹.« Mit der freien Hand malte sie Gänsefüßchen in die Luft. »Dagegen war alles, was ich bisher erlebt hatte, nichts.«

»Du gehst ziemlich gelassen damit um.«

»Manchmal gelingt das.« Sie drängte die Bilder der letzten Wochen, in denen ihr Vater im Pflegeheim gewesen war, mit aller Kraft zurück. Sie war jetzt hier. Bei Jarik. Sie war … glücklich. Und genau das war es doch, was ihr Vater immer gewollt hatte. *Meine Kleine, ich hoffe so sehr, dass wir das Richtige getan haben, als wir euch zu uns holten.* Das habt ihr, Papa. »Ich hatte ein gutes Fundament. Meine Eltern waren wirklich die besten Eltern, die ich mir hätte wünschen können.«

»Du hast Glück gehabt.«

Eine Weile schwiegen sie. Ein leises Ticken von irgendwo in der Wohnung und Jariks tiefer werdende Atemzüge waren zu hören. Und ihre eigenen vermutlich.

»Linnea?« Er klang, als schliefe er schon fast.

»Ja?«

»Hast du Montag frei?«

»Ja.«

»Wollen wir was unternehmen?«

»Klar, gern.«

»Gut«, murmelte Jarik. »Gut.«

Sie wachte auf und war kein bisschen überrascht davon, nackt in Jariks Bett zu liegen. Ein Teil von ihr musste die ganze Nacht über die Fühler nach ihm ausgestreckt haben. Seinem Herzschlag gelauscht, seine Haut gespürt, seinen Duft eingeatmet haben. Jarik lag auf dem Rücken, die Haare wie ein wirrer Kranz um seinen Kopf. Seine Lippen standen leicht offen. Sogar das leise Schnarchen fand sie liebenswert. Vorsichtig kroch sie unter der Decke hervor und stopfte sie wieder neben ihm fest.

Jarik murmelte etwas im Schlaf und drehte sich auf die Seite. Sie hielt ihre eigenen Haare im Nacken fest, damit sie ihn nicht kitzelten, und küsste ihn vorsichtig auf die Schläfe.

Wie spät mochte es sein? Draußen war es nicht mehr dunkel, aber eindeutig lange vor Sonnenaufgang. Leise stand Linnea auf, löschte die Nachttischlampe, die sie gestern nicht mehr ausgeschaltet hatten, und schlich ins Wohnzimmer.

Sie schloss behutsam die Tür und tastete nach dem Lichtschalter. Ihre Kleidung lag als unordentlicher Haufen auf dem dicken Teppich neben dem Sofa. Linnea schlüpfte in ihre Unterwäsche und zog dann nach kurzem Zögern Jariks Sweater über, in dem sein Duft vom Vorabend hing. Den Rest der Sachen – ihre eigenen und Jariks – hängte sie über die Lehne.

Die Uhr ihres Smartphones zeigte Viertel vor neun. Wie lange Jarik an freien Tagen wohl schlief? Und ob er es mochte, im Bett zu frühstücken?

Ihr Blick blieb an einem Bild auf dem Bücherregal hängen. Unwillkürlich trat sie näher heran. Ein vielleicht achtjähriger, ziemlich übergewichtiger Junge stand vor einem Holzhaus mit abgeblätterter Farbe und blickte ernst in die Kamera. Die Ähnlichkeit mit Jarik war nicht zu übersehen. Irgendein Verwandter vielleicht?

Sie zuckte zusammen, weil ihr Telefon summte.

Igny hatte geschrieben. Linnea hatte sie locker auf dem Laufenden gehalten, was in Lillehamn passierte und ihr am Vorabend Bilder vom Feuer am Marktplatz geschickt.

Das sieht total romantisch aus!

War es. Sehr. Der ganze Abend war so schön.

So innig. So besonders. Wie viel wollte sie erzählen? Der Wunsch, ihre grandiose Verliebtheit hinauszuschreien in die Welt, focht einen Kampf aus mit dem Bedürfnis, alles, was mit Jarik zu tun hatte, in ihrem Herzen einzuschließen wie in einem Tresor. Am Ende siegte die Mitteilsamkeit, wenn auch knapp.

Ich hab mit ihm geschlafen.

Igny hielt sich nicht mit Nachrichten auf, sondern rief drei Sekunden später an.

Linnea versicherte sich, dass die Schlafzimmertür fest geschlossen war, bevor sie das Gespräch annahm. »Bin noch bei ihm, ich kann nicht lange reden.« Selbst ihr Flüstern schien unheimlich laut zu sein.

»Kein Problem. Ich brauche nur alle Details, wie es dazu gekommen ist. Wer wann was gesagt hat, wer wen ausgezogen hat, wie es war, wie seine Wohnung aussieht … Ach so, und seine Fähigkeiten als Liebhaber interessieren mich natürlich auch.« Linnea sah fast bildlich vor sich, wie Igny divenhaft mit der Hand wedelte.

»Darüber werde ich dir bestimmt nichts erzählen«, wisperte sie nach einem erneuten Blick Richtung Schlafzimmer.

»So schlecht?«

Linnea unterdrückte ein Lachen. »Stell dir mal vor, ich fange an zu schwärmen, und dann kommt er aus dem Schlafzimmer.« Während sie sprach, ging sie zum Bücherregal, möglichst weit weg von Jariks Ohren.

»Oh, dann findet er es bestimmt anregend, dir zuzuhören, wie du ihn lobpreist, und ihr könnt gleich zur nächsten Runde übergehen.«

Die Vorstellung war nicht unangenehm. Ganz und gar nicht unangenehm. Trotzdem. Es gab Dinge, die selbst ihre beste Freundin nichts angingen. »Er hat ein krasses Bücherregal«, sagte sie.

»Ja, sehr sexy. Aber nicht das, was ich wissen wollte. Also spann mich nicht auf die Folter. Wie kam es auf einmal dazu? Und was ist mit eurem Konkurrenzding?«

»Keine Ahnung. Vielleicht ist er ja jetzt williger, mir ein Fitzelchen vom Geschäft abzugeben.« Wobei das auf einmal so unwichtig erschien. Irgendeine Lösung würde sich schon finden lassen. Sie wollte Jarik verstehen, Zeit mit ihm verbringen, ihm hoffentlich dieses Gefühl geben, angenommen zu sein, wie er es ihr gab. Während sie mit Igny sprach, ließ Linnea den Blick über die Borde an der Wand gleiten. Nicht nur schien Jarik sämtliche Genres inklusive hochwissenschaftlicher Fachbücher zu lesen, sondern auch in mindestens vier … fünf Sprachen. Neben norwegischen fanden sich englische, deutsche, schwedische und spanische Bücher in seinem Regal, sortiert nach einem System, das sie nicht durchschaute. Alt stand neben neu, Roman neben Sachbuch, Shakespeare neben … oh, Finnisch las er auch. *Jarik ist ziemlich schlau*, hatte Alva gesagt. Das konnte man dann wohl so nennen.

»Seid ihr jetzt zusammen? Oder ist das nur Sex?«

»Darüber haben wir noch nicht gesprochen«, antwortete

Linnea, während sie ein Buch von jemandem namens Arto Paasilinna aus dem Regal zog. Vielleicht sollten sie insgesamt mehr reden, Jarik und sie. »Es hat mich selbst überrascht gestern Abend, dass wir so schnell miteinander im Bett landen. Ich glaub, Jarik hat auch nicht damit gerechnet, aber …«

»Aber?«

»Igny, ich werde dir nicht erzählen, wie das mit dem Sex funktioniert. Du bist schon groß.«

»Zu schade.« Im Hintergrund klapperte etwas, wahrscheinlich Ignys Frühstücksgeschirr. »Und wie geht's jetzt weiter?«

»Jetzt werde ich einen Kaffee kochen und dann Jarik wecken gehen. Und nein, ich werde dir nicht alles erzählen, was dann passiert.«

Igny lachte. »Spielverderberin.«

Linnea schob das Buch zurück ins Regal und drehte sich um. »Sorry, aber das ist –« Das Wort ›privat‹ blieben ihr im Hals stecken.

Jarik lehnte mit verschränkten Armen, in Jogginghose und mit nacktem Oberkörper, am Türrahmen des Schlafzimmers.

Linneas Herz machte einen Satz vor Schreck – und dann noch mindestens drei weitere, weil er so unsagbar schön und sie so unsagbar verliebt in ihn war. Ohne Igny zu verabschieden, beendete sie das Gespräch. Wie viel hatte Jarik mitbekommen? Um zu tarnen, wie entsetzlich ertappt sie sich vorkam, half nur die Flucht nach vorn, die ja passenderweise der Wahrheit entsprach. »Guten Morgen. Ich wollte dir gerade Kaffee ans Bett bringen.«

»Wolltest du das, ja?« Sein Lächeln war bestenfalls als verhalten zu bezeichnen.

»Ja, ich bin bloß noch nicht bis zur Küche vorgedrungen,

weil ich an deinem unglaublichen Bücherregal hängen geblieben bin.«

In einer seltsam eckig wirkenden Bewegung hob er eine Schulter. »Ich lese gern.«

»Das sieht man.« Nahm er ihr übel, dass sie mit ihrer besten Freundin über ihn sprach? Oder bereute er, was gestern geschehen war? Sie lächelte, vermutlich ein wenig verkrampft. »Du könntest Mitglied im Buchclub werden.«

Jetzt zuckte es um seinen Mund. »Falls du dafür Leute findest.«

»Du wirst schon sehen.«

»Vielleicht.«

Immer noch standen sie so weit voneinander entfernt, wie dieser Raum es zuließ. Sollte sie ihm das mit Igny erklären? Dass Igny ihre beste, liebste Freundin war, die natürlich Anteil an ihrem Leben haben wollte?

Jarik war es, der die seltsame Pattsituation aufbrach. »Kaffee ist in der Küche. Ich nehm ihn schwarz, falls das Angebot noch gilt.« Er ließ den Blick an ihren Beinen nach oben wandern.

Linnea war sich nicht ganz sicher, ob sie die Geduld haben würde, Kaffee zu kochen, jetzt, da Jarik wach und sichtlich willig war, an gestern Abend anzuknüpfen. »So schnell verfällt es nicht.« Sie fixierte ihn, während sie langsam auf ihn zuschritt und dabei den Saum des Pullovers umfasste. »Aber möglicherweise musst du erst ein bisschen dafür arbeiten.«

»Muss ich das?« Er löste sich vom Türrahmen und kam auf sie zu.

Sie zog den Pullover so lasziv sie konnte über den Kopf und ließ ihn beim Gehen fallen. »Kaffee ist nicht billig.«

Ihre Blicke hielten einander fest, während sie die letzte

Distanz überbrückten. Jariks Kuss war nicht sanft wie am Vorabend, sondern rau und fordernd, fast wie jener erste, wütende Kuss im *Strandkafé*. Nun gut, wenn er es so wollte …

Diese fast schon aggressive Lust, die zwischen ihnen aufflammte, war auf eine ganz andere Art erregend als die Nähe der Nacht. Und sie duldete keinen Aufschub, kein Vorspiel, keine Sanftheit. Ihre Lippen auf seinen, ihre Hände in seinen Haaren, schob Linnea Jarik zurück ins Schlafzimmer. »Hast du noch ein Kondom?«

»In der Nachttischschublade.«

Sie krabbelte aufs Bett, während er sich die Hose von den Füßen trat. Die Kondome lagen vorn in der Schublade, die noch vom Vorabend geöffnet war. Linnea holte eins der Päckchen heraus. Jariks Atem strich ihr von hinten über den Hals, er umfasste ihre Brüste und knetete sie, gerade so, dass es sie erregte und nicht schmerzte. Sie hob ihm den Hintern entgegen und spürte seine Erregung zwischen ihren gespreizten Beinen.

»Sicher?« Er zuckte gegen ihre Scham, und sie drängte an ihn.

»Ja, verflucht, mach hin.«

Endlich glitt er in sie, und sie zog sich um ihn zusammen, immer wieder und wieder, während seine Finger ihre Brüste rieben, und sein schneller werdendes Keuchen an ihrem Ohr sie noch weiter reizte. Sie kam schnell und heftig, ein funkenschlagendes Gewitter, so überwältigend, dass sie schrie. Jarik stieß noch ein, noch zweimal zu, dann spannte er den ganzen Körper und ließ erschöpft den Kopf auf ihre Schulter sinken. »Wow. Das war …«

»Schnell?«, schlug sie vor.

»Ziemlich.«

Sie durfte jetzt nicht schon wieder mit ihm im Bett liegen bleiben. Sie musste den Kuchen auftauen und die Heizung im Café anstellen. Aber ein paar Minuten gingen schon in Ordnung, unter der Decke, mit Jarik so warm an ihrem Rücken. »Was machen wir eigentlich morgen am Ruhetag, wenn unsere Läden beide geschlossen sind?«

»Ich weiß nicht.« Er löste sich aus der Umarmung. »Ich werde viel arbeiten müssen. Bier verpacken und zur Post bringen und …«

Sie hatte sich also nicht geirrt. Ihr unbedachtes Telefonat hatte etwas zwischen ihnen kaputtgemacht, was der Gewittersex eben noch nicht hatte reparieren können. Aber vielleicht konnten Worte es. »Du bist sauer«, sagte sie und wandte sich zu ihm um. Wenn ihr Vater ihr etwas beigebracht hatte, war es, dass man keine Zeit mit Missverständnissen vertrödeln durfte. »Weil ich mit meiner Freundin telefoniert habe.«

»Nein.«

»Ist klar. Hör zu, Mathisen. Wenn das mit uns was werden soll, dann nur mit offenen Karten. Ich bin seit Wochen überarbeitet, ich stehe finanziell nicht besonders sicher, ich will mir nicht noch eine persönliche Baustelle anlachen.«

Jarik seufzte. »Okay, du hast recht. Nur, dass ich nicht sauer bin, wie du sagst, sondern … Ist egal. Lass uns am Montag was unternehmen.«

»Nicht sauer?«

»Nein.«

»Was ist es dann?«

Sehr sanftes Lächeln. »Das sage ich dir später. Also, was tun wir an unserem freien Tag?«

»Worauf hast du Lust?«

»Auf diese Steilvorlage steige ich jetzt nicht ein.«

»Hatte ich nicht erwartet«, sagte sie. »Ich meinte wirklich Vorschläge, was wir unternehmen könnten. Gern auch irgendwelchen Touristenkram. Ich weiß, wie albern es ist, da ich schon über ein halbes Jahr hier wohne, aber ich bin noch nicht viel rausgekommen.«

»Was machst du gern?«

Linnea grinste. »Ich gehe auf die Steilvorlage auch nicht ein.«

»Zu schade.«

Sie stützte sich mit einer Hand auf seinem Bauch ab und drückte sich hoch. »Jarik? Die Sache mit meiner Freundin eben … Ich hab bei ihr nicht über uns rumgetratscht oder so. Ich hatte ihr von dir erzählt. Dass ich dich, na ja, dass ich dich heiß finde halt. Und sie wollte wissen, wie …« O Gott, sie redete sich um Kopf und Kragen. »Wie der Stand der Dinge ist«, beendete sie ihren Satz.

»Was hast du gesagt?«

»Hast du das nicht gehört?«

Er hatte einen Arm hinter den Kopf gelegt und grinste sie versonnen an. »Nur, dass du gesagt hast, sie sei groß genug, um ihr das mit dem Sex nicht mehr erklären zu müssen.«

Linnea wand sich. »Weißt du, wie peinlich mir das hier ist?«

»Der Sex?«

»Blödsinn.« Sie lachte, aber es klang ein wenig hilflos. »Ich fühle mich so unsäglich ertappt. Als hätte ich ein riesiges Geheimnis ausgeplaudert.«

Jarik ließ sanft die Fingerspitzen seiner freien Hand über ihren Arm gleiten. »Ein bisschen so war das für mich auch.

Ich …« Er zog die Unterlippe kurz zwischen die Zähne und schloss die Augen. Dann sah er Linnea direkt ins Gesicht. »Für mich ist das ziemlich groß, was zwischen uns gerade passiert. Und ich finde, es gehört erst mal nur uns beiden. Deswegen ist es für mich seltsam, jeden Schritt des Weges nach außen zu tragen.«

Linneas Herz wurde weit und weich. »Für mich ist es auch groß«, sagte sie. »Tut mir leid.«

Jarik lächelte, und wieder einmal fragte sie sich, wie jemand derart schön sein konnte. »Ich kann vielleicht lernen, damit umzugehen.«

»Igny hat gefragt, ob wir zusammen sind.«

»Und was hast du gesagt?«

»Dass ich mir nicht sicher sei. Aber jetzt bin ich es, sicher, meine ich. Wenn du das auch willst.«

»Es gibt wenig, was ich mir mehr wünsche. Oder vielleicht auch gar nichts.« Jariks Lächeln wurde zum herausfordernden Grinsen. Seine Augen blitzten. »Glaub nicht, dass das Weihnachtsgeschäft nicht trotzdem meins ist.«

Es war ihr in diesem Moment vollkommen gleichgültig. »So ein Mist! Dabei habe ich nur deswegen mit dir geschlafen.«

»Haha.«

»Das war ein Witz, Klugscheißer.«

»Ich weiß.« Und er sah wirklich so aus, als wüsste er es. »Also, was unternehmen wir?«

Sie dachte einen Moment nach. Ein Tag reichte um diese Jahreszeit nicht aus, um auf Alvas Hütte nach Selerøy zu fahren. Das Ferienhaus würde allein Stunden brauchen, um warm zu werden. »Gibt's was Interessantes im Kino?«

»Ich hab lange nicht nachgesehen. Was liefe bei dir unter *interessant*?«

»Ich mag hemmungslos alles Mögliche, solange es mich gut unterhält.«

Er hob eine Augenbraue. »Ich könnte dich gut unterhalten.«

»Darauf hoffe ich. Aber lieber nicht im Kino.«

»Vorschlag: Wenn das Wetter mitmacht, steigen wir auf den Hausberg, bis zum Wasserfall oder so. Und danach kochen wir was und machen einen Filmabend auf dem Sofa.«

»Wer sucht den Film aus?«

Zwölf

Über Nacht war die Temperatur weiter gefallen, und der Wind hatte zugenommen, aber Linnea merkte es kaum, als sie mit tief in die Taschen geschobenen Händen und gesenktem Kopf durch den Schnee nach Hause lief. Auf einer rosa Wolke nach Hause flog. Morgen würde sie eine Bergwanderung unternehmen. Mit Jarik. Und einen romantischen Abend haben. Mit Jarik. Sie wusste auch schon, welchen Film sie ihm aufnötigen würde.

Seine Frage vom Vorabend fiel ihr ein. Ob sie sich ab und zu fremd fühlte? Jetzt gerade konnte sie nirgendwo mehr zu Hause sein als hier in Lillehamn, wo sie schon als Kind glücklich gewesen war, wenn sie ihre Verwandten besucht hatte.

Ihre Verwandten, genau. Sie wäre ebenso wenig auf die Idee gekommen, Alva als ihre »Adoptivcousine« zu bezeichnen wie Tobi als ihren »Adoptivbruder« oder Kris und Espen als ihre »Adoptivcousins«. Wobei sie mit fünfzehn eine Weile in Espen verliebt und froh gewesen war, dass keine biologische Verbindung zwischen ihnen existierte. Ohnehin war nichts daraus geworden. Espen hatte sich kein bisschen für sie interessiert.

In anderen Adoptivfamilien gab es Tabuthemen, das wusste Linnea. Eine Frau aus einem Forum hatte erzählt, ihre Eltern würden krampfhaft alle Themen aussparen, die mit dem Vererben körperlicher Merkmale zu tun hatten – als würden chinesischstämmige Adoptierte nicht selbst auf die Idee kommen, dass die Stupsnase wohl kaum von der norwegischen Oma sein konnte. Bei Linnea zu Hause hatte es derartige Tabus nicht gegeben – möglicherweise, weil es mit der Huntington-Krankheit genug gab, was man genau nicht erben wollte. Außerdem hatte ihre Mutter darauf bestanden, dass die ganze Familie jahrelang Psychotherapie bekam, um das Doppeltrauma durch die Adoption und die schwere Krankheit nicht zum unbezwingbaren Monster heranwachsen zu lassen. Am Ende hatte es wohl doch etwas gebracht.

Vor dem Haus schüttelte Linnea den Schnee aus der Jacke und versuchte, ihn wenigstens ein bisschen von den Sohlen zu treten. Die Stiefel ließ sie direkt hinter der Tür stehen. Dennoch blieben auf der knarzenden Holztreppe, die zu ihrer Wohnung führte, vereinzelte Schneeklumpen zurück, die wohl an ihrer Strumpfhose gehangen hatten. Noch während sie ihre Jacke über den Haken hängte, rief sie ihre Mutter an.

»Hallo, mein Linni-Kind.«

Linnea musste über den Kosenamen lächeln. Ob sie noch *Linni-Kind* sein würde, wenn sie die ersten grauen Haare hatte? »Hey, Mama. Ich wollte dir einen schönen Sonntag wünschen.«

»Das ist lieb von dir, Süße. Ich wollte dich längst anrufen, tut mir leid.«

»Schon okay. Was hast du heute vor?«

»Nichts weiter. Nachher will ich auf den Friedhof, und ansonsten bereite ich meine Reise vor, sehe zu, dass ich den Hund irgendwo unterbringe …« Das charakteristische Knarren des alten Ledersessels verriet ihr, dass ihre Mutter sich setzte.

Linnea kuschelte sich ebenfalls auf ihr kleines Sofa und zog die Decke um die Schultern, die Oma Elsa ihr als Kleinkind gestrickt hatte. »Legst du für mich eine Blume aufs Grab?«

»Natürlich.« Ihre Mutter atmete ein und richtete sich fast hörbar auf. »Und wie ist das Leben in Lillehamn? Geht dir dieser Kerl aus der Bar immer noch so auf die Nerven?«

»Nein.«

»Das ist gut.«

»Ehrlich gesagt … eher im Gegenteil.«

»Habe ich da ein Lächeln in deiner Stimme gehört?«

»Hast du.« Ein breites, seliges, wie die Spiegelung in der Fensterscheibe Linnea verriet. »Wir treffen uns, Jarik und ich. Er ist nicht halb so kotzbrockig, wie ich die ganze Zeit dachte. Die meiste Zeit ist er sogar ganz nett.«

Ihre Mutter lachte, unterbrach sie aber nicht.

»Und er liest in mindestens sechs Sprachen. Ich war … Ich bin ziemlich beeindruckt.«

»Es klingt ziemlich beeindruckend.«

»Außerdem versteht er, was ich mit dem Café leiste, weißt du? Weil es mit seiner Bar ja nicht anders ist: immer da sein, immer knapp mit dem Geld, gerade jetzt im Herbst nur schwer kalkulieren können …«

»Also versucht ihr nicht mehr, euch gegenseitig das Geschäft abspenstig zu machen?«

»Durchaus, doch.«

»Sleeping with the enemy?«

»Mama!« Gutes Verhältnis hin oder her, aber manche Dinge diskutierte sie nicht mit ihrer Mutter.

»War nur ein Spruch, entschuldige.«

»Schon gut. Es hat ja auch irgendwie was davon.«

»Habt ihr … Ich weiß, du bist erwachsen, und ich muss dich nicht beraten, aber wäre es eine Überlegung wert, wenn ihr euch zuarbeitet statt gegeneinander zu arbeiten?«

Theoretisch hatte ihre Mutter recht. Natürlich. Es war nicht so, dass sie diesen Gedanken nicht selbst schon gehabt hätte, und Jarik vermutlich auch. Praktisch allerdings … Aber taten Jarik und sie das nicht längst, sich zuzuarbeiten? Immerhin hingen seine Plakate bei ihr und ihre Plakate bei ihm. Und durch ihre Aktionen, sei es im *Strandkafé* oder im *Frontstage*, wurde in der Region mehr über Lillehamn gesprochen. Trotzdem blieb am Ende die Frage, die sich nicht einfach lösen ließ: Wessen Kasse würden die Leute Weihnachten füllen?

Der Wind toste ums Haus. Wenn heute nur fünf Gäste kamen, konnte sie sich vermutlich glücklich schätzen. Ob ein Kuchen-Lieferservice in Lillehamn funktionieren würde?

Linnea dachte immer noch über Geschäftsideen nach, als sie in der Küche stand und das Mehl für den Tageskuchen abmaß. Warum nicht Kuchen ausliefern? Vielleicht müsste sie ein bisschen investieren und jemanden dafür einstellen. Aber irgendein Schüler würde sich finden lassen, der sich über den Job freute. Natürlich konnten die Leute dann nicht vor Ort den Kuchen des Tages ansehen, aber das Problem sollte sich lösen lassen, oder?

Jariks dahingeworfener Spruch mit dem Backbuch fiel ihr wieder ein. Wenn sie sich ins Zeug legte, konnte sie das vielleicht noch rechtzeitig vor Weihnachten hinbekommen. Es müsste schnell gehen. Und sie müsste tagelang backen – noch mehr als ohnehin schon – und Svea um Fotos bitten. Eine richtige, professionelle Fotografin konnte sie sich nicht leisten. Und dann müsste sie kalkulieren und einen Drucker finden und … Im Moment überforderte sie das. Blieben Tassen und Kekse.

Er sollte jetzt gerade mindestens auf Wolke sieben schweben, verflucht noch mal. Die Nacht, der Morgen, Linnea in seinen Armen. Ihre Gespräche. Dieses unglaubliche Gefühl von Geborgenheit, das er für eine Weile empfunden hatte. Über all das sollte er einfach glücklich sein. Stattdessen dachte er darüber nach, was Linnea am Telefon ihrer Freundin erzählt haben könnte. Ihm ging nichts verloren, selbst wenn Linnea über ihn sprach. Aber vergiss nicht, säuselte eine hässliche Stimme in seinem Hinterkopf, dass sie immer noch in direkter Konkurrenz zu dir steht. Er hatte mehr von ihrem Gespräch mitbekommen, als er zugegeben hatte. Hatte sie nicht zu ihrer Freundin gesagt, er würde ihr jetzt vielleicht etwas vom Weihnachtsgeschäft abgeben?

Fuck.

Er würde jetzt nicht herumschreien oder sonst irgendwie abdrehen. Linnea hatte ihm die schönste Nacht geschenkt, die er seit sehr langer Zeit erlebt hatte. Und er ließ sich das nicht von seinem dysfunktionalen Hirn kaputtmachen.

Für Linnea gab es viel mehr Grund, dem Leben zu misstrauen als für ihn. Erst hatte man sie als kleines Kind in ein anderes Land verpflanzt, ohne sie zu fragen, und dann war der Mann, den sie als ihren Vater kannte, gestorben – vermutlich jahrelang. Aber im Gegensatz zu ihm vertraute sie, war offen, wunderbar lebendig und tatkräftig.

Okay, Mathisen, genug philosophiert. Es wurde Zeit, dass er sich auf das konzentrierte, was anlag: die Online-Bestellungen abzuarbeiten und mit Rina wegen einer neuen Kampagne zu telefonieren. Die Mundpropaganda für das *Frontstage*-Bier lief nicht schlecht, aber wenn Linnea so weitermachte, würde er wohl in nächster Zeit mit Einbußen im Tagesgeschäft rechnen müssen. Und wenn er morgen mit ihr zum Wasserfall lief, sollte er seine Pakete wohl besser heute packen und in die Poststation bringen. In weiser Voraussicht hatte er für solche Fälle eine Art Maxi-Postfach gemietet, das er auch sonntags befüllen konnte.

Er packte eine Kiste nach der anderen, strich Bierflaschen aus der Tabelle, trug neue heran. Eben war er dabei, das Postetikett auf Kiste Nummer sechs zu kleben, als sein Telefon piepte.

> Freue mich auf morgen. Ich werde meine neue Müsliriegelkreation an dir ausprobieren. Oder kommst du nach der Arbeit heute Abend noch vorbei? Hier liegt noch die Backbuchsammlung, die ich dir zeigen wollte. ♥♥♥

Lebendig, tatkräftig – und mit der magischen Fähigkeit gesegnet, ihn aus seinem Gedankensumpf zu ziehen. Außerdem mochte er ihren Humor.

Ich bin extrem interessiert an deiner Backbuchsammlung.

Ich weiß, dass du Backbücher magst. Irgendwann, wenn ich die Zeit finde, stelle ich das Strandkafé-Backbuch zusammen.

Dazu schickte sie ein Herzchen, und endlich schwieg sein ewiger Zweifel. Jedenfalls im Moment.

Linnea schickte ihm Herzen. Sie wollte mit ihm Zeit verbringen. Und sie fand ihn attraktiv. Trotz der Narben, und obwohl er ein Freak war, der merkwürdige Bücher las. Nimm das, Psychohirn. Und merk es dir gefälligst. Sonst bist du doch so clever.

Er lud die gepackten Kisten auf eine Sackkarre und brachte sie zur Tür. Dann füllte er den Kühlschrank unter dem Schanktresen auf. Da erst entdeckte er, dass Majbritt heute Morgen hier gewesen sein musste, wohl auf dem Weg in die Berge. Sie hatte neue Plakate mitgebracht, die ihre Freundin in der Werbeagentur ausgedruckt hatte: die Ankündigung seiner Weihnachtsbierkreation, die gerade rechtzeitig fertig geworden war, um sie zum Luciafest zu versenden und zu verkaufen. Der Großteil der Werbung lief online, aber ein paar Ankündigungen im Ort schadeten nicht.

Sein Toyota parkte vor der Tür. Jarik entriegelte das Auto und legte den Schlüsselbund auf den Rollwagen neben der Tür, bevor er die Sackkarre hinaus schob. Unter seinen Füßen knirschte der Schnee, aber darunter war der überfrorene Asphalt spiegelglatt. Eisig fegten ihm die Flocken ins Gesicht und zerrten an seinen Haaren. Eine nach der anderen hob er die Kisten in den Kofferraum. Wenn er sich jetzt langlegte, würde wohl selbst die Schutzverpackung die Bierflaschen nicht mehr retten. Was bedeutete: tausend Kronen für den Eimer. Musste nicht sein.

Als Letztes rollte er vorsichtig die Plakate zusammen, hielt seine Jacke darüber und schlitterte die kurze Strecke zum Auto. Längst hatte sich der Großteil seines Zopfs gelöst. Er stopfte das Haargummi in die Hosentasche. Ein Windstoß riss ihm fast die Autotür aus der Hand. Schnell warf er die Papierrolle auf die Rückbank. Im selben Moment fiel hinter ihm die Tür des *Frontstage* zu.

Noch etwas, worum er sich kümmern musste: Die Fensterdichtungen an dem alten Gebäude mussten erneuert werden. Er hatte zu lange ignoriert, dass es durchzog. Aber wenn der Luftzug sogar die schwere Lagertür zufallen ließ, war eine Reparatur wirklich dringend fällig.

Er rutschte zurück zum Haus und griff in die Hosentasche, um den Schlüssel herauszuholen. Nur war da kein Schlüssel. Auch in der anderen Hosentasche und in der Jacke nicht. Weil der Schlüssel – Jarik stöhnte auf, als es ihm einfiel – sicher und warm auf dem Rollwagen lang. So lebenspraktisch wieder, der Herr Mathisen.

Okay, Status. Das Bier war im Auto. Der Autoschlüssel lag in der Brauerei. Der Schlüssel für den kleinen Lagerraum, den er in der Poststation gemietet hatte, lag ebenfalls in der Brauerei – ordentlich neben seinem Smartphone. Und Majbritt, die den zweiten Schlüssel verwaltete, hatte gestern Abend erzählt, dass sie heute in aller Frühe mit ihrer Freundin in die Berge fahren wollte. Ohne den Schlüsselbund kam er nicht in ins

Haus, um seinen eigenen Schlüssel zu holen, und am Abend nicht in die Bar. Und die Flaschen würden ihm ihr draußen in der Kälte über Nacht platzen. Es war albern, wie angewiesen man auf Gegenstände sein konnte.

Es gab noch einen letzten Schlüssel, doch der Aufwand, ihn zu holen, lohnte sich nun wirklich nicht. Lieber brach er in seine eigene Brauerei ein. Wenn es nur nicht so erbärmlich schneien würde! Es nützte alles nichts. Er brauchte seinen Schlüssel zurück. Und dafür musste er irgendwie ins Gebäude gelangen.

Mit vierzehn hatte er eine Zeitlang Schlösser knacken geübt und war ziemlich gut darin geworden. Nicht so sehr, um seine – nicht vorhandenen – Freunde zu beeindrucken. Sondern irgendwie hatte er wohl gehofft, dadurch ebenso cool zu werden wie Arsène Lupin in den uralten Büchern, die er nur deswegen aus der Schulbücherei mitgenommen hatte, weil er alle anderen schon kannte. Der Teil mit der Coolness war nicht besonders gut gelungen, aber seither konnte er Schlösser öffnen. Allerdings nicht mit rot gefrorenen Fingern und ohne Werkzeug. Also, welche zerstörungsfreien Möglichkeiten gab es sonst? Vielleicht ließ sich der Fensterrahmen im Klo aushebeln, der ohnehin erneuert werden musste. Auch nicht realistisch.

Es nützte alles nichts. Er musste Schlüssel Nummer drei holen. Und dafür brauchte er ein Auto.

In der Nacht neulich hatte er richtig gesehen: An Linneas Tür gab es keine Klingel. Jarik klopfte.

Als Linnea nach vielleicht zwei Minuten noch nicht geantwortet hatte, klopfte er erneut.

Nichts.

Probehalber drückte er die Klinke nach unten.

Kein Wunder, dass sie ihn nicht gehört hatte. Aus dem Obergeschoss kam Musik. Das neue Album von Will's Seaside. Musikgeschmack hatte Linnea also auch.

Jarik schaffte es gerade, die Haustür zu schließen, ohne in dem winzigen Flur die abgenutzte Holztreppe hochzustolpern. Rechts an der Wand ein Schuhregal, links, wie es aussah, der Durchgang zum *Strandkafé*. Der Duft von frisch gebackenem Kuchen durchzog die Luft, obwohl die zweite Tür am oberen Ende der Treppe geschlossen war.

»Linnea?« Das war zu leise. »Linnea?«

Oben verstummte die Musik, die Tür wurde geöffnet, und Linnea lehnte sich mit schwingenden Haaren um die Ecke. Jariks Herz wurde zu groß für seinen Brustkorb. Er konnte Linnea nur debil angrinsen.

»Jarik!«

»Hi.« Er stieg die Treppe hoch, vorbei an einer Galerie von Bildern von Linnea und – offensichtlich – ihren Eltern, Linnea und einem jungen, indisch aussehenden Mann, Linnea und den Solberg-Geschwistern. Ein Potpourri familiären Glücks. Er würde es sich irgendwann in Ruhe ansehen.

»Was … Ich meine, das ist eine Überraschung! Komm doch rein. Ich habe eben gebacken, es ist ein bisschen unordentlich, aber …«

»Du hast in deinem Leben noch keine Unordnung gesehen«, murmelte er. Und dann küsste er sie. Eventuell küsste auch sie ihn, und er umarmte sie.

Sie wurde ganz weich in seinem Arm. Am liebsten wäre er einfach hier stehen geblieben, die Nase in ihren Haaren, ihren Körper an seinen gedrückt. Weil es so richtig war wie vorher noch nichts in seinem Leben. Aber er hatte Bier zu retten und heute Abend eine Bar zu öffnen.

»Leider ist das kein zweckfreier Überraschungsbesuch.«

»Seit wann ist Küssen zweckfrei?«

»Ist es nicht?«

Sie hob das Gesicht zu ihm. »Die Natur hätte das nicht so angenehm gemacht, wenn es nicht wichtig wäre.«

»Wenn du das sagst …«

»Hab ich irgendwen mal sagen hören. Ich fand es gut. Also, was führt dich her, außer dich von mir küssen zu lassen, meine ich?«

»Ich wollte dich fragen, ob du mir für die nächsten zwei Stunden dein Auto leihen würdest. Sonst könnte ich nur noch Majbritt fragen, und die ist auf Skitour.« Abgesehen davon, dass er Linneas Auto nicht bräuchte, hätte er Zugriff auf Majbritts Schlüssel.

Linneas Zögern dauerte zu lange.

»Entschuldige, das war … Vergiss es. Ich finde eine andere Lösung.«

Sie schüttelte gespielt entnervt den Kopf. »Immer langsam mit den jungen Pferden hier. Ich denke bloß darüber nach, wie wir das machen. Das Auto ist nur auf mich versichert – kostet weniger, ich denke, du verstehst das.« Sie angelte an ihm vorbei nach ihrem Smartphone, das auf einer hellblauen Vintage-Kommode lag. »Okay … Wohin willst du? Beziehungsweise: Wie lange dauert das, was du vorhast? Wenn es wirklich nur zwei Stunden sind, fahre ich dich.«

»Nein.« Es kam schnell und hart und hoffentlich nicht zu verzweifelt heraus.

Irritiert sah sie ihn an. War dann wohl doch zu verzweifelt.

»Ich meine, ich weiß dein Angebot zu schätzen und alles, aber …« Aber *was*, Feigling? »Aber du musst doch arbeiten.«

»Wenn deine Frau auf dich wartet oder so, gesteh es lieber gleich.« Sie löste sich von ihm und war mit wenigen Schritten in der Kochzeile.

»Was? Nein. Quatsch.« Eine Erklärung, er brauchte eine Erklärung. »Ich weiß bloß nicht, ob wir rechtzeitig zurück wären.«

Mit einem Geschirrtuch hob sie den Kuchen, der so duftete, vom Trockenrost auf einen flachen Teller. »Ich könnte einen Zettel an die Tür hängen und zur Not später aufmachen. Es ist ja nicht so, dass die Leute im Moment Schlange stehen. Und wenn du nicht bis nach Ålesund willst …«

Jarik gab auf. Angenommen, das mit Linnea und ihm wurde was Längeres, würde sie sowieso alles erfahren, wenn nicht von ihm, dann von irgendwem anders. In Lillehamn ließ sich nicht auf Dauer verstecken, wo er herkam. Und für den Fall, dass ihre Beziehung nächste Woche vorbei war, spielte es ohnehin keine Rolle. »Mein Schlüssel liegt im *Frontstage*, und die Tür ist zu. Blöderweise hat ausgerechnet meine Mutter den einzigen erreichbaren Ersatzschlüssel. Also muss ich zu meinen Eltern fahren, und ich will nicht …« Es war einfacher, ihre Hände anzusehen als ihr Gesicht. Sie hatte einen Faden um einen kranzförmigen Kuchen gelegt und trennte ihn damit horizontal auf. Vorsichtig platzierte sie den obersten Teil auf einem zweiten Teller, dieser hatte einen Schnörkelrand. Sowieso schien Linnea auf Vintage zu stehen, aber auf eine angenehme Art. Die ganze kleine Wohnung war beige und hellblau gehalten, die Lichtquellen gut verteilt – und Linnea schwieg zu lange.

»Du willst blöde Sprüche von deinem Vater vermeiden«, sagte sie ruhig.

»Ja. Vielleicht.« Er presste die Mittelfinger auf die Nasenwurzel. Es brachte kaum Entspannung. Und nachdem er sich mit den Händen durch die Haare gefahren war, hatte er lediglich nasse Finger. Aber er wollte Linnea. Und er wollte, dass sie verstand. »Du bist die schönste Frau, die mir je begegnet ist, und wenn du auch nur eine Sekunde glauben kannst, ich hätte ein Problem damit, dass du nicht wikingerblond bist, habe ich wohl bisher etwas gründlich falsch gemacht.«

Vorsichtig lächelte sie. »Ich bin auch nicht wikingerblauäugig.«

»Sag bloß.«

»Und ich habe keine Angst vor deinem Vater.«

»Du wirst ihn nicht treffen.«

»Willst du einen Kaffee, bevor wir losfahren? Ich würde gern den Kuchen noch schnell fertig dekorieren. Eigentlich ist er noch ein bisschen zu warm, aber …«

»Ich hab das Angebot bisher nicht angenommen.«

Linnea zuckte die Schultern. »Aber du stehst da noch rum und bist herzzerreißend zerrissen, anstatt zu gehen und dir ein anderes Auto zu organisieren.«

»Herzzerreißend zerrissen.«

»Ja.«

»Poetisch.«

»Kaffee?«

Jarik nickte und ließ sich auf einen der beiden Klappstühle neben dem kleinen Frühstückstisch sinken. Als er die Jacke auszog, um sie über die Lehne zu hängen, schlug er sich den Ellbogen an. »Mein Problem ist nicht, mit dir gesehen zu werden. Ich …«, er rieb sich den Arm, aber was er sagen musste, verschwand davon nicht. *Ih, geh weg, du stinkst! Jarik stinkt! – Der schläft bestimmt im Schweinestall! – Macht er doch eh jeden Tag. – Nee, das riecht nach Kuhpisse.* In Wirklichkeit war es Katzenpisse gewesen. Auf seinem Superman-Pullover. Er hatte den Pullover weit unten in den Rucksack gestopft und danach den ganzen Tag im Unterhemd in der Schule gesessen und gefroren.

Linnea umarmte ihn von hinten, wobei sie eine dampfende Tasse vor ihn hinstellte. »Was dann?«

Jarik kam zurück ins Jetzt. Er küsste Linnea auf die Wange, die so warm und weich direkt neben seinem Mund lag. So wohlriechend. »Mein Vater ist ein Nazi-Arsch, das ist eigentlich das Schlimmste.« Aber es war nicht das, was ihm das Leben als Kind zur Hölle gemacht hatte. »Es ist halt auch nicht sehr ordentlich bei meinen Eltern, und außerdem –«

»Das ist ein Problem, weil …?«

Es gelang ihm zu lächeln. »Weil ich will, dass dein guter Eindruck von mir erhalten bleibt.«

Linnea lachte auf. »Wie kommst du darauf, ich könnte den haben?«

Ein Witz, Mathisen. Wird Zeit, das mal zu erkennen. »Hast du nicht?«, fragte er.

»Wohl kaum, wenn du ernsthaft glaubst, ich würde dich in Sippenhaft nehmen für was auch immer deine Eltern tun.«

Rational war ihm klar, wie unsinnig ihr das erscheinen musste. Sein verdrehtes Alarmsystem funkte dennoch SOS. »Es ist ein verflucht riesiger Schatten, über den ich gerade springe.«

»Ich weiß.« Ihr Flüstern kitzelte sein Ohr. »Möchtest du etwas von der Creme probieren, um dich abzulenken?«

»Immer. Was wird das eigentlich für ein Kuchen?«

»Frankfurter Kranz. Das Rezept ist auch von meiner deutschen Großmutter, genau wie der Apfelkuchen.«

»Soll ich nachher darauf achten, dass du es richtig schreibst?«

Sie lachte. »Wäre mal was Neues.«

Dreizehn

Nicht weit, hatte Jarik gesagt, nur eine halbe Stunde ins Inland. Am Anfang der Fahrt hatten sie sich noch Anekdoten über Gäste erzählt, aber je weiter sie fuhren, desto in sich gekehrter wurde er.

»Wer ist der Junge auf dem Foto in deinem Bücherregal?«, fragte Linnea, nachdem Jarik bestimmt fünf Minuten lang geschwiegen hatte.

Aus dem Augenwinkel sah sie, wie er sich unwillkürlich den linken Arm rieb. »Jemand, den ich nie wiedersehen will«, sagte er dann.

»Warum hast du dann ein Foto von ihm in deinem Wohnzimmer stehen?«

Jarik zuckte die Schultern. »Kleine Erinnerung an mich selbst. Du kannst da vorn an der Ecke anhalten.«

Erst auf den zweiten Blick entdeckte Linnea einen von der Hauptstraße abzweigenden Schotterweg, der in einen struppigen Nadelwald führte. Niemand hatte sich bemüht, die dünne Schneeschicht zu räumen.

Jariks Aufforderung folgend, bog Linnea ab und ließ den Wagen ausrollen. »Und jetzt?«

»Wenn du einfach ein paar Minuten wartest – ich bin in spätestens einer Viertelstunde zurück.«

»Du willst jetzt deine private Schneewanderung unternehmen, und ich soll hierbleiben?«

»Ich beeile mich.«

»Bis dahin bin ich hier festgefroren.«

»Du könntest ums Auto joggen.« Sein Ton war leicht, aber das Lächeln wirkte gequält.

»Jarik?« Linnea wartete, bis er sie ansah. »Meinst du nicht, du könntest mir ein bisschen mehr vertrauen?«

»Es ist nicht einfach.«

»Ich habe keine Ahnung, was du mir nicht zeigen willst, aber es wird auf keinen Fall so schlimm sein, dass ich dich nicht mehr mag.«

»Da sei nicht so sicher. Meine Eltern …« Er kniff die Lippen zu einem schmalen Spalt zusammen.

»Verstehst du nicht? Es ist mir egal. Deine Eltern könnten … was weiß ich … irgendwelche Ungeheuer sein, es spielt für mich keine Rolle. Wir können uns unsere Eltern nicht aussuchen. Ich bin der beste Beweis dafür.«

»Das ist etwas anderes.«

»Inwiefern?« Sie fror schon jetzt, dabei war die Heizung erst seit drei Minuten ausgeschaltet. Sie drückte den Zündknopf. »Was auch immer da vorn auf dich wartet: Ich wäre gern dabei. Lass uns nicht gleich mit Geheimnissen anfangen.«

»Du gibst wohl nie auf«, murmelte Jarik.

»Nicht, wenn es wichtig ist.«

Er grinste schief und bedeutete ihr mit einem Nicken weiterzufahren.

Es dauerte keine Minute, bis sie erneut abbogen, durch ein geöffnetes Gatter, einen weiteren, verschneiten Schotterweg entlang. Und dann begann sie zu ahnen, was er sie nicht sehen lassen wollte.

Früher hätte das kleine Gehöft bestimmt aus einem Werbeprospekt für Skandinavien sein können: ein dunkelrot gestrichenes Wohnhaus mit zwei Nebengebäuden. Heute war die Farbe ausgeblichen und blätterte ab. Rings um das Haus und quer über den Hof verteilt stapelten sich Waschmaschinen, ein Herd, Stühle in verschiedenen Zuständen, Tröge, zwei kaputte Autos - Berge von unbrauchbarem Zeug, übereinander, nebeneinander, überall. »Sind deine Eltern ... Schrotthändler oder so?«

Jarik lachte freudlos. »Meine Eltern sind Messies.«

Mehrere Puzzleteile über Jarik Mathisen fanden ihren Platz. »Oh.«

Die Bernsteinaugen brannten. »Genau. Oh.«

»Entschuldige, ich ... Ich weiß gerade nicht, was ich sagen soll. Ich hab so was noch nie in echt gesehen.«

»So was ist auch eher geeignet für sensationsheischende Vorabendshows als fürs echte Leben.« Er drückte ihre Hand, ganz kurz, als sei er auf einmal nicht mehr sicher, ob es wirklich in Ordnung war. »Wartest du? Bin gleich zurück. Ich hoffe bloß, ich finde den Schlüssel schnell.«

Angesichts der Unordnung ringsum hatte Linnea ihre Zweifel, doch sie schwieg.

Jarik ließ die Hand eine Millisekunde zu lange auf dem Griff liegen, bevor er ausstieg und die Autotür hinter sich schloss. Einen Moment lang stand er nur da, mit dem Rücken zu ihr. Das Fenster rahmte seinen Torso ein, den Ansatz der Jeans, die Lederjacke, die gespannten Schultern. Dann schien er sich aus einer Art Starre zu lösen. Als Jarik auf das Wohnhaus zuging, wirkten seine Schritte schwerer, als sie es von ihm kannte.

So sehr sie sein Bedürfnis verstehen konnte, sie nicht ins Innere des Hauses zu lassen, so kalt war ihr auch. Sie könnte zumindest, wie er vorgeschlagen hatte, ums Auto joggen. Zähneklappernd stieg sie aus und betrachtete das Haus, in dem er verschwunden war. Es war wirklich ein Jammer, wie heruntergekommen das Gehöft war. Es hätte ohne den Müll wirklich schön sein können. Eine magere, schwarze Katze flitzte zwischen einem Autowrack und einem Reifenstapel hindurch und verschwand aus Linneas Blickfeld.

Natürlich gab das Haus durch bloßes Ansehen kein einziges seiner Geheimnisse preis, sondern stand nur heruntergekommen und grau zwischen dem verschneiten Gerümpel. Unwillkürlich fragte sie sich, hinter welchem der mit Vorhängen oder Jalousien verschlossenen Fenster sich wohl Jariks altes Kinderzimmer verbarg. Und warum hatte sie den Eindruck, diese runtergetretene Treppe vor dem Eingang schon irgendwo gesehen zu haben?

Als sie sich dem Haus näherte, fiel es ihr plötzlich ein. Das Foto! Das Foto von dem ernsten, dicken Jungen in dem zu großen Pullover – es zeigte keinen Verwandten von ihm. Es zeigte auch nicht, wie er gesagt hatte, jemanden, den er nie wiedersehen wollte. Es zeigte jemanden, der er nie wieder sein wollte: unsicher in seiner eigenen Haut, einer unkontrollierbar chaotischen Umgebung ausgeliefert. Und in der Schule … Krister hatte gesagt, er sei gemobbt worden. Es war grauenhaft leicht vorstellbar, was eine Horde Kinder mit jemandem wie ihm gemacht hatte.

Die Tür wurde geöffnet. »… das Mindeste«, rief Jarik beim Hinausstapfen nach hinten, bevor er sie hinter sich zuwarf. In einer fahrigen Geste rieb er sich übers Gesicht. Dann bemerkte er Linnea und wurde langsamer.

»Hast du den Schlüssel gefunden?« Danke, Mama, für die Fähigkeit, Situationen durch praktische Fragen zu retten!

Jarik nickte. »Wolltest du nicht im Auto bleiben?«

»Du hast vorgeschlagen, ich könnte joggen.«

»Schon okay.« Er blickte zu einem der Nebengebäude. »Ich wollte eigentlich noch kurz nach meinem Bruder sehen, aber er ist wohl nicht da. Mach ich wann anders.«

»Du hast einen Bruder?«

»Ist das verboten?« Etwas an dieser Umgebung machte Jarik härter.

»Nein, aber …«

»Er heißt Alexander, ist ein versoffenes kleines Arschloch, und ich fühle mich verantwortlich für ihn. So sieht's aus.« Er deutete seltsam resigniert auf das Auto. »Lass uns nach Hause fahren.«

Im Auto mied er ihren Blick und starrte stattdessen zum Fenster hinaus. Wie konnte er sich auf einmal so weit in sich selbst zurückziehen, dass sie das Gefühl hatte, neben einem Fremden zu sitzen? Himmel, seine Eltern waren nicht die Ordentlichsten – das war nun kein Schwerverbrechen. Um das Schweigen zu füllen, schaltete Linnea das Autoradio an. Der Empfang hier in den Bergen ließ zu wünschen übrig, aber ihr Smartphone lag in der Jackentasche auf der Rückbank, weswegen die Option auf die Café-Playlist wegfiel. Blieb also nur die Wahl zwischen dem Ertragen des Knisterns oder der Stille. Sie entschied sich für das zweite und bereute es in dem Moment, als sie das Radio ausschaltete. Die Stille war ohne Nebengeräusche umso dichter.

Linnea bog auf die Hauptstraße ein.

Jarik trommelte mit den Fingern auf dem Hosenbein herum.

»Kannst du damit aufhören, bitte?«

»Womit?«

»Mit dem Gezappel. Ich kann so nicht fahren.«

»Entschuldige.«

Es waren keine anderen Autos unterwegs, und rechts vor ihnen lag wie bestellt eine Schotterfläche. Linnea schaffte es gerade noch, sie mit quietschenden Bremsen zu erwischen und das Auto holpernd zum Stehen zu bringen.

»Was wird das? Musst du nicht ins Café?«

»Möchtest du darüber reden?«

»Nicht wirklich.«

Linnea war danach, ihn zu knuffen, um ihn aus dieser merkwürdigen Stimmung herauszuholen, aber sie hielt sich zurück. »Kann ich etwas tun, damit du aufhörst zu schmollen?«

»Ich schmolle nicht.« Er lächelte müde. »Tut mir leid. Mir ist das nur unfassbar unangenehm.«

»Das muss es doch nicht!«

»Ist es aber.« Er schien noch mehr sagen zu wollen, überlegte es sich dann aber anders. »Lass uns fahren. Ich verspreche dir, wir reden irgendwann darüber und ich verrate dir auch noch das letzte Geheimnis meiner finsteren Seele. Aber ich will nicht, dass du meinetwegen auch noch dein Café zu spät öffnest.«

»Du brauchst mir nichts zu erzählen, wenn du nicht willst«, sagte sie. »Kannst du aber.«

»Vielleicht. Irgendwann.«

Sie startete den Motor wieder.

»Morgen oder so«, sagte Jarik.

Sie waren rechtzeitig zurück in Lillehamn, sodass Linnea den Kuchen aus ihrer Wohnung holen konnte. Zusammen mit dem Früchtebrot vom Vortag, der Weißkohl-Quiche und den amerikanischen Ingwer-Keksen, die sie immer parat hatte, sollte für jeden Geschmack etwas dabei sein. Sie schaltete die Lichterketten an und startete die Strandkafé-Playlist, bevor sie sich daran machte, das Kaminfeuer anzuzünden. Sie hätte es sogar angezündet, wenn draußen dreißig Grad gewesen wären. Plus. Weil sie etwas tun musste und weil es gut war, ins Feuer zu gucken, wenn man Angst hatte vor zu dunklen Gedanken.

Das Holz wollte und wollte kein Feuer fangen.

Sie stopfte Grillanzünder unter die Zunderhölzchen und hielt das Gasfeuerzeug daran.

Immerhin war ihr jetzt klar, warum Jarik so viel Wert auf

Ordnung legte und immer aussah wie einem Influencerfeed entsprungen. Nachdem sie gesehen hatte, wie seine Eltern wohnten, überkam auch sie das Bedürfnis, hier in ihrer Welt, in ihrem Café, alles besonders schön zu machen. Denn dafür war es da. Nie war ihr das so klar gewesen wie in diesem Moment. Warm und behaglich sollte es im Strandkafé sein. Es ging nicht einfach nur darum, Kuchen zu verkaufen. Darum war es nie gegangen. Vor allem anderen wollte sie einen Ort zum Treffen anbieten. Eine heile Welt, in die Menschen kommen und auftanken konnten, bevor sie wieder hinausgingen und sich ihren Dramen und Problemen widmeten.

Endlich brannte das Feuer im Kamin.

Kuchen, Tassen, Kekse – das war schön und gut. Und vielleicht würde das Weihnachtsgeschäft damit sogar laufen. Aber was Linnea eigentlich wollte, war etwas Tieferes: Verbindung. Der Backwettbewerb war zumindest ein guter Anfang gewesen. Jetzt musste es nur weitergehen.

Noch einmal kontrollierte sie die Tischdekorationen und rückte die Bücher im Ausleihregal gerade. Sogar die Kaffeemaschine entkalkte sie, obwohl das noch gut und gern zwei Tage hätte warten können. Pünktlich zur offiziellen Öffnungszeit war alles hergerichtet. Jetzt mussten die Leute nur noch kommen.

Sie wischte das Glas mit den Cookies ab und schob es ein paar Zentimeter nach rechts, damit es das Lampenlicht besser reflektierte. Die Wanduhr neben dem Kamin tickte.

Linnea drehte die Musik ein bisschen lauter und sah zum Feuer.

Neben der Garderobe wäre noch Platz für eine Pinnwand. Ein schwarzes Brett für Lillehamn, informeller und schneller zugänglich als der Ankündigungskasten am Hafen. Vielleicht hatte Espen Lust und Zeit, um die alte Pinnwand, die sie noch irgendwo haben musste, einen Rahmen zu bauen. Sie fand ihr Telefon auf der Kuchentheke und schrieb ihm eine kurze Nachricht.

Jarik schickte ein Bild von sich am Computer, sie fotografierte den leeren Raum und schrieb: Wenn das bis Weihnachten nicht besser wird, geb ich auf.

Sie löschte die Nachricht wieder. So weit war es noch nicht. Nicht ganz. Und ihre merkwürdige Niedergeschlagenheit hatte sicherlich auch mit dem Erlebnis am Morgen zu tun.

Warum krochen die Sekunden derart vor sich hin?

Als sie nach einer ewigen Viertelstunde immer noch allein im Café war, hielt sie es nicht länger aus. Sie musste etwas anderes tun, als nur zu warten und ziellos Gegenstände hin- und herzurücken oder in Büchern herumzublättern, ohne etwas zu lesen.

Bin gleich zurück, schrieb sie auf einen Zettel, faltete ihn in der Mitte und stellte ihn auf den Kuchentresen. Dann lief sie nach oben in ihre Wohnung, um die Pinnwand zu suchen.

Linnea fand sie im Abstellschrank neben dem Bad. Sie war ein bisschen staubig, aber sonst gut erhalten. Auf jeden Fall würde sie ausreichen, bis Espen dazu kam, einen schönen Rahmen darum zu bauen.

Die frisch abgewischte Pinnwand in der einen, Hammer und Nägel in der anderen Hand, sprang sie die Treppe nach unten ins Café – und kam in genau dem Moment unten an, als die Türglocke Lotta und Ingerlise ankündigte.

Linnea strahlte die beiden höchstens ein bisschen überenthusiastisch an. »Hallo, ihr zwei. Wo habt ihr Randi gelassen?«

»Ihr Mann musste ins Krankenhaus.« Lotta trat an die Kuchentheke und musterte mit Kennerblick den Frankfurter Kranz. »Das sieht köstlich aus wie immer. Ich nehme ein Stück.«

»Sehr gern. Und dazu einen Milchkaffee? Dasselbe für dich, Ingerlise?« Linnea stellte die Pinnwand ab und wusch sich die Hände, während die beiden ihre Mäntel auszogen.

Sie dekorierte die Kuchen extra liebevoll, siebte den Kakao besonders aufmerksam über den Kaffee und legte auf jede Untertasse zwei Keksherzchen statt wie sonst eins.

Lotta lächelte zu ihr hoch, als sie an den Tisch trat. »Haben meine alten Augen das richtig gesehen, und du hast da eben eine Pinnwand gehabt?«

»Ja. Mein neuer Plan. Das Strandkafé soll noch mehr als ohnehin schon zum Treffpunkt werden, wo sich alle austauschen können. Natürlich passiert das viel im Internet, aber ich finde, ein schwarzes Brett ist noch mal was anderes.«

»Das ist doch ideal für deine Problemkatze, Lotta«, sagte Ingerlise.

»Aber ich gebe sie nur in gute Hände.« Lotta hob dozierend einen Zeigefinger. »Linnealein. Wenn du mir ein Stück Papier und einen Stift gibst, bekommt deine Pinnwand gleich den ersten Beitrag.«

»Sie ist noch nicht mal aufgehängt.«

Lotta griff nach einem der Keksherzchen. »Bis ich den Zettel geschrieben habe, hast du das sicherlich erledigt.«

Es war seltsam, mit Gästen im Raum das zukünftige schwarze Brett zu befestigen, aber letztlich war es nur ein Nagel, der Lärm hielt sich also in Grenzen. Und Lotta sah mehr als zufrieden aus, nachdem sie den ersten Zettel daran geheftet hatte: Liebevolles Zuhause gesucht! Tiger verträgt sich leider nicht mit meinen anderen Katzen und muss ausziehen. Nur in gute Hände abzugeben!

»Ich hoffe, du findest bald jemanden.« Ob dieser kleine Zettel dazu beitragen würde, war – realistisch gesehen – ein bisschen fraglich. Bisher hatte Lotta ihren zahlreichen Katzennachwuchs auch so gut untergebracht. Zwei ihrer Kätzchen lebten inzwischen bei Krister und Annik zu Hause. Dennoch freute Linnea sich über diese erste Nutzung ihrer Pinnwand.

Über die nächste Stunde füllte sich das Café, Lotta und Ingerlise gingen, neue Gäste kamen. Eine Gruppe von Jugendlichen aus Lillehamn, eine Familie aus dem Nachbarort. Ein Pärchen, Rucksacktouristen aus England. Kein Jarik.

Warum hatte sie seinen Vorschlag abgelehnt, ihr im Café zu helfen? Beinahe war es voll genug, dass sie diese Hilfe tatsächlich gebraucht hätte.

»Excuse me, could you take a photo of Billy and me?«

»Sure.« Linnea nahm das Smartphone entgegen, das der Engländer ihr reichte, und nahm nicht nur ein, sondern fünf verschiedene Bilder von den beiden auf. Eins davon würde hoffentlich gut sein.

»Thank you so much. We will tag you on Instagram.«

Mit einem Lächeln gab Linnea das Smartphone zurück.

»I love the music here.« Doch statt Linnea lächelte die junge Frau, die der Typ Billy genannt hatte, ihren Freund an – so liebevoll, dass Linnea mitlächeln musste.

Sie ließ diese Playlist so oft laufen, dass sie kurz bewusst hinhören musste, um das Lied zu erkennen. Es ging darin um Liebe, Missverständnisse und Verlust, aber dennoch lag eine ganz eigene Art von Hoffnung darin. »Thank you«, sagte sie. »The name of the singer is Luce. I love this song.«

»Me, too«, sagte der Engländer leise, doch seine Worte wurden vom Klingeln der Glocke über der Tür unterbrochen.

Linneas Herz begann hektisch gegen ihren Brustkorb zu hämmern. Armes Herz. Jedes Mal, wenn ein neuer Gast hereinkam, tat es das. Und jedes Mal war es dann doch nicht Jarik. Warum sollte er auch kommen, wenn sie ihn gebeten hatte, es nicht zu tun? Weil sie ihn ansehen wollte, wie die beiden eben sich bei dem Lied angesehen hatten. Weil sie wissen wollte, dass alles noch in Ordnung war.

Linnea wandte sich um.

»Hey, Kuchenfee.« Svea trug Sportkleidung, aber selbst damit sah sie noch aus wie einem Modemagazin entstiegen.

»Svea!«

»Ich war joggen und dachte mir, ich schau mal vorbei.«

»Das ist toll. Ich freu mich.« Mehr sogar, als Svea ahnte. Solange Linnea einfach nur Gäste bediente, hatten ihre Gedanken sich immer wieder davongeschlichen, zu Jariks Elternhaus, seinem Bruder, Jariks Schweigen. Aber Sveas Besuch zwang sie, hierher zurückzukehren. »Was kann ich für dich tun?«

»Hast du einen grünen Tee für mich?«

»Natürlich. Ich habe Drachenbrunnentee oder Jasmin, beide bio und fairtrade.«

Svea folgte ihr zur Theke. »Was ist Drachenbrunnentee?«

»Ein grüner Tee mit einem besonders feinen, blumigen Aroma. Ich mag ihn sehr gern.«

»Dann probiere ich ihn.«

Statt sich zu setzen, leistete Svea ihr neben der Theke Gesellschaft, während Linnea den Wasserkocher auf 70°C einstellte.

»Und? Habt ihr gestern noch lange am Feuer geredet, nachdem wir gegangen sind?«

Gestern Abend … Inzwischen war so viel passiert. Es kam Linnea wesentlich länger vor als kaum einen Tag, dass sie miteinander den Strand aufgeräumt hatten. »Kann man wohl so sagen.«

Svea nickte zufrieden. »Sehr gut. Es war nicht mit anzusehen, wie ihr euch den ganzen Abend angeschmachtet habt, du und der schöne Jarik.«

»Ich habe nicht geschmachtet«, flüsterte sie. »Ich habe sehr angeregt mit euch gesungen.«

»Und dabei mit Jarik gekuschelt.«

»Höchstens ein bisschen.« Das Wasser war heiß genug. Linnea goss den Tee auf und stellte das Kännchen mit zwei Tassen auf den kleinen Tisch neben der Theke. »Setz dich gern. Ich kümmere mich noch eben um die Gäste, dann komme ich zu dir.«

»Und dann will ich alles hören. Jedes Detail.«

Linnea gelang ein aufrichtiges Grinsen. »Ganz bestimmt erzähle ich dir nicht, wer wem wann die Kleidung –«

»Reicht!« Svea hob abwehrend die Hand, während sie einen Stuhl für sich herauszog. »So genau wollte ich es wirklich nicht wissen.«

Linnea kassierte die Engländer ab und brachte noch ein Stück Frankfurter Kranz zu Tisch zwei. Hatte sie nicht kürzlich erst überlegt, dass es ohne Besuche im Frontstage schwierig sein würde, neue Leute kennenzulernen? Vielleicht hatte sie diese Leute längst in ihrem Leben. Aber Svea war vorbeigekommen, um kichernden Freundinnentratsch zu erfahren, und nicht, um Probleme zu wälzen.

Während sie eine Bestellung für heiße Schokolade notierte, sah Linnea zu ihrer Freundin hinüber, die auf ihrem Smartphone scrollte. Wie viel von dem, was ihr Herz so schwer machte, wo es doch in verliebten Höhenflügen taumeln sollte, wollte sie Svea erzählen? Vor einem Jahr um die Zeit waren die Rollen andersherum verteilt gewesen; Linnea hatte Svea zugehört, als sie zweifelte. Jetzt würde Svea mit Sicherheit für sie dasselbe tun. Der Unterschied war nur: Linnea hatte damals die Hintergründe gekannt, sie hatte eine Beziehung zu allen Beteiligten. Svea kannte Jarik bloß als Barkeeper im Frontstage, der routiniert Cocktails mixte und mit den Gästen Smalltalk hielt. Oder sein wahres Ich hinter Smalltalk verbarg? Um Svea verständlich zu machen, was für ein Chaos in ihr herrschte, müsste sie von Jariks Elternhaus erzählen.

Aber war das nicht Verrat an dem Vertrauen, das Jarik ihr geschenkt hatte, indem er sie dorthin mitnahm? Es war zum Heulen.

Erst, als sie wirklich sicher war, niemanden übersehen zu

haben, setzte Linnea sich zu Svea an den Tisch. »Und? Gibt's was Neues bei deinen Followern?«

»Der eine schreibt ganz coole Kommentare, aber sonst … nichts Spannendes.« Svea lächelte und ließ dabei ihre weißen Zähne blitzen. »Im Gegensatz zu anderen Leuten. Also. Was ist gestern noch passiert?«

Es war eine Ewigkeit her. »Wir sind zu ihm gegangen. Er wohnt unglaublich schön.«

»Wo denn eigentlich?«

»In der Måneskinnlien, das ist diese kleine Straße zwischen der Uferpromenade und der Kongchristiansgate.«

»Ich wusste nicht mal, dass die einen Namen hat.«

»Ich bis vor Kurzem auch nicht. Jarik wohnt in diesem kleinen Haus mit dem Rosenspalier, das im Sommer immer so schön blüht.«

»Ich hätte da eher eine nette alte Dame vermutet. Der Mann steckt voller Überraschungen.«

Linnea pustete vorsichtig in die Tasse und genoss die Wärme des aufsteigenden Dampfs im Gesicht. »Innen drin ist das Haus ganz anders als außen, aber auch unglaublich schön. Ich wünschte, ich hätte ein solches Talent für Gestaltung.«

»Du hast ein Talent für … Ach, schau mal, wer da kommt.«

Linneas Herz hüpfte entzückt, bevor ihr einfiel, dass Jarik arbeiten musste. Die Neuankömmlinge waren Krister, Annik und Theo.

Linnea stand auf. »Hi, das ist eine Überraschung.«

»Spontanes Familientreffen kurz vor Feierabend, wie es scheint.« Krister sah sich nach einem Platz um.

Die Leute in der Kaminsitzecke schickten sich an zu gehen, und Theo steuerte zielsicher darauf zu. Annik und Krister folgten ihm, und Svea gesellte sich zu ihnen. Linnea versorgte ihre Familie mit Schokolade, Kaffee und so viel Kuchen, wie daneben noch aufs Tablett passte, und kümmerte sich dann um die nächsten Gäste, die bezahlen wollten.

Erst, nachdem das Café sich geleert hatte, fand sie Zeit, sich zu den anderen zu setzen. Neben Theo war noch ein Platz auf dem Zweisitzersofa frei. »Entschuldigt, es war ein bisschen viel los. Aber ich freu mich sehr über euren Besuch.«

»Eigentlich ist doch gut, dass es so voll war«, sagte Annik.

»Ja, wer weiß. Vielleicht hat der Backwettbewerb als Werbemaßnahme etwas gebracht. Lässt sich ja immer schwer sagen, woran es liegt.«

Theo zupfte sie am Arm. Linnea wandte sich ihm zu. »Wir waren heute in der Marinestation«, sagte er verschwörerisch.

»Und? Durftest du wieder beim Füttern helfen?«

Er schüttelte den Kopf. »Heute nicht. Aber das macht nichts. Nina hat gesagt, die Robbe vom Strand hat schon wieder ganz viel zugenommen. Weihnachten darf sie mit ihren Freunden im Meer feiern.«

Zwischen allem anderen hatte Linnea die Kegelrobbe völlig vergessen. »Wie schön!« Hoffentlich hörte Theo, dass das ganz tief aus ihrem Herzen kam. Wenigstens die Robbe sollte glücklich sein.

Annik schob sich eine Gabel voll Frankfurter Kranz in den Mund. »Der ist gut.«

»Ich weiß. Danke.«

»Von Oma Elsa?«, fragte Krister.

»Ja.«

»Oma Elsa konnte anscheinend sehr gut backen«, sagte Annik. »Aber ganz was anderes. Weißt du, was mir neulich bei deinem Backwettbewerb einfiel?«

Fragend sah Linnea sie an.

»Ihr kennt doch hier in Norwegen auch Adventskalender, oder?«

»Ja.«

»In dem Dorf, in dem meine Mutter in Deutschland wohnt, gibt es eine Tradition, die sich Lebendiger Adventskalender nennt. Eine Person organisiert es, und dann trifft man sich einfach reihum bei jemandem im Vorgarten zum Glühweintrinken oder so. Man lernt viele Leute im Ort kennen, und es ist eigentlich nicht viel Aufwand. Ich dachte, vielleicht hast du auch Lust, so etwas zu veranstalten, als Werbung.«

Es hörte sich schön an, heimelig und verbindend. Genau das, woran Linnea vor einigen Stunden gedacht hatte. Aber wenn sie anfing, darüber nachzudenken, was das in der Praxis bedeuten würde … nein. »Die Idee ist wunderschön«, sagte sie. »Aber ich pack das dieses Jahr nicht. Es ist ohnehin schon zu viel, und der Dezember hat ja auch schon angefangen.«

»Ab und zu willst du ja vielleicht auch noch ein bisschen Freizeit haben«, sagte Krister.

»Das habe ich längst aufgegeben.«

»Ich bin der offizielle Freizeitbeauftragte der Praxis, wusstest du das? Und damit der Familie, also auch für dich zuständig.«

»Aha.«

Theo flüsterte Annik zu: »Mama, was ist ein Freibeauftrager?«

»Jemand, der ein bisschen rumspinnt.« Annik betrachtete Krister mit so viel Liebe, dass es Linnea das Herz zusammenzog.

Krister tat, als hätte er das Intermezzo nicht mitbekommen. »Was ich sagen wollte: Wir haben beschlossen, das Pfefferkuchenbacken dieses Jahr ausfallen zu lassen und dafür zu Weihnachten nach Selerøy zu fahren. Notfalldienst für die Praxis machen Madalena und Kevin in Fuglesang. Das bedeutet: mindestens drei Tage Kaminfeuer, Sauna, Espens fürchterliche Witze …«

Annik schnalzte. »Hör auf, das ist gemein.«

»Aber wahr«, sagte Svea.

Linnea wusste, worauf das Ganze hinauslief, aber bevor sie ihre Meinung beisteuern konnte, sagte Krister: »Wir brauchen dich und deine Gitarre.«

»Kris, ich … Wie soll das gehen? Gerade zu Weihnachten kommen die Leute doch!«

»Bist du da eigentlich sicher?«, fragte Svea. »Die meisten meiner Bekannten sind zu Weihnachten mit ihren Familien zusammen. Die gehen nicht ins Café, sondern essen zu Hause.«

Es war gut gemeint, Linnea wusste das. Trotzdem fühlte sie sich gerade einigermaßen übergangen. Begriffen die anderen nicht, dass das hier kein nettes Hobby war, sondern ihr Job? Und dass sie den nicht mal eben nach Lust und Laune liegen lassen konnte, wenn es ihr passte? »Ich bin mir nicht sicher, ob dein Bekanntenkreis eine verlässliche Marktanalyse ersetzt«, antwortete sie Svea, sperriger als vermutlich nötig.

Zu ihrem Erstaunen beugte ausgerechnet Krister sich vor und legte ihr eine Hand auf den Arm. Er war sonst nicht gerade für seine überschwänglichen Gefühlsäußerungen bekannt. »Mal ab von allen Freizeitaufträgen: Du hast seit sieben Monaten durchgearbeitet. Wenn man den Umbau mitzählt, sogar noch länger. Weihnachten mit der Familie wird dir guttun.«

Aber Weihnachten mit der Familie würde auch bedeuten, darüber nachzudenken, dass ihre Mutter und ihr Bruder einen halben Planeten weit weg waren und ihr Vater tot. Arbeiten war einfach wesentlich sicherer. »Ich denke darüber nach.«

»Tu das. Zimmer sind genug da. Wenn du willst, bring den Barkeeper mit.«

Vierzehn

Auf Brit Janssons Weide lag der Schnee knöchelhoch und unberührt. Die Sonne stand noch tief genug, um lange Schatten zu werfen – und zu blenden. Linnea kniff die Augen zusammen.

Jarik war nur als Silhouette erkennbar. Er wartete an dem Pfosten neben dem Weidetor, die Hände in den Jackentaschen, das Gesicht dem heller werdenden Himmel zugewandt. Als Linnea knirschend näherkam, wandte er sich zu ihr um. »Guten Morgen.«

»Guten Morgen.« Sie machte zwei lange Sätze und war bei ihm. Nachdem sie ihn so lange geküsst hatte, wie es nötig war, um den letzten Rest des Vortagszögerns zu vertreiben, löste sie sich. Das Morgenlicht zeichnete Jariks Züge weich, passend zum perfekten Rest seines Äußeren. Frisch gewaschene Allwetterhose, heller Rolli unter der Outdoorjacke, anthrazitgraue Mütze. Die Haare hatte er zum lockeren Zopf zusammengenommen, und ein dezenter Duft umgab ihn. Jarik Mathisen, der sich nicht hinter die Fassade sehen ließ, genau wie an jenem Tag, bevor

Linnea auch nur geahnt hatte, was zwischen ihnen entstehen würde. Aber jetzt sah sie die Erschöpfung dahinter. Es musste ihn mehr angestrengt haben, als er zugab, sie gestern seine größte Schwäche sehen zu lassen – oder das, was er dafür hielt.

»Wollen wir gleich los?«

»Klar.« Jarik hob den Rucksack hoch, den er neben sich abgestellt hatte, und schwang ihn sich auf den Rücken. Für einen Ausflug auf den Hausberg hätte Linnea höchstens ein paar Müsliriegel und eine Flasche Wasser mitgenommen. »Was ist da drin?«

»Wirst du sehen.«

Nebeneinander gingen sie los.

Ab und zu warf Jarik ihr einen Seitenblick zu, den sie vorgab, nicht zu bemerken. Erst, als sie beinahe beim zweiten Gatter angekommen waren, hinter dem der Weg steiler wurde, sagte er: »Mir ist das gestern immer noch mega unangenehm.«

»Das braucht es nicht zu sein.« Linnea betrachtete das Tor einen Moment und schob dann den Schnee davor mit dem Stiefel zur Seite.

Jarik half ihr und zog die Pforte – immer noch gegen einen Schneeberg – so weit auf, dass sie sich hindurchzwängen konnten. »Ist es aber. Ich … schäme mich. Was ein echt fieses Gefühl ist, falls du das noch nicht wusstest. Das zuzugeben, ist übrigens das Mutigste, was ich seit Langem getan habe. Nur, damit du das zu schätzen weißt.«

Linnea grinste. »Nicht, mich zu küssen?«

»Nein, das war einfach. Es ging ja nicht anders.«

»Ach so.« Gemeinsam zerrten sie das Tor wieder an seinen Platz, dann hängte Linnea den Draht über den Pfosten, um es zu verschließen.

»Vor mir musst du das nicht«, sagte sie. »Dich schämen. Für nichts.«

»Sicher?«

»Höchstens«, sie betrachtete ihn betont nachdenklich, »dafür, dass du mir ständig mit neuem Zeug Konkurrenz machst.«

»Tu ich gar nicht. Das ist Werbung für uns beide.« Er bot ihr seine behandschuhte Hand an, und sie nahm sie. »Unglaublich, oder? Am Anfang konnte ich dich nicht ausstehen und habe dich mitsamt deinem Café zum Mond gewünscht.«

»Danke, gleichfalls.«

»Aber dann habe ich dich kennengelernt, und du hast mich ganz normal behandelt. Du warst nicht besonders nett zu mir, um mir zu beweisen, dass ich jetzt zum Dorf gehöre, wie das einige tun. Du warst schlagfertig und tough, aber darunter immer … respektvoll. Du hast mir heiße Schokolade und Decken angeboten, als ich klitschnass bei der Robbe im Wasser stand. So was hat nie vorher jemand für mich getan, weißt du?«

Sie drückte seine Hand. »So oft stehst du vermutlich auch nicht durchgefroren im Meer herum. Oder auf Schafweiden. Gehen wir weiter, bevor ich festfriere?«

Der Pfad wurde schmaler, sie mussten sich loslassen, und Linnea kam in den Genuss, Jarik auf den Hintern sehen zu können, während sie bergan stiegen. »Du weißt, was ich meine«, sagte er über die Schulter. »In Lillehamn akzeptieren mich die Leute inzwischen, war schwer genug, das zu erreichen. Aber es war bisher niemand da, dem ich wirklich auf einer tieferen Ebene nahegekommen bin. Deinetwegen hat sich das geändert.«

So viel an einem Stück hatte er noch nie gesprochen. Linnea war froh, dass er die Unterhaltung bestritt, sie war inzwischen einigermaßen außer Atem.

Jarik auch, wie es schien. Er blieb wieder stehen und drehte sich mit von der Anstrengung roten Wangen zu ihr um. »Jedenfalls habe ich irgendwann festgestellt, dass ich mich in deiner Gegenwart wohlgefühlt habe. Wohlfühle. Das erste Mal im Leben musste ich mich nicht verstellen. Das hat mir gefallen.« Sein Blick hielt ihren fest, Bernstein, in dem ein Feuer brannte. »Ich bin so wahnsinnig in dich verliebt, dass ich an fast nichts anderes mehr denken kann. Ist das noch normal?«

»Weißt du was?« Sie küsste ihn auf die kalte Nasenspitze und dann auf die warmen Lippen. »Es ist mir völlig egal, was normal ist.«

Inzwischen ging Linnea neben ihm. Schritt für Schritt stapften sie den Schotterweg hoch, der durch den Wald führte. Das Knirschen ihrer Schritte auf dem Schnee und ihr zunehmend angestrengter Atem waren bei Weitem die lautesten Geräusche.

Linnea trug Boots zu den gefütterten Leggings und hatte den Reißverschluss der dicken Jacke bis unters Kinn hochgezogen. Ihre Nasenspitze und ihre Wangen waren rot vor Kälte, und an ihren unter der Mütze hervorlugenden Haaren schimmerten Eiskristalle. Jarik sah all das mit einer neuen, leichten Klarheit, als hätte ihr Gespräch eben einen Schleier von seiner Wahrnehmung gezogen.

Es würde immer mal wieder Ungesagtes zwischen ihnen geben, aber … Linneas Atem bildete Wölkchen vor ihrem Mund. Und er war so erleichtert und so verliebt, er wollte gerade nicht denken. Nur fühlen, hören, sehen. Schmecken.

»Linnea?«

Sie blieb stehen, mitten in dieser Winterlandschaft. Irgendwo weit oben in einer der Fichten krächzte eine Krähe. Die Sonne streichelte Linneas Gesicht, Schnee glitzerte und knisterte um sie herum. »Was ist?«

»Ich wollte dich nur ansehen.«

Sie grinste, und sein Herz wurde zu groß für seine Brust. »Du bist sehr süß, Jarik Mathisen.«

»Süß.«

Linnea nickte und umarmte ihn. Ihre Wollmütze kitzelte seine Wange, doch er spürte es kaum, weil ihre Lippen gleichzeitig sein Ohrläppchen streiften. »Sehr, sehr süß«, flüsterte Linnea.

Das Kitzeln rieselte ihm durch den Körper und brachte ihn auf Gedanken, die auf einem Waldhang im Winter nicht besonders realistisch waren.

»Willst du was trinken?«, fragte er. »Ich hab heiße Schokolade dabei.«

»Ich liebe heiße Schokolade.«

Jarik begann, den Rucksack abzusetzen.

»Aber nicht hier«, sagte Linnea. »Lass uns gleich eine richtige Pause machen.«

Er schob den Rucksack zurück auf die Schulter, und sie nahmen die Wanderung wieder auf. Linnea vor ihm, er hinterher. Es war seltsam erleichternd, dass Linnea jetzt Bescheid wusste über ihn. Er hatte nicht gewusst, dass es angenehm sein konnte, wenn man *gesehen* wurde, unverstellt, mit allen Fehlern. Aus irgendwelchen tiefen Schichten seines Unterbewusstseins kam ein Gedanke an die Oberfläche, und er sprach ihn aus, bevor er anfangen konnte, sich auch dafür wieder zu schämen. »Der Junge auf dem Foto in meinem Bücherregal, das war ich.«

»Dachte ich mir«, sagte Linnea über die Schulter, kein bisschen verblüfft über den abrupten Themenwechsel.

Natürlich. Er sollte sich abgewöhnen, seine Mitmenschen permanent zu unterschätzen. Vor allem Linnea. Mit Blick auf ihre Stiefel vor sich redete er einfach weiter. »Ich war ein ziemlich unglückliches Kind, der komische Junge aus dem Müllhaus mit den abgetragenen, schlechtsitzenden Klamotten – so was reicht ja in der Regel schon, um ausgestoßen zu werden. Außerdem hatte ich diese Zombiearme, die ein paar von den anderen sehr offensichtlich sehr abstoßend fanden.«

Linnea drehte sich um. Ihre Augen funkelten so empört, als sei sie selbst betroffen. »Kinder können sehr fies sein.«

Allein ihre Empörung zu sehen, tat ihm gut. Und wenn es jemand wusste, dann wahrscheinlich sie. »Waren sie zu dir auch gemein?«

Linnea schien über diese Frage wirklich nachdenken zu müssen. »Ich weiß nicht. Nein, ich glaube nicht. Nervig, ja. Manchmal auch mehr als das. Ab und zu habe ich mir gewünscht, nicht aufzufallen. Aber meine Eltern haben das meist ganz gut aufgefangen. Vielleicht hatte ich auch einfach nur Glück.«

»Oder du bist emotional gesünder als ich.«

»So schlimm bist du nicht.«

»Hast du ne Ahnung. Wenn mein Hirn heute noch meint, Flucht sei eine brillante Idee, nur weil es sich damals gelohnt hat, schnell rennen zu können, ist das schon ziemlich gestört, oder?«

»Na und? Wer von uns ist das nicht? Mein Psychodoc nennt das *Dienstgradgemäßen Gemütsverschleiß*.«

»Das ist schön ausgedrückt.«

»Ja, nicht wahr?«

An der Serpentinenkurve vor dem Wasserfall blieb sie stehen. Es war eine der wenigen Stellen auf dem Weg, von wo aus man ganz Lillehamn und bis auf die andere Seite des Fjords sehen konnte. Linnea breitete die Arme aus, als wollte sie das schillernde Wasser und das Schneeglitzern umarmen.

Er legte von hinten die Hände um ihre Taille, und sie ließ den Kopf zurücksinken. Der warme Duft ihrer Haut war durchmischt von der Klarheit des frischen Schnees.

»Jarik?«

»Hm?«

»Kintsugi.«

Er küsste sie. »Heiße Schokolade?«

»Gern.«

Er hockte sich in den Schnee und schenkte zwei Metalltassen voll. Eine davon reichte er Linnea.

»Danke.« Sie legte die Hände um die Tasse. »Meine Cousine und meine Cousins haben mich – und dich – eingeladen, mit ihnen Weihnachten zu feiern.«

Jarik verbrannte sich die Zunge, aber der Schluck war nötig, damit er nicht gleich antworten musste.

»Alles klar?«

»Sicher.« Er ließ kühle Luft über die Zungenspitze gleiten. »Das kommt etwas überraschend.«

»Vor allem ist es blöd«, sagte Linnea. »Der Plan war eigentlich, dass wir gemeinsam nach einem Termin suchen, an dem alle Zeit haben – oder es zumindest einrichten können. Jetzt steht auf einmal diese Weihnachtsidee im Raum, wenn ich arbeiten muss.«

»Hast du das so gesagt?«

»Ja.« Linnea schnaubte. »Kris hat mir daraufhin mitgeteilt, er sei der Freizeitbeauftragte und würde mir Urlaub verordnen. Als könnte ich mir das erlauben. Oder du, falls du mitkommen willst.«

»Wohin mitkommen?«

»Ach so, sorry. Wir – also die anderen – wollen im Ferienhaus auf Selerøy feiern. Was bedeutet: Ich müsste das Café drei Tagen oder so schließen, und das geht einfach nicht.«

Das letzte Mal, dass er Weihnachten außerhalb des Geschäfts überhaupt zur Kenntnis genommen hatte, war Jahre her. Vielleicht, um nicht zu genau darüber nachzudenken, was es bedeuten würde, das Fest mit einer lauten, fröhlichen Großfamilie zu verbringen, stürzte Jariks Hirn sich mit Begeisterung in Überschlagsrechnungen. »Hast du mal kalkuliert, was du im Dezember mindestens umsetzen müsstest, um Weihnachten freizumachen?«

»Es geht nicht. Da brauche ich nicht zu rechnen.«

»Also hast du nicht?«

»Nein«, sagte sie.

Er dachte einen Moment lang nach und sammelte mindestens zwei Momente lang Mut. Linnea war gern mit ihrer Familie zusammen, das wusste er. Und er gab Krister vollkommen recht – niemand konnte monatelang durcharbeiten, erst recht nicht, wenn man allein den Laden schmiss. Außerdem war es wohl an der Zeit, dass sein blöder Fluchtreflex aufhörte, sein Leben zu bestimmen. Er hatte keine Ahnung, wie Weihnachten mit den Solbergs sein würde. Und es war ihm verflucht unheimlich. Aber manche Dinge waren wichtiger als das. »Was ist«, sagte er langsam, »wenn ich für dich über meinen Schatten springen und mit all diesen Leuten, die ich kaum kenne, Weihnachten feiern würde – würdest du dann für mich mal deinen Dezember durchrechnen?«

Linnea ließ ihre Augen theatralisch zu zornigen, schmalen Schlitzen werden. »Erpresser.«

Fünfzehn

Ihre Mutter hatte ein gigantisches Paket geschickt, in dem nicht nur ungefähr eine Million rot und weiß lackierte Christbaumanhänger aus Ton waren – Herzen, Sterne, Fische, Elche, Bäume –, sondern auch jede Menge niedliche Weihnachtskobolde aus Tannenzapfen und drei Lichterketten mit Schneeflocken an den LEDs. Vorsichtig legte Linnea alle Schätze auf dem kleinen Tisch neben der Kuchentheke ab. Ganz unten im Paket war etwas Großes, Weiches, das in Seidenpapier eingeschlagen war.

»Sagtest du nicht, ihr würdet euch nichts schenken?«, fragte Jarik. Er stand vor ihrem schwarzen Brett, für das Espen inzwischen einen Holzrahmen gebaut hatte, und betrachtete die aufgetürmte Dekopracht mit zweifelnd verzogenem Gesicht.

Linnea hielt ihm die Karte ihrer Mutter hin. »Ist ja noch nicht Weihnachten. Guck, Mama schreibt: *Ein bisschen spät, aber hier endlich mein kleiner Beitrag für die Adventszeit im Café.*«

»Wenn das ein kleiner Beitrag ist, würde ich ja ihre großen Geschenke gern mal sehen.«

Grinsend zuckte Linnea die Schultern. »Aber wir schenken uns ja nichts.«

»Klar. Was ist in dem Paket da unten?«

»Mal sehen.« Sie pikte probehalber mit dem Zeigefinger auf dem Seidenpapier herum. »Fühlt sich nach Stoff an.«

Es waren zehn weiße Tischdecken, die, passend zu den Anhängern, mit roten Mustern bedruckt waren.

»Wow«, sagte Jarik. Fast andächtig strich er über einen der Sterne. »Sag nicht, sie hat das auch noch selbst bedruckt.«

»Ihre Freundin vermutlich, die macht Siebdruck.«

»Du hast eine sehr beeindruckende Familie. Ich hoffe, du weißt das.« Er lächelte die Verlorenheit weg, die unter diesen Worten lag.

Linnea entging sie dennoch nicht. Sie nahm Jariks Gesicht zwischen beide Hände und küsste ihn. »Das weiß ich. Und ich habe dazu noch einen ziemlich tollen Freund.«

»Wenn du das sagst.«

»Sage ich.« Nur leider musste sie erst einmal die herumliegenden Sachen wieder einpacken. Die Tischdecken faltete sie sorgsam zusammen und legte sie zurück in die Kiste, um sie später zu bügeln. Einige der Anhänger und die Kobolde ließ sie draußen. Die würde sie gleich aufhängen.

Jarik schlenderte derweil zurück zum schwarzen Brett. »Du bist nicht zufällig gegen Katzen allergisch, oder?«

»Nein, wieso?«

»Ich überlege, mir eine zuzulegen.« Er deutete auf Lotta Erikssons Gesuch. »Dann hätte ich jemanden zum Kuscheln, während du arbeitest.«

»Wenn ich es richtig verstanden habe, ist das eine kratzige Kampfkatze, die alle verhaut, die in ihre Nähe kommen.«

Jarik zog eine Augenbraue hoch und lächelte sein Klugscheißerlächeln, das sie so gernhatte. »Hier steht, sie ist aggressiv gegenüber anderen Katzen. Ich bin keine Katze.«

»Höchstens ein Kater, stimmt … Was tust du da?«

»Ich nehme den Zettel runter. Ich brauche die Reißzwecke.« Er wedelte mit einem Stück Papier, das er in der Hand hielt.

Linnea machte sich nicht die Mühe, das Geschirrtuch abzulegen, um Jarik zu knuffen, sondern ließ es gegen seinen Oberarm schnalzen. »Untersteh dich. Ich habe noch mehr Reißzwecken als diese.«

»Macht dann Sinn, die auch an die Pinnwand zu stecken, meinst du nicht? Damit man sie benutzen kann?«

Sie warf ihm einen Luftkuss zu. »Lass Lottas Zettel hängen. Ich gebe dir was zum Anpinnen. Was hast du da überhaupt?«

»Eine Stellenanzeige. Hab ich nicht erzählt, dass Majbritt nach Rotterdam zieht? Sie hat jetzt netterweise zugestimmt, noch zwei Wochen zu bleiben, aber danach ist sie weg. Und«, er grinste breit, »da ich ja vorhabe, das Weihnachtsgeschäft an mich zu reißen, benötige ich Personal.«

»Nicht unterstützenswert. Dafür spendiere ich keine Reißzwecke.«

Jarik legte den kleinen Zettel ab und trat zu ihr. »Was muss ich tun, um dich umzustimmen?«, flüsterte er rau.

»Nichts.« Sie hauchte ihm ins Ohr, und er gab ein kleines, wohliges Brummen von sich. »Gar nichts kannst du tun. Außer …«

»Ja?«

»Denk dir was aus, Mathisen.«

Jariks Lachen kribbelte nicht nur an der empfindlichen Stelle unter ihrem Ohr. »Jetzt und hier?«

»Jetzt und hier könntest du mir helfen, die Lichterketten anzubringen, die meine Mutter geschickt hat.«

»Eventuell wäre das möglich«, murmelte er, und Linnea ließ zu, dass er sie an sich zog. Sie konnte nicht anders, als seinen Kiefer zu küssen und die Lippen dabei an den dichten, kurzen Bartstoppeln entlanggleiten zu lassen. Er roch so, so gut. Und sie war so richtig in seinen Armen.

»Apropos Weihnachten«, sagte er. »Was macht deine Dezemberkalkulation?«

Als wollte sie jetzt daran denken. »Noch nichts. Ich nähere mich allerdings emotional der Möglichkeit an, mir einen Zweitjob zu suchen und das Café dann von Januar an nur noch an drei Tagen pro Woche aufzumachen oder so.«

»Klingt klug. Wieso musst du dich erst annähern?«

»Lange Geschichte.«

»Erzähl sie mir.«

»Irgendwann«, sagte sie. Erst einmal war sie hier, mit ihm. Und wollte nicht daran denken, dass sie ihren Vater enttäuscht hatte.

»Nur mal angenommen, wir finden eine Möglichkeit, Weihnachten freizumachen …«

Linnea unterdrückte ein genervtes Stöhnen, aber sie musste reagiert haben, denn Jarik sagte: »Wehr das nicht gleich ab. Nur mal angenommen, es geht irgendwie. Dann könnten wir Weihnachten aufteilen. Jamal übernimmt die Feiertage, wenn er das will, du bekommst das Luciafest und ich *lille julaften* am dreiundzwanzigsten.«

Er hatte das alles durchdacht. Und sie kam sich albern vor, wenn sie sich dagegen sträubte.

»Sagst du Ja und gibst mir dann eine Reißzwecke?« Seine Hände arbeiteten sich auf ihrem Rücken unter ihr Oberteil.

Alles bekommst du von mir. Jederzeit und sofort. Lass uns das Café zumachen und nach oben gehen. »Ich überlege es«, wisperte sie gegen seinen Mundwinkel.

»Aber eine Reißzwecke bekomme ich.«

»Was ist hier denn los?«

Linnea zuckte zusammen und löste sich aus Jariks Umarmung. Hatte die Türglocke nicht geklingelt? Oder war sie so beschäftigt gewesen, dass sie sie überhört hatte? Lotta, Randi und Ingerlise waren hereingekommen. Jetzt stemmte Lotta in gespielter Empörung die Hände in die Hüften. Sie hatte gefragt.

Jarik deutete eine formvollendete Verbeugung an. »Ich muss nur kurz die Cafébetreiberin zu Ende küssen.«

»Na endlich«, sagte Ingerlise, und Randi fügte hinzu: »Wir fiebern schon die ganze Zeit auf das Happy End hin.«

Linnea musste lachen. »Entschuldigung, dass wir das erst jetzt bieten können. Ich bin gleich bei euch. Milchkaffee und den Kuchen des Tages, wie immer?«

Während sie Kaffee und Mandelkuchen für ihre Stammkundinnen vorbereitete, schlenderte Jarik zur Kaminecke hinüber, hockte sich neben Lottas Sessel und zeigte ihr den Aushang, den er vom schwarzen Brett genommen hatte. Es schien ihm also tatsächlich ernst zu sein mit der Katze.

»Abgemacht, in zwei Stunden«, hörte sie Lotta sagen, als sie das Tablett auf dem Tisch abstellte. Mit einem breiten, glücklichen Lächeln im Gesicht folgte Jarik Linnea zurück zur Kuchentheke.

»Wer hätte es gedacht?«, murmelte sie. »Jarik Mathisen, der Katzenretter. Und ich dachte, es sei nur ein Scherz gewesen.«

»Ich mag Katzen. Wenn ich alt bin, werde ich ein verrückter alter Katzenmann.«

»Die Vorstellung gefällt mir.«

»Nachher geh ich zu Lotta, um diese angebliche Problemkatze kennenzulernen. Wahrscheinlich ist sie einfach nur schlauer als die anderen, deswegen kommt sie nicht mit ihnen klar.«

»Bestimmt. Oder eingebildet.«

»Oder das.« Er war so entspannt, sie musste ihm schon wieder einen schnellen Kuss geben. Am Ende war wohl doch etwas Gutes bei diesem fürchterlichen Besuch bei seinen Eltern herausgekommen: Vertrauen und eine neue Art von Gelassenheit. Während sie noch darüber nachdachte, nickte er zu dem Tisch neben dem Eingang hinüber. »Nun, da das mit den Reißzwecken geklärt ist … Hast du vielleicht auch Klebeband?«

»Was?« Die Papierrolle auf dem Tisch sah verdächtig aus wie … »Du hast nicht schon wieder ein Plakat zum Aufhängen mitgebracht, oder?«

»Wenn du Platz hast?«

»Gibt es in Lillehamn keine anderen Orte, an denen du dein Zeug aufhängen kannst? Eine Bar zum Beispiel?«

»Gute Idee.« Jarik rollte das Poster aus. »Es geht um einen Film- und Karaokeabend am dreiundzwanzigsten.«

»Du gehst also einfach davon aus, dass ich deiner Aufteilung zustimme?«

»Überhaupt nicht. Ich wollte einfach bloß diesen Abend unter Dach und Fach haben. Und wenn du zum Karaokesingen vorbeikommst, spendiere ich dir ein Weihnachtsbier.«

»Sehr nett von dir. Was gibt es?« Sie betrachtete das Plakat. Natürlich! Jarik wollte den beliebten Sketch von Miss Sophie und ihrem Butler James zeigen, der in ganz Norwegen am ›kleinen Weihnachtsabend‹ lief: *Die Gräfin und der Diener*. Linnea hatte den Film als Kind geliebt, aber lange nicht mehr gesehen. Allerdings … Sie sah auf. »Ziemlich kurz für einen Filmabend.«

»Ich wollte genug Zeit fürs Singen lassen. Erst hatte ich über einen langen Filmabend nachgedacht, aber irgendwie fand ich vor Weihnachten Karaoke passender.«

»Was hättest du gezeigt?«

»*Highlander* natürlich.«

»Nicht dein Ernst. Köpfe abschlagen an Weihnachten? Was ist es mit dir und diesem Film?«

Er hob betont gleichgültig die Schultern. »Er ist gut.«

Klar doch. So leicht kam er ihr nicht davon. »Und wirklich?«

»Ich sage es dir unter der Bedingung, dass du mir nachher erzählst, was das mit dir und diesem Arbeitswahn ist.«

»Ich habe keinen …«

Jarik zog zweifelnd die Augenbrauen hoch.

Okay. Sie hatte einen Arbeitswahn. Einen leichten. »Deal«, sagte sie.

»*Highlander* zu zeigen wäre mehr so ein Ego-Ding für mich gewesen«, sagte Jarik. »Um mir selbst zu beweisen, dass der ganze Mist aus meiner Vergangenheit eben nur genau das ist: Vergangenheit. Nachdem du die Müllhalde meiner Eltern gesehen hast, schien mir das ein angemessenes Ritual.«

»Und was hat das mit diesem Film zu tun?«

Jarik verzog das Gesicht wie unter Schmerzen. »So mit

fünfzehn, sechzehn bin ich eine Zeitlang nur mit langem Mantel rumgelaufen. Manchmal zusätzlich noch mit einem Theaterschwert, das ich aus einem Trödelladen in Jørpeland hatte. Du kannst dir denken, was das für ein Fest für Kjell und die anderen war.«

»Lebhaft.« Sie versuchte, sich Jarik mit Schwert unter dem Mantel vorzustellen. »Irgendwie ist das auch ganz schön mutig gewesen, so in die Schule zu gehen.«

Wieder zuckte er mit den Schultern, dieses Mal eher zweifelnd. »Ich fühlte mich nicht besonders mutig dabei.«

»Ich finde, das ist es. Ziemlich sogar. Hab ich dir schon erzählt, dass mein Vater *Highlander* geliebt hat?«

Jariks Finger berührten ihre. »Ich hätte ihn sehr gern kennengelernt.«

»Ihr hättet euch gut verstanden.«

»Er scheint ein beeindruckender Mann gewesen zu sein.«

Linnea räusperte sich und sah zur Kaminecke hinüber. Es konnte ja sein, dass Lotta und ihre Freundinnen noch etwas brauchten. »Ich hole dir Klebeband für das Poster.«

Die Katze war erwartungsgemäß ein Kater. Er zog am Donnerstag bei Jarik ein und flüchtete sich beinahe sofort hinter das Sofa, nachdem dieser die Transportbox geöffnet hatte.

Linnea hatte im Flur ihre Stiefel aufgeschnürt und die Jacke aufgehängt. Jetzt blieb sie in der Tür zum Wohnzimmer stehen. Dass es so glücklich machen konnte, einen zerzausten Mann zu beobachten, der auf allen Vieren vor seinem Sofa hockte und versuchte, darunter etwas zu erkennen!

Schließlich richtete er sich auf, wieder diese weiche Zufriedenheit in den Zügen, die ihr schon im Café aufgefallen war, als er mit Lotta über die Katze gesprochen hatte. »Ich versteh dich, Kumpel. Mach's dir bequem und komm einfach raus, wenn du so weit bist, okay?« Erst jetzt bemerkte er, dass Linnea ihm zusah. »Was ist?«

Sie lächelte. »Ich glaube, es könnte funktionieren mit dir und der Katze.«

»Warum sollte es das nicht? Wenn jemand versteht, warum man sich manchmal unter dem Sofa verkriechen muss, dann ja wohl ich.« Im Moment jedoch machte er keinesfalls den Eindruck, er wolle das tun. Ganz im Gegenteil. Mit sicheren Schritten ging er zum Bücherregal und zog ein dünnes Fotoalbum hervor. Einen Moment lang wirkte es, als würde er mit dem Buch zu ihr kommen, aber er löste nur ein Bild daraus, das er ihr kurz darauf reichte. »Außerdem stand meine Karriere als crazy Katzenmann früh fest.«

Der kleine Jarik auf dem Bild war nur wenig älter als der Junge im Bücherregal. Dieses Mal stand er nicht auf den Stufen zum Haus, sondern saß dort mit – Linnea zählte sie schnell durch – sechs kleinen Katzen um sich herum und auf dem Arm. Er trug dieselbe merkwürdige Frisur wie auf dem anderen Bild, auch denselben Pullover. Allerdings waren die Farben verwaschen und die Ärmel nicht mehr zu lang. Aber was Linneas Aufmerksamkeit am meisten fesselte, war der Ausdruck in dem runden, blassen Gesicht. Der kleine Jarik lächelte die Katze in seinem Arm an, und etwas an diesem Lächeln war so glücklich und gleichzeitig so herzzerreißend traurig, dass Linnea schlucken musste.

»Wie hieß die Katze?«, fragte sie.

»Welche von den vielen?« Jarik hatte es sich inzwischen auf dem Sofa bequem gemacht. Natürlich stellte dieses Bild für ihn nichts Besonderes dar, wahrscheinlich nahm er den Gesichtsausdruck seines jüngeren Ichs nicht mal wahr.

»Die, die du auf dem Arm hast.«

»Sie hatten keine Namen, nur die Große. Die Kleinen haben wir weggegeben. Meine Mutter sagte, es wäre besser, ihnen dann keine Namen zu geben.«

Hatte Jarik überhaupt schon einmal von seiner Mutter erzählt?

Sie legte das Foto auf den Tisch und setzte sich zu Jarik. Es war eigenartig zu wissen, dass irgendwo unter ihr ein ängstlicher Kater hockte. »Wie ist sie so, deine Mutter?«

Er hob die Schultern. »Überfordert vom Leben und meinem Vater samt seinen fragwürdigen Ansichten, aber sonst … na ja. Du hast gesehen, dass die Welt da oben eine andere ist als die der meisten Menschen. Meine Mutter ist okay, abgesehen davon, dass sie ihr Leben nicht im Griff hat.«

»Möchtest du drüber reden?«

»Nicht wirklich.«

»Schade«, sagte sie. »Ich bin neugierig.«

Jariks Blick ging durch das Bild auf dem Tisch hindurch. Wo immer er mit seinen Gedanken war, er nahm sie nicht mit an diesen Ort. Schließlich blinzelte er, als würde er sich selbst zurückholen. »Apropos Mütter. Kommt deine dich irgendwann besuchen?«

»Zum Luciafest.«

»Lerne ich sie kennen?«

»Da kannst du mal drauf wetten.«

Jarik grinste. »Ich wette mit dir nicht mehr. Aber ich bin ziemlich neugierig auf die Frau, die dich großgezogen hat. Was ist denn nun mit deiner Arbeiteritis?« Er fragte es wie nebenbei, während er sich wieder hinkniete, um nach dem Kater zu sehen.

Linneas »Ha ha« ging entsprechend ein wenig unter.

»Hast du schon gerechnet?«

»Nein.«

»Warum nicht?«, fragte er den Hohlraum unter dem Sofa.

Linnea ließ sich neben ihm auf den Rücken sinken und betrachtete die Zimmerdecke mit den offenen Balken. »Früher, als er es noch konnte, haben mein Dad und ich oft über Träume gesprochen. Das Café war halt mein Traum, schon ewig lange. Er hat immer gesagt, man darf nur nicht aufgeben, wenn man seine Träume erreichen will. Und wenn ich das jetzt tue, dann …«

Jarik hatte sich auf die Seite gerollt und sah sie an. »Dann hast du das Gefühl, du würdest ihn enttäuschen.«

Sie nickte. »Mein gesamtes Erbe steckt in dem Café. Ich kann da nicht einfach weglaufen und mal eben Urlaub machen.«

»Soll ich was dazu sagen?«

»Hm, hm.«

»Punkt eins. Ich kannte deinen Vater nicht, aber nach allem, was du über ihn erzählt hast, glaube ich kaum, dass er enttäuscht wäre, wenn du auf dich achtest. Punkt zwei. Du gibst ja das Café nicht auf, wenn du dir einen Zusatzjob suchst. Und du gibst es auch nicht auf, wenn du mal ein paar Tage freinimmst.«

»Es fühlt sich aber so an.«

Jetzt lächelte er schief. »Es fühlt sich auch nach potenziellem Weltuntergang an, dir zu zeigen, wo ich herkomme. Und bisher dreht sie sich noch ganz tapfer.«

Sechzehn

Jarik und sie hatten erstaunlich schnell in einen Rhythmus gefunden. Die Zeit am späten Vormittag gehörte ihnen beiden, und ihre Arbeitszeiten bauten sie darum herum. Abends, wenn Jarik im *Frontstage* war, oder morgens, wenn er noch schlief, buk Linnea und kümmerte sich um alles, was sonst noch rund um das Café anfiel. Im Moment war das vor allem Schneeschaufeln.

»Am Ende des Winters darfst du mich Hulk nennen«, sagte sie am Freitag vor dem Luciatag, während sie die Finger an dem Kaffeebecher wärmte, den Jarik ihr hingeschoben hatte. Es war der Hardrock-Café-Becher mit dem abgeplatzten Rand, den ihr Vater aus London mitgebracht hatte, als Linnea dreizehn gewesen war.

»Ich kann das Schneeschippen wirklich für dich übernehmen.«

»Danke, das ist lieb, aber es macht mir Spaß.«

»Du fühlst dich nur gut als Märtyrerin, die alles allein schafft.«

»Fang nicht wieder damit an.« Sie ließ die Schultern kreisen. »Ich sehe es als Workout. Wenn es nur nicht ganz so anstrengend wäre.«

»Wenn du erst Hulk bist, stört dich das nicht mehr.«

»Wirst du noch mit mir zusammen sein wollen, wenn ich groß und grün bin?«

Jarik hatte beide Arme auf dem Tisch abgestützt und das Kinn in die Hände gelegt. Nachdenklich sah er sie an. »Ich glaube schon«, sagte er dann ernst.

»Du glaubst.«

Er lächelte. »Nein, ich denke, ich bin mir sicher.«

»Nicht hundertprozentig überzeugend.«

»Überzeugt dich wenigstens das Frühstück?« Jarik hatte nicht nur Kaffee gekocht, Brot aufgeschnitten und den Frühstückstisch mit Himbeermarmelade, Frischkäse und Karamellcreme gedeckt, sondern dazu noch den Herd geputzt und allen Ernstes ihr Wohnzimmer aufgeräumt, in dem die Decken und Kissen vom Filmabend am Montag noch auf dem Teppich verteilt gewesen waren. Und frisch gesaugt sah die Wohnung auch aus – wie auch immer Linnea dabei hatte schlafen können.

»Sag mal, wie lange bist du schon wach?«, fragte sie.

»Nicht so lange. Wieso?«

»Weil meine Wohnung blitzt, als sei sie aus der Putzmittelwerbung gesprungen. Kannst du mir bitte die Margarine von der Ablage geben?«

Er drehte sich um und reichte sie ihr. »Ich hab bloß gesaugt und die Decken zusammengelegt. Und einmal über die Borde gewischt. Mit der Hand.«

»Trotzdem«, sagte sie. »Ich freue mich drüber, so ist es nicht. Aber es ist mir auch unangenehm.«

»Sorry. Das sollte es nicht.« Jarik löffelte Zucker in seinen Kaffee und rührte sorgfältig um, während Linnea reichlich Marmelade auf ihrem Brot verteilte. »Nenn es Stressreaktion«, sagte er. »Ich räume auf, wenn ich nervös bin.«

»Wieso bist du nervös?«, fragte sie mit vollem Mund.

Jarik sah sie an, als würde er an ihrer Intelligenz zweifeln – okay, vermutlich tat er das. Mit Verspätung fiel ihr ein, dass ihre Mutter heute kam.

»Mama freut sich, dich kennenzulernen. Ihr werdet euch bestimmt mögen.« Um den letzten Zweifel auszuräumen, schob sie hinterher: »Sie hat dich gegoogelt und entdeckt, dass du *the sexiest man in Lillehamn* bist. Hätte ich ihr schneller sagen können als Google. Also, würde ich solche Dinge mit meiner Mutter diskutieren.«

Jarik grinste sie über seine Kaffeetasse hinweg an. »Nur mit Igny?«

»Wenn überhaupt.« Himmel, wie sie dieses Blitzen in seinen Augen liebte. »Ernsthaft: Vermutlich wird Mama erleichtert sein, dass sie mal einen meiner Freunde mögen kann.«

»Waren meine Vorgänger so schlimm?«

»Die üblichen jugendlichen Fehltritte, würde ich sagen. Mama fand damals, ich sollte mir meine Gesellschaft besser aussuchen.«

»Und da suchst du dir ausgerechnet mich?« Unter dem leisen Spott schwang Ernsthaftigkeit mit.

»Ja«, sagte Linnea. »Weil du ein ziemlich toller Mann bist.«

»Woran machst du das fest?«, fragte er interessiert.

»Daran, dass ich dir vertraue und du mir vertraust. Dass ich mich bei dir sicher fühle.« Der Tag, an dem sie angefangen hatte, Jarik mit anderen Augen zu sehen, fiel ihr ein. »Und, ich meine, du hast den Mut, dich vor eins der größten Raubtiere zu stellen, um es zu retten. Das ist schon ziemlich gut.«

»Sind das Kriterien, die deine Mutter auch anlegt?«

»Ich bin erwachsen und entscheide das allein, Schatz. Aber sie wird begeistert von dir sein.«

Nach dem Frühstück brachte sie Jarik zur Tür, obwohl sie ihn viel lieber direkt zurück ins Schlafzimmer gesteuert hätte. Aber sie musste noch das Café vorbereiten und den Kuchen glasieren, bevor ihre Mutter kam. »Mama wird sich auch freuen, wie ordentlich es auf einmal bei mir ist.«

»Wo soll sie eigentlich schlafen?«

»In Alvas AirBnB, Kristers alter Wohnung. Da ist Platz, und wir gehen uns nicht gegenseitig auf die Nerven.« Sie musste Jarik kurz zwischendurch auf den Mund küssen. »Ich liebe meine Mutter sehr, aber sie muss dann doch nicht im Nebenzimmer sein, wenn ich mich mit dem *sexiest man von Lillehamn* vergnüge.«

Als Jarik gegangen war – nach weiteren Küssen und zerwühlten Haaren –, holte Linnea einen schlichten Sandkuchen mit Rosinen und kandierten Früchten aus dem Kühlschrank und platzierte ihn vorsichtig auf der Edelstahlplatte, die sie immer als Untergrund zum Glasieren nahm. Sie hätte es vor Jarik nicht zugegeben, aber jetzt merkte sie, dass sie ebenfalls angespannt war. Nicht jeden Tag traf ihre Mutter mit ihrem Lover zusammen.

Um acht war Mama in Bergen losgefahren, würde also nicht vor zwei hier sein. Eher wohl später, wenn Linnea schon im Café war. Jetzt wäre es gut, Angestellte zu haben. Jarik, Krister, Alva … Alle, die ihr damit auf die Nerven gingen, hatten leider recht. Sie konnte auf Dauer nicht alles allein leisten.

Von Mai bis September hatte sie Sommerjobber beschäftigt, Studis, die für einige Wochen blieben, Work-and-Traveller. Aber im Moment war das keine Lösung. Abgesehen davon, dass sie sich kein Personal leisten konnte, auch wenn der Dezember bisher tatsächlich besser lief als befürchtet.

Warum hatte sie dieses Café derart Hals über Kopf eröffnet? Sie bröckelte die Kuvertüre für den Schokoladenguss in die Wasserbadschüssel. Weil es ihr nicht so vorgekommen war, deswegen. Sie hatte wirklich geglaubt, alles durchdacht zu haben und ihre Kräfte richtig einzuschätzen. Sie hatte gehandelt, wie ihr Papa gehandelt hätte, immer mit einer gesunden Portion Optimismus und einem »Wird schon« im Hinterkopf.

Nun, wenn sie schon spontan war, dann auch richtig. Während die Kuvertüre schmolz, holte Linnea den Tortenboden für die Blaubeertarte heraus, die der Kuchen des Tages werden würde.

Sie würde die Sache ab sofort anders angehen. Vielleicht konnte sie ab und zu von Martin, dem Bäcker, Kuchen kaufen, dann musste sie nicht so viel selbst backen. Und ihre Einkäufe dafür optimieren. Den Dezember würde sie überstehen. Und ab Januar … Ob Jarik es seltsam fand, wenn sie für ihn arbeitete? Falls er noch keinen Ersatz für Majbritt gefunden hatte, natürlich. Fand sie es seltsam?

Linnea schob Tassen unter die Cappuccinomaschine, schnitt Kuchen, servierte, kassierte, wischte Milchschaum auf, nein, der Kuchen ist leider nicht glutenfrei – gefühlt alles gleichzeitig. Natürlich kam der Ansturm heute. Aus dem Nichts. Jedes »Wird schon« ihres Vaters half nicht, sie war bereits nach zwei Stunden durchgeschwitzt.

Ihre Mutter kam in Begleitung von Alva, als beinahe alle Plätze im *Strandkafé* besetzt waren. So gern wäre Linnea ihr in die Arme geflogen und hätte sie an sich gedrückt, stattdessen hastete sie zu Tisch zwei und hörte sich geduldig an, dass auf dem Cappuccino zu viel Kakao gewesen sei.

Aus dem Augenwinkel sah sie, wie Mama und Alva zur Kuchentheke gingen und sich leise unterhielten. Ihre Mutter war seit der Eröffnung im Mai noch nicht wieder hier gewesen. Linnea lächelte die Dame an Tisch zwei an. »Ich bringe Ihnen sonst gern Ersatz.«

»Nein, danke, das ist nicht nötig. Ich wollte es nur angemerkt haben.«

»Ist notiert. War denn sonst alles zu Ihrer Zufriedenheit?«

»Sehr lecker, ja. Der Kuchen könnte allerdings ein paar Rosinen weniger vertragen.«

»Ja. Ähm. Okay.« Vage lächelte Linnea noch einmal in die Runde.

»Ich nehme noch einen Cappuccino«, sagte der zu der Frau gehörende Mann. »Und noch ein Stück von dem Kuchen.« Normalerweise hasste sie es, wenn fremde Männer ihr zuzwinkerten, aber dieser hier tat es auf eine nette Art.

Linnea eilte zurück zum Kuchentresen und konnte endlich ihre Familie begrüßen. Eine Umarmung musste sein, acht Sekunden lang, weil Mama einmal gehört hatte, dass nach acht Sekunden Umarmung Glückshormone ausgeschüttet wurden. »Ich freu mich wahnsinnig, dass du da bist. Und ich würde mich unglaublich gern mit euch beiden unterhalten, aber ihr seht, wie hier gerade die Hütte kocht.«

Ihre Mutter hatte bereits den Mantel ausgezogen und Alva in die Hand gedrückt. Sie drehte sich die von grauen Strähnen durchzogenen blonden Haare zu einem Knoten zusammen. »Seit wann lasse ich meine Tochter schuften und sehe ihr dabei zu? Was soll ich tun?«

»Mama, das …« Sie konnte doch jetzt nicht ihre Mutter um Hilfe bitten, die gerade sechs Stunden Autofahrt hinter sich hatte! Außerdem wollte die kleine Linnea in ihr immer noch beweisen, dass sie ihr Leben im Griff hatte, damit Mama sich nicht sorgen musste. Ach, was sollte es. Sie war ohnehin schon fix und fertig, und garantiert sah Mama ihr das an. »Kannst du die Kaffeemaschine bedienen?«

»Sicher.«

Linnea überließ ihr den Cappuccino und holte den Sandkuchen aus der Auslage. Sie schnitt für den Mann an Tisch zwei ein extra großes Stück ab. Die Frauen in der Kaminecke warteten auch noch auf ihre Blaubeertarte.

Alva hatte die Jacken in die Garderobe gebracht und tauchte jetzt wieder auf. »Überleg dir schon mal, was ich tun kann.«

»Als wenn ich dich jetzt hier auch noch schuften lasse. Du kommst gerade aus«, beinahe wäre die Blaubeertarte vom Teller gerutscht, »der Praxis!«

»Na, und?«

»Wartet Jo nicht?«

»Der erstickt gerade in Arbeit für seine App. Er freut sich, wenn er noch ne Stunde Ruhe hat.«

Nun, niemand konnte ihr nachsagen, sie hätte es nicht versucht. Beschweren würde Linnea sich gewiss nicht über die unerwartete Hilfe.

Sie brachte dem netten Herrn seinen Sandkuchen und Cappuccino. »Guten Appetit.«

»Dankeschön. Sagen Sie, wie viele Leute passen hier rein?«

»Maximal vierzig an den Tischen, aber dann ist es schon sehr, sehr voll.«

»Und in Reihen, wenn Sie die Tische an die Seite geräumt haben?«

»Ich weiß nicht.« Linnea versuchte, sich Stühle in Reihen vorzustellen.

Die zu dem Mann gehörige Frau schüttelte den Kopf, als sei diese Diskussion extrem überflüssig. »Jan, das ist doch …« Sie winkte ab.

»Fünfzig vielleicht?«, schätzte Linnea. »Warum?«

»Nur so aus Interesse«, sagte der Mann, und Linnea eilte zu den nächsten Gästen, die einen Wunsch hatten.

Ihre Mutter bediente die Kaffeemaschine, als hätte sie nie etwas anderes getan, und Alva machte sich beim Geschirr nützlich. Unglaublich, wie entspannt die Arbeit lief, wenn sie nicht mehr alles allein zu bewältigen versuchte.

Nach ein paar Minuten fiel ihr auf, dass ihre Mutter dem Mann, der Linnea nach den Sitzplätzen gefragt hatte, immer wieder verstohlene Blicke zuwarf. Sobald die beiden gegangen waren, flüsterte Linnea: »Was war mit dem Mann? Wieso hast du immer wieder dorthin geschaut?«

Alva wirkte ebenso ahnungslos wie sie selbst. »Das war jemand Bekanntes, oder?« Sie grinste.

»Wer, Mama?«, fragte Linnea.

Ihre Mutter beugte sich vor. »Jan Calland!«

Linnea und Alva sahen sich ratlos an. Linnea sprach schließlich. »Oookay?«

»Sagt mal, lebt ihr hinter dem Mond?«

»Kommt hin«, sagte Alva, und Linnea prustete los. Es tat so unfassbar gut, nicht allein zu arbeiten.

»Jan Calland«, erklärte ihre Mutter, immer noch flüsternd, »hat es im Sommer mit seinem Thriller OIL SPELL auf die Bestsellerliste geschafft. Das müsst ihr doch mitbekommen haben. Er kommt aus Stavanger.«

»Ich hab im Sommer eigentlich nur gearbeitet«, sagte Linnea seufzend, während allmählich einsickerte, was die Fragen des Schriftstellers möglicherweise zu bedeuten hatten. Was, wenn er bei ihr eine Lesung machen wollte? Es wäre fantastische Publicity für das *Strandkafé*. Er wäre … Es wäre … galaktisch gut. Der Gedanke machte sie derart kribbelig, dass sie beinahe laut loslachte, um die Spannung loszuwerden.

Aber sie würde noch nicht darüber reden, um es nicht zu beschreien. Weder ihre Mutter noch Alva hatten das kurze Gespräch mit dem Mann – mit Jan Calland – mitbekommen. Sie würde einfach vor sich hinträumen. Ignys Mutter behauptete, man könne Ereignisse in sein Leben bringen, indem man sie sich nur lange und gründlich genug vorstellte. Visualisierte. Linnea hatte ihre Zweifel an dieser Methode, aber schaden würden ein paar Tagträume ja zumindest nicht.

Sie würde ihr Bücherregal um ein paar Jan-Calland-Bände ergänzen und endlich konkrete Planungen für den Buchclub unternehmen, nur für den Fall der Fälle.

Der Kater hatte den Futternapf geleert und neben das Katzenklo gepinkelt, saß aber wieder unter dem Sofa, als Jarik nach Hause kam.

Das Weihnachtsbier war inzwischen abgefüllt. Jarik hatte dafür dreimal mehr Bestellungen erhalten, als er in seinen kühnsten Träumen zu hoffen gewagt hatte. Gestern hatte er Lucas Überstunden bezahlt, damit dieser ihm half, die vierundsechzig Bierkisten in die Wohnung zu schleppen. Sonst hätte er die Sendungen in der Brauerei fertiggemacht, und der Kater hätte noch länger allein bleiben müssen.

Ursprünglich hatte er sich für die Idee gefeiert, aber jetzt machten ihn die Kisten und Flaschen, die überall herumstanden, kribbelig. Ganz abgesehen von den Säcken voller Verpackungschips aus Mais. Die blöden kleinen Dinger dachten nicht daran, in ihren Säcken zu bleiben, sondern wanderten inzwischen durch die ganze Wohnung.

So fing es an, genau so.

Einmal das Aufräumen nicht bewältigt, aus irgendeinem nachvollziehbaren Grund, und das Chaosnest war geschaffen. Am nächsten Tag legte er vielleicht die Socken nach der Wäsche nicht sofort in den Schrank, und schon breitete sich die Seuche aus.

Jarik ballte die Fäuste. Sicher, Mathisen. Davon, dass du drei Stunden lang deine Wohnung in eine Bierverpackungshalle verwandelst, gerät die Erdachse ins Kippen. Das Blöde war: Es fühlte sich so an.

Dagegen half nur Ordnung.

Jarik stapelte die fertigen Kisten neben der Haustür, legte die noch nicht bearbeiteten, aber schon ausgedruckten Rechnungen rechtwinklig aufeinander und sammelte das herumfliegende Packmaterial ein.

Hinter dem Sofa bewegte sich etwas.

Okay, er würde doch nicht jeden Maischip wegräumen. Auf dem Boden ausgestreckt, linste er unter das Sofa. Der Kater angelte nach einem von den Dingern, der irgendwie in seine

Nähe gelangt war. Einen Moment lang sahen sie sich an, Jarik und der Kater, dann zog das Tierchen sich wieder zurück. Jarik schnippste zwei weitere Chips unter das Sofa. »Wie willst du eigentlich heißen, sag mal? Willst du Tiger bleiben?«

Der Kater antwortete nicht.

Als alle Sendungen fertig gepackt und frankiert waren und Jarik die Wohnung wieder in einen beruhigend ordentlichen Zustand versetzt hatte, zeigte die Uhr halb fünf. Linnea würde auf ihn warten, er hatte versprochen, noch im Café vorbeizukommen. Wenigstens kurz wollte – sollte – er ihre Mutter kennenlernen, bevor seine Arbeit in der Bar begann. Er konnte die Begegnung nicht länger vor sich herschieben.

Beim Rasieren gab er sich besonders viel Mühe und kämmte die Haare extra ordentlich, bevor er sie zum Zopf band. Zur Feier des Tages gönnte er sich das schwarze Hemd. Oder gleich in die Vollen gehen? Er hängte das schwarze zurück in den Schrank und holte das feine, weiße Hemd heraus. Dazu als Kontrast den grauen Grobstrickpullover. Bei Kleidung waren die Grundregeln nicht viel anders als bei Inneneinrichtungen. Interessant waren immer die Gegensätze. Jarik richtete den Kragen und zog das Hemd unter dem Pulloversaum heraus. Theoretisch sollte das so passen.

Sein Spiegelbild allerdings zeigte ihm … einfach nur Jarik Mathisen in all seiner Unperfektheit. »Sexy«, knurrte er den Mann im Spiegel an.

Der legte den Kopf abschätzend schief. *Sieht ein bisschen sehr feingemacht aus, findest du nicht?*

»Glaub doch, was du willst.« Jarik wandte den Blick ab, und der Typ im Spiegel tat es ihm gleich. Feigling, der.

Linnea fand ihn mutig. Das hatte sie über die Sache mit der

Robbe gesagt, nicht wahr? Dabei hatte er an jenem Tag nicht groß darüber nachgedacht, dass die Robbe gefährlich sein könnte. Einmal im Leben hatten sowohl sein Gefahrensensor als auch sein Verstand segensreich gepennt. Jarik hatte lediglich getan, was getan werden musste.

Gut abgelenkt, nölte der Typ im Spiegel.

Jarik warf ihm einen Blick über die Schulter zu. »Gut siehst du aus heute. Sehr schwiegermuttertauglich.«

Um halb sechs war er mit einem Plakat in der Hand beim *Strandkafé* und zögerte beinahe nicht, bevor er die Tür öffnete. Es waren kaum noch Gäste da, nur an dem Tisch am Fenster diskutierten zwei Frauen leise miteinander. Linnea saß mit Alva und einer kräftigen, blonden Frau neben der leeren Kuchentheke. Sie sah entzückend zerrupft aus, am Nachmittag war ganz offensichtlich mehr los gewesen.

Als Linnea ihn sah, ging ein Leuchten über ihr Gesicht, das sein Zögern verscheuchte. Bei Gelegenheit musste er ihr sagen, dass er wesentlich mehr als nur *verliebt* in sie war.

Sie sagte etwas, das er nicht verstand, woraufhin ihre Mutter und ihre Cousine sich synchron zu ihm umwandten.

Er nickte ihnen zu. Vermutlich erinnerte sein Lächeln an das einer betrunkenen Hyäne, aber man durfte nicht kleinlich sein.

Linnea stand auf, kam ihm entgegen und legte die Arme um ihn. »Hey, schöner Fremder.«

So viel mehr als nur verliebt. »War viel los heute?«, fragte er.

»Ja, war crazy. Woher weiß du das?«

»Die Theke ist leer. Und du«, behutsam pflückte er ihr einen Krümel aus den Haaren, »hast Kuchen im Haar.«

»O Gott. Ich bin seit Stunden nicht dazu gekommen, mal in den Spiegel zu sehen. Ist es sehr schlimm?«

»Es könnte nie schlimm sein. Du bist wunderschön wie immer.«

»Schmeichler.« Sie küsste ihn. »Komm, ich stell dir meine Mutter vor.«

»Das war nicht geschmeichelt«, sagte er, während er sich mitziehen ließ. Warum dachte sie das? »Es war einfach nur ehrlich.«

»Mama.« Linnea hielt ihn immer noch an der Hand gefasst. »Das ist Jarik. Jarik, meine Mama.«

Linneas Mutter stand tatsächlich auf, um ihm die Hand zu geben. Er konnte sich nicht erinnern, wann das jemals jemand getan hatte. »Freut mich sehr, dich endlich kennenzulernen«, sagte sie mit einer angenehmen, weichen Stimme. »Ich bin Dorthe.«

»Hi.« Jarik legte seine Papierrolle auf den Tisch und kam sich entsetzlich ungelenk vor, weil er erst danach die dargebotene Hand ergriff. »Ich …« bin Jarik. Ist klar. Hat noch niemand hier verstanden. »Ich freue mich auch.«

Und jetzt?

Es war Alva, die ihn rettete. »Setz dich doch.« Sie deutete auf den freien Stuhl zwischen sich und Linnea.

Jarik saß ungern mit dem Rücken zur Tür, aber er würde sich deswegen jetzt nicht anstellen.

»Kann ich das angucken?« Linnea hielt sein Plakat in der Hand.

Und endlich fand Jarik seine Sicherheit wieder. Ihr altes Spiel war bekanntes Terrain. »Ich dachte, vielleicht hast du noch irgendwo Platz zum Aufhängen.«

»Wie viel Zeug von dir soll ich noch aufhängen, sag mal?« Sie grinste, und er erwiderte es.

»Meine Plakate sind wenigstens designtechnisch vertretbar.«

»Unfassbar.« Gespielt empört sah Linnea ihre Cousine an. »Hast du das gehört?«

Alva lachte nur, und Linnea rollte das Plakat aus.

Lille julaften im Frontstage
KARAOKE UND KINO
ab 20:00h
Wir zeigen:
Dinner for One: Die Gräfin und der Diener
Wir singen:
Advents- und Weihnachtslieder,
soviel die Playlist hergibt

Linnea blitzte ihn an. »Und du glaubst, das lasse ich unangefochten stehen?«

Siebzehn

Bei jedem Schritt knirschte der frisch gefallene Schnee unter Linneas Stiefeln, als sie mit Jarik zusammen auf den Marktplatz trat. Lichterketten um Fenster und Türen zierten die kleine Holzkirche, auch die Häuser rings um den Platz waren geschmückt. Sogar der kahle Ahorn in der Mitte des Platzes glitzerte und verbreitete warmes Licht.

Sie trafen längst nicht als Erste ein. Über den Marktplatz verteilt standen Menschengrüppchen und redeten oder lachten. Lotta und ihr Mann, dort hinten Martin, der Bäcker, mit seiner ganzen Familie. Er rieb die Hände aneinander und pustete dazwischen. Linnea hatte nicht damit gerechnet, so viele Leute hier versammelt zu sehen – und noch weniger hatte sie damit gerechnet, so viele wenigstens vom Sehen zu kennen. Lillehamn wurde langsam wirklich zu ihrer Heimat. Dabei hatte sie den Luciatag vorher gefürchtet, weil ihr Vater ihn so geliebt hatte.

Sie saßen am Frühstückstisch, Papa, Mama, Tobi und sie. Tobi druckste herum, weil er den Lego-Technik-Kran seines Freundes ausgeliehen hatte und nun nicht alle Teile fand. Linnea hatte Liebeskummer, weil Kyrre aus der Oberstufe sich nicht für sie interessierte, und war außerdem unsagbar müde. Ignys Party zum Sechzehnten hatte bis um drei gedauert.

Mama sah auch müde aus. Wahrscheinlich war sie wieder wach geblieben, bis Linnea sich hereinschlich und vergeblich versuchte, auf der knarrenden Treppe zu ihrem Zimmer kein Geräusch zu machen.

Papa rührte seit Minuten Milch in seinen Kaffee. Etwas beschäftigte ihn, dabei konnte er noch gar nichts davon wissen, dass Linnea die Physikarbeit wieder einmal versägt hatte.

»Kann mir einer von euch vielleicht beim Suchen helfen?«, fragte Tobi.

Papa kam aus seiner Trance. »Ja. Sicher. Nach dem Frühstück. Wir …« Er sah Mama an. »Wir wollen euch beiden etwas Wichtiges sagen.«

»Was denn?«, fragte Tobi.

Es war Mama, die dann sprach. »Erinnert ihr euch, dass Papa neulich beim Arzt war?«

Tobi hob die Schultern. »Und?«

Wieder wechselten Mama und Papa diesen ernsten Blick, und in dem Moment wusste Linnea es. Sie wusste es einfach. Im Gegensatz zu ihrem Bruder erinnerte Linnea sich an den letzten Besuch bei ihrer Tante Marit in Lillehamn. Sie begriff auch, was das Wort Erbkrankheit bedeutete. Und sie wollte nicht, dass ihre Mutter weiterredete. Sie wollte es so sehr nicht, dass es in ihr schrie.

»Nein!« Sie schob den Stuhl zurück, er quietschte auf den Dielen. »Nein! Ich will das nicht.«

»Linni, warte!«, rief Papa, aber Linnea war schon auf dem Flur und warf die Esszimmertür hinter sich zu.

Warum musste sie eigentlich alles Unglück der Welt abkriegen? Reichte es nicht, dass ihre leiblichen Eltern sie nicht hatten haben wollen? Musste jetzt auch noch ihr Papa sterben? Es war zu unfair, es durfte einfach nicht sein.

Sie warf sich aufs Bett, zog die Kopfhörer über, die sie von ihren Eltern zum Geburtstag bekommen hatte, und spielte auf voller Lautstärke Linkin Park.

Irgendwann, viel später, als sie schon eine Weile gewütet und geheult hatte, kam ihr Vater ins Zimmer und setzte sich auf ihre Bettkante. »Darf ich?«, fragten seine Lippen.

Sie drückte auf Pause und zog die Kopfhörer von den Ohren, obwohl sie jetzt ganz bestimmt keinen Vortrag hören wollte.

Doch Papa hielt ihr keinen. »Es macht mir auch Angst«, sagte er stattdessen. »Nicht wenig sogar. Aber man darf die Angst nicht gewinnen lassen.«

Die Wut und die Tränen waren sofort wieder da. »Warum habt ihr mich überhaupt geholt, wenn du das haben könntest? Warum konntet ihr mich nicht bei meinen richtigen Eltern lassen? Habe ich nicht schon genug Scheiße erlebt?«

Papa streichelte ihr nur hilflos den Arm.

Und dann redeten sie, bestimmt eine Stunde lang. Über das Leben und das Sterben und ein wenig auch über Kyrre aus der Oberstufe.

»Tut mir leid, dass du jetzt vielleicht etwas früher erwachsen werden musst«, sagte Papa. »Ich wünsche mir, dass du trotzdem glücklich bist. Du verdienst es. Und ich werde alles tun, was ich kann, um dir den Weg dahin zu bahnen.«

Das hast du. Mit einer neuen Klarheit kamen ihre vagen Gedanken der letzten Tage endlich in ihrem Herzen an: Es war kein Verrat an ihrem Vater, wenn sie nicht 24/7 für ihr Café arbeitete. Nicht mal, wenn sie es vollkommen verbockte. Es war ihr Leben, und sie konnte damit tun und lassen, was sie wollte. Glücklich sein, unglücklich sein, Cafés führen oder in der Sockenabteilung von H&M in Stavanger jobben. Du hast mir alles gegeben, was ich brauche.

»Jarik?«

»Ja?«

»Du hast ja immer noch keinen Ersatz für Majbritt, oder?«

»Das hättest du vermutlich mitbekommen.«

»Fändest du es sehr seltsam, wenn ich bei dir jobbe?«

»Darf ich darüber nachdenken?«

»Sicher.« Obwohl Jarik nicht sofort begeistert zugestimmt hatte, fühlte Linnea sich seltsam leicht. Sie konnte alles sein, was sie wollte. Und ihr Vater wäre stolz auf sie.

Aufgedreht winkte sie ihrer Mutter zu, die unter dem Ahorn mit Alvas Eltern sprach, und schob ihre behandschuhte Hand in Jariks. »Ist das schön hier, oder?«

»Hm.«

Ich bin glücklich, Papa. Das bin ich wirklich.

Sie schwenkte Jariks Arm hin und her, aber er zog ihre Hände nach hinten und drehte sie damit zu sich. Da die Gelegenheit günstig war, hob Linnea den Kopf und küsste ihn. So, so glücklich. So umhüllt und das Herz voll von Jariks Duft und diesem Weihnachtsglitzern ringsum.

Die Glocken begannen zu läuten.

In der Nähe der Kirche entdeckte Linnea ihre Cousine und ihre Cousins. »Guck, da sind Alva, Espen und die anderen.«

Sie wollte zu ihnen gehen, aber Jarik zog sie zurück. »Was ist?«

»Kannst du mich bitte noch mal küssen?«

»Jederzeit.«

»Und festhalten?«, murmelte er gegen ihren Mundwinkel.

Also küsste sie ihn und hielt ihn fest. Es war ja nicht so, dass sie das nicht sehr gern getan hätte. Nur konnten sie sich nicht den ganzen Abend küssen und halten. Der Gottesdienst würde gleich anfangen.

Schließlich seufzte Jarik. »Es nützt nichts.«

»Was ist denn eigentlich los?«

Erst jetzt fiel ihr auf, wie blass er war. Vage deutete er mit dem Kinn über den Platz. »Zu viele Menschen.«

»Ja.« Sie begriff nicht. »Das ist so die Grundidee des Luciafests.«

»Ich habe dir mein zweites demütigendes Geheimnis noch nicht anvertraut. Ich hatte gehofft, das vermeiden zu können.« Noch ein Seufzen, tief und resigniert. »Was soll's. Menschen und ich … Das passt oft nicht.«

Vermutlich betrachtete sie ihn einigermaßen verständnislos.

»Das bedeutet: Ich hatte nicht nur ne scheiß Kindheit, ich bin auch maximal introvertiert. Klingt besser als schüchtern.«

»Ist auch was anderes, genaugenommen.«

»Ich weiß.« Er seufzte. »Jedenfalls werden mir Leute schnell zu viel. Ich weiß rational, dass es Unsinn ist, aber ein Teil von mir empfindet Menschenmengen immer noch als Bedrohung.«

»Ich weiß, was es bedeutet, aber das ist doch …« Quatsch. Oder? »Du hast eine *Bar*, Mathisen. Du flirtest, du lachst. Du bist ständig mit vielen Menschen zusammen.«

»Da läuft es aber immer nach meinen Regeln«, sagte Jarik. »Weißt du noch, am Anfang, als wir uns nicht leiden konnten?

Du hast mal gesagt, das *Frontstage* sei mein kleines Königreich. Du wusstest es nicht, aber du hattest damit recht.«

Linnea hörte seine Worte, und irgendwo entfernt ergaben sie auch Sinn. Dennoch bekam sie Jarik, ihren Jarik mit den Tattoos und dem herzschmelzenden Grinsen, immer noch nicht mit dem Wort *schüchtern* zusammen. Aber da gab es auch noch das Bild in seinem Bücherregal. Irgendwo in Jarik steckte noch der kleine Junge, den die anderen Kinder gemobbt hatten, weil er sich mit zu vielen Süßigkeiten tröstete und abgetragene Kleidung trug.

»Im *Frontstage* kann ich die Interaktionen kontrollieren, und im Zweifelsfall werfe ich auch Leute raus. Ist dir nie aufgefallen, dass ich abhaue, sobald irgendwo viele Menschen auf einem Haufen sind? Ich hasse es selbst, aber …« Er hob die Schultern. »Ist halt Angst, und als solche unlogisch. Stell dir vor, du stehst in freier Wildbahn plötzlich einem Grizzly gegenüber. So etwa fühlt sich das an.«

Beim Backwettbewerb war er sofort wieder verschwunden, aber da waren sie auch noch nicht zusammen gewesen. »Und dein«, sie malte Anführungszeichen in die Luft, »dein freakiges Hirn, wie du es nennst, erkennt den Unterschied zwischen Bär und Menschenmenge nicht?«

»Genau.«

»Das heißt …« Ihr Glück flackerte. »Du willst jetzt nicht mit mir zur Luciamesse gehen?« *Ich steh nicht so auf Gottesdienste.*

Jarik ließ den Blick über den Platz schweifen, wo die Grüppchen sich allmählich auflösten, weil die Menschen nach und nach in die Kirche gingen. Er straffte sichtbar die Schultern. »Wird schon gehen. Ich hoffe nur, es ist dir nicht zu peinlich, wenn ich schreiend rauslaufe.«

Das brachte sie zum Lächeln. »Solange du nicht das Ave Maria schreist … Sollen wir uns in die Nähe des Ausgangs setzen?«

Bis auf eine einzige Kerze auf dem Altar war die Kirche dunkel. Jarik konnte die Menschen vor sich nur schemenhaft erkennen, aber er hörte sie mit den Schuhen scharren, reden, husten. Linneas Finger lagen um seine, er war sicher.

Verstehst du das, Hirn, ja? Sicher. Niemand würde hier mit einem Mal anfangen, ihn mit steingespickten Schneebällen zu bewerfen und ihm hinterherzujohlen. Niemand hatte Linnea und ihn auch nur beachtet, als sie als Letzte die Kirche betreten hatten. Alle waren viel zu sehr damit beschäftigt, einen Platz zu finden, ihre Mäntel auf dem Schoß zu sortieren oder mit ihren Sitznachbarn zu schwatzen. Nur Lotta und ihre Freundinnen, die immer zu Linnea ins Café kamen, hatten wohlwollend zu ihnen herübergelächelt.

Die Glocken verstummten, das Reden ringsum wurde zum verhaltenen Flüstern. Linnea drückte seine Hand und hauchte ihm einen Kuss auf den Hals. Er schaffte es sogar zu lächeln. Verkrampft zwar, aber hey, irgendwo muss man anfangen.

Dann wurde hinter ihnen die Kirchentür erneut geöffnet, ein Lichtschein fiel herein. Automatisch wandte Jarik sich um. Das Licht kam nicht von all dem Weihnachtsschmuck draußen, wie er gedacht hatte, sondern von mindestens einem Dutzend Kerzen. Eine Prozession von Kindern betrat mit feierlichem Ernst die Kirche, alle in weiße Gewänder gekleidet und mit Kerzen in den Händen. Das größte der Mädchen trug sogar einen Kranz mit Kerzen auf dem Kopf. Mutig, dachte Jarik erst, doch dann sah er, dass es elektrische Kerzen waren. Die der anderen Kinder waren echt. Als alle die Kirche betreten hatten, blieben sie stehen.

Das Mädchen mit dem Kranz mochte vielleicht zwölf oder dreizehn sein. Die jüngsten Kinder waren Theo, Luis und ein Mädchen, das Theo verschmitzt angrinste.

Die Kinder hatten sich in einer Zweierreihe aufgebaut, vorn die Kleinsten, hinten die Großen. Eine Frau hockte sich vor Theo und dem kleinen Mädchen hin, sprach leise mit ihnen und summte einen Ton.

Und dann segelten zwei wackelige Kinderstimmchen durch den Raum.

Svart senker natten seg i stall og stuer.
Solen har gått sin vei, skyggene truer.

Schwarz senkt die Nacht sich über Ställe und Stuben, die Sonne ist ihren Weg gegangen, die Schatten drohen. Es rührte etwas erstaunlich tief in ihm an, obwohl er doch mit Kirchen nichts anfangen konnte.

Der Rest des kleinen Chors stimmte ein, und gleichzeitig setzten die Kinder sich in Bewegung. Eine Hälfte ging an der linken, die andere an der rechten Seite der Kirche nach vorn, sodass ihr Gesang und das Licht ihrer Kerzen den gesamten Raum erfüllten.

Linnea schmiegte sich an ihn, und er legte ihr den Arm um die Schulter und vergrub die Nase in ihren weichen Haaren.

Inn i vårt mørke hus stiger med tente lys,
Santa Lucia, Santa Lucia!

In unser dunkles Haus steigt mit brennenden Kerzen, Santa Lucia, Santa Lucia!

Linnea summte mit, ein winziges bisschen schief, aber dennoch die schönste Musik, die er seit Langem gehört hatte. Er hatte nicht mal gewusst, wie dunkel es in seinem Herzen gewesen war, bevor Linnea sich darin behaglich eingerichtet hatte. Seine dämliche Überwachsamkeit hatte im Laufe des Lieds nachgelassen. Er war sicher.

Oder nein, dachte Jarik, während Linneas Duft sein falsch verkabeltes Angstzentrum beruhigte und der Chor sich vor dem Altar sammelte, nicht einfach nur sicher. Sicher war er hinter dem Schanktresen oder in der Brauerei, in seiner Wohnung, am Strand. Dieses hier war ähnlich wie das Gefühl am Strand, wenn er den Wellen zuhörte oder Muster in den Wolken suchte. Aber es ging noch ein wenig tiefer. Weil es so neu für ihn war, brauchte Jarik einen Moment, um ihm einen Namen zu geben: Geborgenheit.

Se på vår terskel står, hvitkledd med lys i hår,
Santa Lucia, Santa Lucia!

Seht, wer auf unserer Schwelle steht, weiß gekleidet mit Licht im Haar. Santa Lucia. Santa Lucia.

Linnea lachte leise.

»Was ist?«, flüsterte Jarik in den letzten Klang des Chors hinein.

»Dein Brummen hat mich am Kopf gekitzelt«, wisperte sie.

Hatte er … Er hatte nicht wirklich gebrummt, oder?

»Keine Sorge, es klang sehr schön. Du solltest dir überlegen, beim Weihnachtskaraoke auch selbst zu singen.«

»So weit kommt's noch.« Sein Platz war nicht ohne Grund hinter der Bar.

Nach dem Gottesdienst zog der Chor durch den Mittelgang aus, während die Gemeinde *Gloria in excelsis Deo* sang. Jarik hörte vor allem Linnea zu.

Dann wurden die Lichter eingeschaltet, und obwohl sie gedämpft waren, erschienen sie ihm nach der langen Zeit nur im Kerzenschein blendend hell.

»Du bist nicht rausgelaufen«, sagte Linnea.

»Bin ich nicht.« So verblüffend das auch war. »Es hat mir … gefallen.« Und am meisten gefiel ihm, wie froh sie das zu machen schien.

Das Schneegestöber war stärker geworden, eine weiße Wolke fegte ihnen entgegen, als sie gemeinsam den Marktplatz betraten. Linnea zog ihn mit zu ihrer Mutter, die mit den Solbergs zusammenstand. Eine glückliche, heile Familie, in der man liebevoll miteinander umging, in der man sich achtete und respektierte. Jarik wusste um die Dunkelheit hinter diesem Bild, er hatte mitbekommen, als Kristers Mutter gestorben war. Und Linneas Vater war seit nicht mal einem Jahr tot. Trotzdem erschienen sie und ihre Verwandten ihm unter dem Ahorn wie in einem weichgezeichneten Lichtkegel der Seligkeit, zu dem er sich den Zutritt nur unberechtigt erschlichen hatte.

Linnea streckte die Hand nach ihm aus, und er ließ sich von ihr in diese Lichtblase ziehen, die ihre Familie umgab. Ihre Hand war warm, obwohl sie keine Handschuhe trug.

»Hi«, sagte er und fand, dass es unnatürlich laut klang.

Aber sie nickten und begrüßten ihn alle ganz normal. Als gehörte er dazu.

»Wir wollen noch zu Alva gehen. Kommst du mit, oder musst du gleich in die Bar?«, fragte Linnea.

Leider, hatte er gesagt. Leider musste er sofort ins *Frontstage*. Leider war er ein Lügner. Aber schließlich konnte er Majbritt an ihrem letzten Arbeitstag kaum mit der Bar allein lassen. Heute würde es voller werden als an anderen Wintertagen.

Auf allen Tischen brannten bereits Kerzen, als er kam. Majbritt war dabei, Erdnussgläser und *Reserviert*-Schilder zu verteilen. »Hey, Boss. Wie war's in der Kirche?«

Jarik dachte daran, wie Linnea gesungen hatte und wie sich dieses Gefühl von Frieden in ihm ausgebreitet hatte. »Sehr schön«, sagte er, und es stimmte. »Haben wir *Santa Lucia* in der Playlist für das Weihnachtskaraoke in zwei Wochen?«

»Sicher. Und *Rudolph, the Red-Nosed Reindeer* und ungefähr fünfzig andere Lieder.« Sie checkte ihre Liste und stellte das letzte Schild ab.

»Steht genug Weihnachtsbier kalt?«

Majbritt hob eine Augenbraue und Jarik unschuldig die Hände.

»Noch hast du mich. Was macht eigentlich die Suche nach meiner Nachfolgerin oder meinem Nachfolger?«

Majbritt wusste, was er auch wusste. Bisher hatten die Reaktionen auf seine Aufrufe sich in Grenzen gehalten. Ein Typ, der den Eindruck machte, das Bier sei bei ihm noch weniger sicher als bei Lucas, und zwei Gymnasiastinnen hatten sich beworben, die sich den Job teilen wollten, aber zu jung waren, um Alkohol auszuschenken. Eine Frau aus Fuglesang war bereits zum Probearbeiten dagewesen, sehr nett, nur leider derart ungeschickt, dass Jarik sie nicht hatte einstellen können. Langsam lief ihm die Zeit davon. »Linnea hat mich heute gefragt, wie ich es fände, wenn sie hier jobbt.«

»Das ist doch perfekt!«

»Findest du?«

»Sicher. Ihr könnt den ganzen Abend als Vorspiel nutzen und …«

»Danke für diese gute Idee.« Während er sich um die Zapfanlage kümmerte, befüllte Majbritt den Serviettenständer.

»Ernsthaft: Was spricht dagegen?«

»Dass ich nicht ihr Boss sein will!«

»Wenn ihr heiratet, wird es ein Familienunternehmen.«

»Hammer Argument.«

Heiraten. Sicher. Sie waren gerade mal seit einer Woche zusammen. Und er hatte ihr noch nicht gesagt, dass er sie liebte.

Nun, er würde später darüber nachdenken.

Lucas kam erst hereingehetzt, als die ersten Gäste schon auf ihr Bier warteten und Majbritt bereits rote Flecken im Gesicht hatte, weil sie versuchte, gleichzeitig seinen und ihren eigenen Job zu machen. »Sorry, Boss, tut mir leid. Ärger mit meiner Freundin, ich konnte nicht einfach gehen.«

»Ist okay«, sagte Jarik zwischen Zapfen und Kassieren. »Das Tablett für Tisch drei steht da vorn.«

Es war nicht okay. Aber als er die alte Kneipe übernommen und zu seinem *Frontstage* umgebaut hatte, war Jariks oberster Vorsatz gewesen, fair zu seinen Mitarbeitern zu sein. Ein gutes Betriebsklima ging vor, und er würde niemanden wegen menschlicher Fehler schräg ansehen, solange sie nicht zu oft vorkamen. Als Chef gelang das bisher. Warum war er dann zu seinem Bruder immer wieder so ungnädig?

Darüber konnte er nicht weiter nachgrübeln, denn der schwere Vorhang am Eingang wurde erneut zurückgeschlagen. Es war nicht Linnea, sondern ein Teenagerpärchen, gefolgt von drei Frauen. Eine wohnte bei ihm in der Straße. Danach kamen Kjell und seine Gang. Hans und Svein ausnahmsweise mit ihren Frauen. Rose und ihr Mann aus der Kongchristiansgate. Jarik hörte auf, den Vorhang zu beobachten, jedenfalls für zwei Minuten.

Trotzdem wusste er, dass Linnea hereinkam, noch bevor er sie gesehen hatte. Ihr Blick traf seinen, zwischen den Gästen an den Stehtischen hindurch. In seinem Brustkorb war nicht genug Platz für so viel Gefühl. Dieses ganze Liebesding überforderte ihn eindeutig.

Er sah zu, wie Linnea sich durch die Leute zu ihm schlängelte, während der Rest ihrer Familie sich zu dem großen Tisch in der Ecke arbeitete, den er für den Solberg-Clan reserviert hatte.

»Hi.« Ihr Duft umhüllte ihn mit ihrer Umarmung. »Sag an, was soll ich tun?«

»Nichts«, protestierte er.

»Ich könnte probearbeiten.«

»Noch habe ich nicht zu Ende nachgedacht.« Wäre es wirklich schlimm, ihr Boss zu sein? Was würde sich dadurch verändern?

Sie lehnte sich an den Tresen. »Dann stehe ich einfach nur gemütlich im Weg herum und betrachte das Muskelspiel deiner Unterarme beim Bierzapfen.«

»Klingt nach einem guten Plan.« Einem seltsam erregenden Plan noch dazu.

»Es war aber kein Plan, sondern ein Witz. Ist doch Unsinn, wenn ich bei den vielen Leuten nicht mithelfe.«

Wahrscheinlich war es das. Trotzdem haderte er noch mit dem Gedanken. »Okay«, sagte er schließlich. Kellnerschürzen sind da neben dir in der Schublade, wenn du wirklich willst.«

Linnea grinste zu ihm hoch, während sie sich zu der Schublade beugte. »Ja, ich will.«

»Wie romantisch.« Er half ihr dabei, die Schürze hinten zuzubinden. Nicht, weil sie es allein nicht gekonnt hätte, sondern weil es angenehm war, sich dabei über ihre Schulter zu beugen und ihren Hals zu küssen.

»Lass uns Weihnachten nach Selerøy zu fahren«, sagte sie über die Schulter.

»Hast du dich entschieden?«

»Ich hab ab Januar vielleicht einen Job, da kann ich mir das leisten.«

»Du …«, begann Jarik, gerade als Lucas mit einem Tablett an den Tresen trat, sich kurz umsah und dann – ernsthaft? – das halb geleerte Bierglas darauf selbst ansetzte.

Aus dem Augenwinkel sah er, wie Linnea erst Lucas und dann ihn anstarrte. Er wagte einen kurzen Blick zu ihr, musste aber wieder wegsehen, weil Linnea sichtlich mühsam ein Lachen unterdrückte.

Hätte er sie nur eine Zehntelsekunde länger angeschaut, hätte er losgeprustet. So gelang es ihm, wenigstens oberflächlich ernst zu bleiben. Er holte die Flasche mit dem Moltebeerenschnaps aus dem Kühlschrank. Bevor Lucas sich das bereitstehende Tablett für die Stehtische schnappen konnte, hielt er sie hoch. »Lucas? Trinkst du einen mit mir, wenn du das weggebracht hast?«

Dankbar und ein bisschen verlegen grinste Lucas ihn an.

»Du auch, Linnea?«

Sie nickte, immer noch sichtlich bemüht, ernst zu bleiben, und er goss drei Schnapsgläser voll. »Macht er das öfter?«, flüsterte sie, sobald Lucas außer Hörweite war.

Jarik schüttelte den Kopf. »Ist ein Notfall.«

»Na, dann.« Besonders überzeugt schien sie nicht, aber er würde Lucas' Krise mit seiner Freundin nicht ausplaudern. Nicht einmal vor Linnea.

Als Lucas wieder zurückkam, schob er ihm eins der Gläser über den Tresen. »Tu mir einen Gefallen, ja? Ruf deine Freundin heute Abend nicht mehr an.«

»Okay.«

»Und mach nach dem Schnaps eine Pause mit dem Trinken, bis die letzten Gäste weg sind.«

»Geht klar, Boss.«

Er trollte sich, und Jarik konnte endlich zu einem viel wichtigeren Thema zurückkehren. »Ja«, sagte er. »Lass uns nach Selerøy fahren.«

Achtzehn

Den Kopf auf die Hand gestützt, betrachtete sie Jarik, der neben ihr schlief. Er lag auf dem Rücken und schnarchte ganz leicht vor sich hin. Manche Leute sahen im Schlaf jünger aus, Jarik nur einfach entspannter. Weicher. Mit der Zeigefingerspitze fuhr sie behutsam seine Augenbrauen nach, und er rollte sich mit einem unwilligen Laut auf die Seite.

»Guten Morgen«, flüsterte sie probehalber.

»Guten Morgen«, gab er kratzig und mit geschlossenen Lidern zurück, war aber eindeutig noch im Halbschlaf.

Aus dem Wohnzimmer erklang ein dumpfes Plumpsen. Der Kater, den Jarik inzwischen nach einer alten, englischen Kurzgeschichte in Tobermory umbenannt hatte, schien vom Sofa gefallen – oder gesprungen – zu sein. Nach dem Plumpsen herrschte Stille. Dann kam ein schüchternes Miauen von irgendwo direkt hinter Linnea neben dem Bett. Trotzdem fuhr sie zusammen, als Tobermory mit einem schnellen Satz auf ihrer Hüfte landete und umgehend begann, dort mit leisen, reißenden Geräuschen die Decke zu kneten.

»Hey, Möpschen«, wisperte sie, »wirst du auf einmal wirklich mutig?«

Ungerührt und sehr konzentriert schnurrend, knetete der Kater weiter. Sie streckte behutsam eine Hand nach ihm aus, ohne ihn zu berühren. Er sah kurz auf, stupste sie mit der Nase an und widmete sich dann wieder seiner Arbeit. Schnurren und kneten schien sehr anstrengend zu sein, denn schließlich legte er sich hin, stellte wohl fest, dass ihre Hüfte kein besonders behaglicher Schlafplatz war, und rollte sich schließlich zwischen Jarik und ihr zusammen.

Sehr vorsichtig berührte Linnea die einzige aus dem Fellknäuel hervorlugende Pfote. Der Kater fuhr ein wenig die Krallen aus, aber es wirkte mehr wie ein träges Räkeln als bedrohlich. Trotzdem zog Linnea ihre Hand zurück.

Ein kleines Geräusch, die Veränderung seines Atemrhythmus, ließ sie Jarik ansehen.

Er hatte die Augen geöffnet und betrachtete sie.

Sie hielt seinem Blick stand, und für die Ewigkeit von ein paar Sekunden sahen sie sich einfach nur an. Was vielleicht nicht einmal ein Widerspruch war, wenn man Jariks Raumzeitbüchern glaubte.

»Ich muss dir was sagen.« Seine Stimme war noch wunderbar verschlafen.

»Was?«

»Es ist mehr als Verliebtheit. Viel mehr.«

Glück kicherte in ihr hoch und ein bisschen Angst. Und Liebe. »Das weiß ich«, sagte sie und musste leider den Kater zur Seite schieben, um näher an Jarik heranrutschen zu können. Mit einem empörten Maunzen erhob Tobermory sich und sprang vom Bett.

Es war warm in Jariks Arm und roch nach Schlaf und Geborgenheit. Sie schmiegte ihre Wange an seine und die Nase in seine Haare. Er zog sie näher, sie schob ihre Hand unter sein T-Shirt und ließ die Finger zwischen seinen Schulterblättern kreisen.

»Ich habe nachgedacht«, sagte Jarik an ihrem Ohr.

»Worüber?«

»Dass du im *Frontstage* arbeiten willst«, – knabberte er tatsächlich an ihrem Ohrläppchen herum?, – »und wie ich das finde.«

»Lass es, das kitzelt. Und mir hat das neulich Spaß gemacht, obwohl es ja kein richtiges Arbeiten war.«

Jarik dachte nicht daran aufzuhören. Stattdessen schickte seine Zunge an ihrem Ohr kleine Funken direkt zwischen ihre Beine. »Mir hat es auch Spaß gemacht mit dir.« Ziemlich heiße Funken.

»Du meinst, du sagst Ja?«

»Unter einer Bedingung.«

Ihr Unterleib bestand darauf, dass sie noch näher an Jarik heranrücken und ihre Hand an seinem Beckenknochen nach vorn wandern lassen musste.

»Das«, er atmete ein bisschen schneller, »kitzelt auch.«

»Was ist die Bedingung?«

Er lachte leise. »Hör einfach nie mit dem auf, was du da tust. Und außerdem verlange ich, dass ich am Dreiundzwanzigsten im Café helfen darf.«

»Eventuell stimme ich dem zu. Weißt du noch, wie ich gesagt habe, ich würde Weihnachten nicht mit dir kuscheln?«

In einer einzigen, kraftvollen Bewegung schaffte er es, sie auf den Rücken zu drehen und schwer zwischen ihren Beinen zu landen. Seine Augen blitzten. »Ja, das weiß ich noch.«

»Das muss ich überdenken.« Aber nicht jetzt, denn jetzt zog sie seinen Kopf zu sich herunter, bis seine Lippen ihre berührten, und würde die nächste Ewigkeit nicht aufhören, ihn zu küssen.

»Frühstücken wir noch gemeinsam?«, fragte Jarik drei Orgasmen und eine ausgiebige Dusche später, als sie zusammen in der Küchenecke standen und darauf warteten, dass das Kaffeewasser heiß wurde.

»Ja. Aber erst nach dem Kaffee.« Linnea kuschelte sich wohlig in sein Sweatshirt, was sie statt ihres eigenen trug. Es reichte ihr bis auf die nackten Oberschenkel. Beim Blick ins Wohnzimmer fiel ihr etwas ein. »Du hast mir nie erzählt, warum du nicht Innenarchitekt geworden bist.«

»Ich habe das sogar studiert, aber …« Er zuckte die Schultern. »Um richtig gut zu werden, hätte ich wohl ins Ausland gehen müssen, und dafür fehlte mir das Geld. Gibst du mir zwei Tassen aus dem Schrank?«

»Klar.« Inzwischen kannte sie sich in seiner Küche aus. Selbst Jariks Tassen waren schlicht weiß und hatten klare Formen. Nie wäre Jarik zusammengewürfeltes Vintage-Geschirr ins Haus gekommen.

Er füllte kochendes Wasser in die Stempelkanne. »Vielleicht hätte ich ein Stipendium bekommen können, ich war ganz gut. Aber ich, na ja, du kennst mich. Ich war nicht der, der einfach mal so vertrauensvoll in die Welt reist. Dazu noch hatte ich damals das Gefühl, ich müsste irgendwie auf meine Mutter aufpassen. Während des Studiums habe ich mit einem Freund nur so zum Zeitvertreib angefangen, Bier zu brauen. Kai ist dann nach dem Abschluss tatsächlich nach New York gegangen. Ich hatte die Chance, das *Frontstage* ohne Abzahlung zu übernehmen, also habe ich das getan. Es geht mir gut so, ich muss nicht die große Karriere machen.«

Während Jariks Erzählung hatte Linnea Zucker für Jarik in eine der Tassen gefüllt, und der Kaffee hatte sich gesetzt. Jetzt schenkte Jarik ein und reichte ihr die dampfende Tasse.

Sie legte die Finger darum und ging zum Sofa. »Hattest du da schon mit Lillehamn Frieden geschlossen? Ganz einfach war es sicherlich nicht, nach allem, was du erzählt hast.«

»Es war meine Art der Selbsttherapie, obwohl mir das anfangs gar nicht so klar war. Die Leute wollten ausgehen, also mussten sie zu mir kommen und sich vernünftig benehmen.« Er ließ sich neben ihr aufs Sofa sinken und griff nach der Decke neben sich. »Ist dir nicht kalt?«

»Ich fand es so verführerischer als mit Jeans.«

Jarik lachte. »Überforder mich nicht.«

»Du gibst schon auf?«

»Japp.«

»Dann gib her.« Sie zog die Decke über ihre Beine. Mit der warmen Tasse in den Händen kuschelte sie sich an ihn. Doch besonders lange dauerte es nicht, bis er sich aufrichtete.

»Apropos zu mir kommen, ich wollte dir noch was zeigen.«

»Bleib hier.« Unwillig streckte sie den Arm nach ihm aus, als er aufstand.

»Gleich wieder da.«

Er kam mit – ernsthaft? – einer Papierrolle in der Hand und einem breiten Lächeln im Gesicht zurück.

»Nicht schon wieder!«

Jarik ignorierte ihre komische Verzweiflung und setzte sich

wieder neben sie. »Überraschung für dich. Du wirst es lieben.«

»Lass mich raten: Bierbrau-Wettbewerb im *Frontstage*.«

Jarik schnitt ihr eine Grimasse. »Viel besser.«

Neugierig rollte sie das Plakat aus – und hätte vor Schreck den Kaffee verschüttet, hätte sie die Tasse noch in der Hand gehabt. Du wirst es lieben, von wegen. Das hier war ein Tiefschlag, wie er tiefer kaum sein konnte.

Jan Calland liest!
Rogalands berühmtester Schriftsteller
kommt ins Frontstage und liest aus seinem Bestseller
OIL SPELL.
8. Januar, 19:00h.
Karten ab sofort …

Linnea ließ das Poster sinken. Sie würde jetzt nicht schreien. Und sie würde auch nicht heulen oder Jarik die Augen auskratzen. Auch nicht seine Hand wegschlagen.

Er hatte sich zurückgelehnt und kraulte ihr den Nacken. »Und? Was sagst du? Super für deine Buchclub-Idee, dachte ich. Jamal macht syrisches Catering dazu, weil OIL SPELL ja zum Teil in Damaskus spielt.«

»Aha«, sagte Linnea tonlos. Jamal hatte es also gewusst. Sie nicht.

Mühsam schluckte sie die Wut hinunter, die ihr bitter die Kehle verstopfte. Jarik konnte nichts dafür. Der Schriftsteller hatte sich für das *Frontstage* entschieden, weil dort mehr Platz war, es war nicht gegen sie gerichtet. Erst jetzt, wo ihr die Chance entrissen worden war, merkte sie, wie sehr sie auf die Lesung und den damit verbundenen Werbeeffekt gehofft hatte.

»Linnea?« Er hörte auf zu kraulen.

Sie wühlte sich aus der Decke und stand auf. »Gib mir zwei Minuten.« Als sie die Badezimmertür hinter sich geschlossen hatte, stemmte sie die Hände aufs Waschbecken und starrte sich im Spiegel an. »Er kann nichts dafür, Linnea. Er dachte, er macht dir eine Freude. Er – kann – nichts – dafür.«

»Alles okay?«, fragte Jarik.

»Ja«, rief sie. Log sie. »Bin gleich wieder bei dir.«

Das *Gleich* dauerte noch ungefähr zwei weitere Minuten, dann hatte sie sich so weit sortiert, dass sie mit einem Lächeln ins Wohnzimmer zurückkehren konnte.

Jarik legte sein Smartphone zur Seite, als sie kam. Einigermaßen hilflos sah er sie an. »Habe ich was massiv falsch gemacht?«

»Nein.« Ihr Lächeln war vermutlich ein wenig verkniffen. »Du kannst nichts dafür, dass ich dich momentan töten will.«

»Immerhin nur momentan.« Er grinste schief. »Warum?«

Sie stand immer noch ratlos vor dem Couchtisch. »Weil … Scheiße! Ich wollte diese Lesung haben! Er war bei mir im Café, und ich dachte … Fuck.« Sie verschränkte die Arme und hielt sich selbst fest, um nicht doch loszuheulen oder zu schreien. Es genügte nicht, und sie mochte Jarik jetzt auch wirklich, wirklich nicht ansehen. Sie ging zum Fenster. »Ich hab drauf gehofft. Und jetzt kommst du mit deiner Bar und …«

»Hey.« Leise war er neben sie getreten.

»Scheiße.« Endlich konnte sie ihn wieder ansehen.

»Tut mir leid. Das alles wusste ich nicht.«

»Ich weiß.«

Zögernd breitete er die Arme aus und hob einen Mundwinkel zu einem halben, fragenden Lächeln.

Sie nahm die Einladung an, aber nicht ohne ihn in den Bauch zu kneifen, als er die Arme um sie schloss. »Ich hasse dich.«

»Das ist okay.«

»Ich will dir die Augen auskratzen.«

»Darüber sollten wir diskutieren.«

Gegen ihren Willen musste sie lachen, ein bisschen. »Klugscheißer.«

»Ich dachte wirklich, es sei eine gute Idee. Für uns beide.«

»Für uns beide ist eine Lesung im *Frontstage* wohl eher nicht.«

Jarik strich ihr über die Haare. »Wenn es dir wichtig ist, sage ich ab und empfehle dich.«

Das würde er für sie tun? Die Falten seines Pullovers schluckten ihr »Nein!«, und sie hob den Kopf zu Jarik. »Am Ende beschließt der dann, gar nicht bei uns zu lesen, sondern irgendwo in Jørpeland.«

Er wirkte nicht überzeugt – und immer noch ziemlich zerknirscht.

»Ganz ehrlich, Jarik. Allein, dass du das angeboten hast, ist so süß. Aber: Nein. Lass ihn bei dir lesen. Manchmal hat man Glück im Leben, und manchmal hat man Pech. In diesem Fall hattest du halt Glück und ich Pech. Ich will nicht, dass das zwischen uns kommt.«

Neunzehn

Am Weihnachtsmorgen war der Himmel klar und blau und hoch. Das Meer lag glatt und dunkelblau, vereinzelt trieben ein paar Eisscheiben darauf herum. Am Steg der *Selerøy Marina* lag die große Motorjacht, die Krister letztes Jahr schon zum Übersetzen ins Ferienhaus ausgeliehen hatte, weil niemand von ihnen ein Boot besaß, das groß genug für alle gewesen wäre.

Die Karaokenacht steckte Jarik sichtlich noch in den Knochen, aber Linnea war so aufgedreht, dass sie darauf keine Rücksicht nehmen konnte. Sie selbst hatte nach einem Glas Cider aufgehört.

»Kannst du aufhören rumzuspringen?«, stöhnte Jarik. »Da wird mir schon beim Zusehen schwindelig.«

Sie küsste ihn auf die Wange und hüpfte dann weiter. »Kein Mitleid, Braumeister. Du kannst bestimmt auf dem Boot gleich weitermachen.«

»O Gott. Keine Chance.« Jarik lachte, sehr weich und ein

bisschen erschöpft. »Ich will was von den Feiertagen mit dir mitbekommen.«

Sie mochte es, wenn er so lachte.

Wie es aussah, waren sie die Letzten. Krister und Annik waren nirgends zu sehen. Nur Svea und Alva waren noch auf dem Steg und reichten Espen das Gepäck an, der es an Jo weitergab, der es in die Kajüte reichte. Der kleine Theo half Espen überaus engagiert. Bei ihm sah jedes Gepäckstück aus, als wöge es ungefähr eine Tonne, und Linnea war sicher, ohne Theos Hilfe wäre das Ganze ungefähr doppelt so schnell gegangen, weil Espen die Sachen ohnehin ausbalancieren und unterstützen musste.

»Hallo, Familie!«, sagte Linnea.

Svea drehte sich um und strich sich dabei eine silberblonde Haarsträhne aus dem Gesicht. »Hi, ihr beiden.«

»Hatten wir letztes Jahr auch so viel Zeug?«, fragte Linnea.

Espen betrachtete vom Boot aus den Berg von Kisten, Taschen und Koffern auf dem verschneiten Steg. »Nee, es wird jedes Jahr mehr, glaube ich. Das Meiste davon gehört allerdings Svea.«

»Soll ich dich bei der nächsten Tasche aus Versehen ins Wasser schubsen?«

Theo kicherte. Sogar er verstand, dass Svea das als Witz gemeint hatte. »Linnea?«

»Was denn?« Sie griff nach der Reling und zog sich hoch.

Als sie oben war, lehnte Theo sich verschwörerisch in ihre Richtung. »Ich weiß, was du von Jarik zu Weihnachten kriegst.«

»Nicht verraten!« Auf einmal war Jarik wohl doch wach geworden.

»Natürlich nicht!« Theo stemmte empört die Hände in die Hüften wie ein alter Bauarbeiter, was Espen zu einem »Immer eine Hand am Boot, Theo« verleitete. Schuldbewusst hielt Theo sich an der Metallreling fest. Aber sein Geheimnis war wohl trotzdem zu groß, um es bei sich zu behalten. »Ich hab bei deinem Geschenk geholfen«, sagte er, als sie endlich das ganze Gepäck an Bord hatten und Svea und Alva das Boot losmachten.

»Dabei wollten wir uns keine Gegenstände schenken.« Linnea warf Jarik einen fragenden Blick zu. Beziehungsweise war er hoffentlich fragend und nicht empört. Sie hatte sich nämlich dieses Mal tatsächlich daran gehalten, fast zumindest. Aber wahrscheinlich war ohnehin die Hälfte dieser ganzen Behältnisse, die sie gerade an Bord gebracht hatten, voll von Wir-schenken-uns-Nichtsen.

»Es ist kein Gegenstand.«

»Was dann?«

»Wirst du sehen.« Er ließ den Blick über Lillehamn schweifen, während das Boot gemächlich lostuckerte.

Mit einer Kopfbewegung deutete Linnea auf den Niedergang. »Gehen wir rein?«

»Gib mir eine Sekunde.«

Zeitgleich rief Espen von unten: »Können wir?«

»Ja, fahr los, wir bleiben noch kurz draußen.« Sie hielt sich an der Dachreling fest. »Wofür eine Sekunde?«

»Ich muss nur eben mal die Tatsache würdigen, dass ich das hier wirklich und wahrhaftig tue. Mit deiner ganzen Familie Weihnachten feiern.«

»Sie sind nicht so nervig, wie sie manchmal tun.«

Wieder lachte er. »Das meine ich gar nicht. Ich meine …

Grinch ist mein zweiter Name! Ich hasse Weihnachten. Und jetzt … das. Gib zu, es ist bemerkenswert.«

»Es ist sehr bemerkenswert.«

»Mach dich nicht lustig, ich meine das ernst.«

»Ich auch.«

Wer auch immer steuerte, hatte die Jacht jetzt aus dem Hafenbereich hinausmanövriert und gab röhrend Gas. Der Bug hob sich, sie jagten ins sonnige Blau hinaus. Obwohl das Meer so glatt war, stob Gischt auf.

Jedes Mal, wenn sie mit einem Motorboot fuhr, musste Linnea daran denken, wie laut es unter Wasser wohl war. Hoffentlich waren gerade nicht so viele Tiere unterwegs, die aufgestört wurden. Wie seltsam, dass der *Tag der Robbe*, wie Jarik ihn inzwischen nannte, erst wenige Wochen zurück lag .»Gestern Abend beim Karaoke«, Motorenlärm und Wind entrissen ihr die Worte beinahe, »ich hab mich mit Nina von der Marinestation unterhalten.«

»Und?«, rief Jarik zurück.

»Alles super. Sie haben deine Robbe vorgestern ausgewildert.«

Der Fahrtwind wurde immer kälter, je weiter sie das Land hinter sich ließen, und die tiefstehende Sonne konnte leider nicht viel dagegen ausrichten. Linnea zog den Reißverschluss ihrer Winterjacke bis ganz nach oben und vergrub die Nasenspitze im Schal. Jariks Nasc und Wangen waren rot, aber er schien die Kälte eher zu genießen.

»Könnt ihr mal das Schott schließen?«, fragte Alva. »Es wird hier unten kalt.«

Linnea warf noch einen Blick auf Lillehamn, dann stiegen Jarik und sie in stillem Einvernehmen nach unten in die Kajüte.

Das Ferienhaus auf Selerøy sah zwischen den verschneiten und vereisten Felsen so malerisch aus, wie Linnea es selten gesehen hatte. Die Birken der Insel waren kahl, und auf den zerzausten Kiefern lag dick der Schnee.

Das Boot war vertäut, nun ging es darum, wer was zur Hütte tragen würde. Alvas Handballer, wie Linnea Jo manchmal noch heimlich nannte, trug bereits einen der größten Rucksäcke und hängte sich gerade eine zweite Umhängetasche über die erste. »Wird spannend, da den Weg zu finden.«

»Städter«, sagte Alva liebevoll.

Vermutlich war Linnea dann auch eine Städterin finsterster Sorte, denn sie fand den Pfad zum Haus genauso wenig vertrauenerweckend. Schon im Sommer und ohne Gepäck musste man wissen, wohin man trat.

»Wir gehen einfach alle hinter Krister her«, verkündete Espen über einen Rucksack hinweg, den er vor dem Bauch trug, weil sein Rücken bereits belegt war.

»Danke, Lillebror«, erwiderte Krister trocken. »Nur kein Druck.«

Tatsächlich aber war er wohl am erfahrensten von ihnen, was das Klettern über Felsen im Allgemeinen und diese Insel im Besonderen anging. Also spurte er den Weg und wies sie auf die rutschigen Stellen hin, und sie trabten im Gänsemarsch hinter ihm her.

Die Hütte war ausgekühlt, aber bei Weitem nicht so eisig, wie Linnea erwartet hatte. Alva übernahm wie selbstverständlich die Führung und sorgte dafür, dass Gepäck und Menschen auf die Zimmer verteilt wurden – was natürlich viel Lärm und Diskussionen mit sich zog. Und Gelächter. »Wieso müssen wir eigentlich die kleine Butze unter dem Dach nehmen?« – »Ihr habt dafür den Sonnenuntergang, freu dich.« – »Als würde irgendwer nachmittags um vier ins Bett gehen.«

Alva klatschte in die Hände. »Wenn alle«, – sie sah ihre Brüder dabei an –, »aufgehört haben, sich wie Kindergartenkinder aufzuführen, sollten wir uns um das Kaminfeuer und den Baum kümmern. Ich mache freiwillig das Feuer.«

»Ich helfe dir freiwillig dabei«, sagte Jo.

»Lass mal, Schatz. Feuermachen kann ich allein. Du könntest den Pfefferkuchenteig suchen.«

»Darf ich ihn auch essen?«

»Ich habe so viel, das schaffst du nicht.«

»Was beinhaltet es, sich um den Baum zu kümmern?«, fragte Jarik.

Linnea liebte die Weihnachtsbaumtradition in dieser Familie. Irgendwann, als Espen angefangen hatte, hobbymäßig Holzarbeiten zu machen, war er auf die Idee gekommen, ein besonders schönes, gerade gewachsenes Stück Baumstamm zu entrinden, glatt zu schleifen und zu ölen. Dann hatte er in regelmäßigen Abständen Löcher hineingebohrt, und seither diente der Stamm als Weihnachtsbaum. Wenn Alva nun sagte, sie müssten sich um den Baum kümmern, bedeutete das, ein Teil ihrer Gruppe würde draußen Äste sammeln müssen. Linnea erklärte Jarik diese Tradition, während sie die Betten bezogen und die Sachen aus ihren Reisetaschen in die Schränke räumten.

»Super Idee, bin dabei«, sagte Jarik. »Du auch?«

»Auf jeden Fall. Ich muss es doch genießen, wenn ich mal einen Tag nichts mit Keks- und Kuchenteig zu tun habe.«

Hätte man Jarik früher gefragt, er hätte im Leben nicht geglaubt, dass es so viel Spaß machen konnte, Weihnachten zu feiern. Weihnachten mit seinen Eltern war stets eine eher zwiespältige Angelegenheit gewesen. Immerhin gab es am Heiligabend meist keinen Streit. Und als er klein war, hatte er es auch gemocht. Aber je älter er wurde, desto weniger begriff er, warum man einen Tag im Jahr so tun sollte, als hätte man sich was zu sagen.

Doch dieses Weihnachten hier war ganz anders. Niemand nahm alles hundertprozentig ernst, und doch lag in jeder Handlung eine Art Feierlichkeit. Statt Tannengrün schnitten sie ein paar struppige Äste von den umgebenden Kiefern.

»Hey, Jarik!« Bevor er sich zu Linnea umdrehen konnte, landete ein Schneeball in seinem Nacken. Ein sehr weicher Schneeball, aber er war dennoch kalt und nass.

»Na, warte!« Er setzte hinter Linnea her, doch sie war schneller. Wieder traf ihn ein Ball, dieses Mal von hinten am Bein. Er wirbelte herum und sah Theo schon einen neuen Ball formen. »Und ich dachte, wir wären in einem Team«, behauptete Jarik.

»Haben wir Teams?« Der nächste Ball kam wieder von Linnea und traf ihn direkt ins Gesicht.

Prustend wischte er sich den Schnee ab. »Du jedenfalls bist nicht in meinem.« Sie wollte es ja nicht anders. Und er konnte durchaus auch werfen.

So ganz klar wurde auch in den nächsten zehn Minuten nicht, wer eigentlich mit wem spielte. Aber am Ende saßen alle im Schnee, mit roten Gesichtern, nass und glücklich. Linnea wischte sich den letzten Schnee aus dem Gesicht. Ihr Lächeln und das Blitzen ihrer Augen schloss er für die Ewigkeit irgendwo in seinem Herzen ein.

Theo stand als Erstes wieder auf. »Mein Arsch ist nass.«

»Deine Mutter wäre begeistert über dieses Wort«, sagte Krister. Theo reichte ihm wie selbstverständlich die Hand und half ihm auf. Auf eine sehr besondere Weise wurde Jarik von dieser simplen Geste berührt. Hierarchien, dachte er. In dieser Familie gab es keine. Keine Machtspiele. Alle achteten sich gegenseitig, ganz gleich, wie alt sie waren oder welches Geschlecht sie hatten. Und ihn hatten sie – warum auch immer – einfach in ihre Reihen aufgenommen.

Krister half inzwischen Svea aus dem Schnee, die ohne das kleinste Zögern Jarik die Hand reichte. Es war zutiefst verblüffend.

Linnea sprang gleichzeitig mit ihm auf die Füße und hauchte ihm einen Kuss auf die Wange. »Ich freu mich, dass du mitgekommen bist.«

»Ich mich auch.«

Jarik wusste, wie man mit wenigen Mitteln schöne Effekte erzielen konnte, trotzdem war er erstaunt über den zusammengebauten Baum. Und jetzt war ihm auch klar, warum Linnea zu dieser unseligen Zeit heute Morgen aufgestanden und ins *Strandkafé* gegangen war. Aus einer der gefühlt tausend Boxen tauchte die Sammlung von Engeln und Kobolden aus Tannenzapfen auf, die Linneas Mutter ihr für das Café geschickt hatte. Annik und Krister steuerten Christbaumkugeln bei. Am Ende hing der Baum dicht an dicht voller Schmuck.

Aus der Bluetoothbox klangen seit Stunden im Wechsel – je nachdem, wer gerade die Playlist verwaltete – Chöre,

Weihnachtspop oder Jazz. Ab und zu sang jemand mit oder tanzte durch das Haus. Es war so ungezwungen, so einfach.

»Essen ist gleich fertig«, rief Espen irgendwann von der Küche aus durch die Musik und die Gespräche beim Baumschmücken. »Wer deckt den Tisch?«

»Ich!«, meldete Theo sich begeistert.

»Ich auch«, sagte Jarik. »Wir sind schließlich ein Team.«

»Ich zeige dir, wo die Teller sind.«

Vorher, darauf bestand Linnea, wollte sie die Weihnachtstischdecke ausbreiten. Erst dann durften Theo und er Teller und Gläser hinstellen. Ein weiterer Punkt auf seiner Liste von Dingen, die ihn verblüfften und erfreuten. Wer hätte gedacht, dass man mit einem Siebenjährigen so zusammenarbeiten konnte?

»Seid ihr fertig?«

Jarik fragte nicht, was es zum Essen gab. Er hatte beschlossen, sich überraschen zu lassen und gegebenenfalls den Fisch zur Seite zu legen. Aber es roch kein bisschen fischig, und was Svea hereintrug, war … Curry. Linsencurry. Zu Weihnachten. Er grinste Linnea an. »Ich mag eure Familie immer lieber.«

»Svea ist Veganerin und steckt uns alle nach und nach an«, sagte Linnea.

»So sieht's aus!«, rief Svea.

Linnea zeigte ihr den hochgereckten Daumen und wandte sich dann wieder an Jarik. »Und du hast die Chuzpe, in einem ehemaligen Fischerdorf *Pilzburger* anzubieten. Hast du echt geglaubt, wir seien hier so unachtsam, dann an Weihnachten Lutefisk aufzutischen?«

Nein, dachte Jarik. Hätte er darüber nachgedacht, wäre es ihm wohl eingefallen. Aber er hatte sich immer noch nicht daran gewöhnt, dass andere Menschen auf seine Vorlieben achteten. Er hob die Schultern. »Man weiß es nie.«

»Wenn du das nicht weißt, kann ich für morgen auch gern noch Fisch organisieren.«

Jarik warf ihr einen Luftkuss zu.

»Hinsetzen!«, befahl Alva.

Ungelogen war es das beste Weihnachtsessen, an dem Jarik je teilgenommen hatte – nicht, dass es da viele konkurrenzfähige gegeben hätte. Einfach so mit Freunden zusammenzusitzen, köstliches Essen zu essen und zu reden, während im Hintergrund der Kamin flackerte und irgendein Gospelchor Weihnachtslieder sang … Das hatte er noch nicht erlebt. Und es rührte etwas sehr tief in ihm an, das sich genau nach dieser Art von Zusammensein gesehnt hatte. Nach Freunden.

Es war wie immer. Alle redeten durcheinander, Gløgg, Punsch und Säfte flossen in Mengen, und danach redeten alle noch lauter durcheinander. Linnea liebte diese Events, und beinahe konnte sie in diesem ganzen Weihnachten vergessen, dass sie ihren Papa vermisste. Theo stupste sie am Arm. Er hatte sich den Platz zwischen Krister und Linnea gesichert und grinste jetzt zahnlückig zu ihr hoch. »Bist du schon aufgeregt, was du zu Weihnachten kriegst?«

»Nicht verraten.« Sie legte den Finger auf die Lippen.

»Natürlich nicht! Ich weiß noch ein Geheimnis.« Jetzt zupfte er Krister am Ärmel. »Weiß ich doch, oder?«

»Ein Geheimnis.«

Kristers Gesicht leuchtete auf. Er war fünf Jahre älter als

Linnea und damit derjenige ihrer Cousins und Cousinen, mit dem sie früher am wenigsten verbunden hatte. Er war ihr immer unnahbar vorgekommen. Aber wie er jetzt seinen Adoptivsohn anlächelte, war kein bisschen unnahbar. »D-das w-weißt du.«

So, so. Ein Geheimnis, das ihren großen Cousin zum Stottern brachte. Linnea hatte sich so daran gewöhnt, dass er einigen Worten ein kleines Brummen vorausschickte und andere Worte ein bisschen seltsam betonte, dass sie immer wieder vergaß, wie schlimm sein Stottern als Kind gewesen war. Inzwischen passierte es nur noch sehr selten. Sie fing einen Blick zwischen ihm und Annik auf. Er nickte ihr auffordernd zu, und sie hob ihr Wasserglas.

In diesem Moment verstand Linnea, was Theos zweites Geheimnis war. Und sie freute sich unglaublich, noch bevor Annik den Löffel an das Glas klingen ließ. »Ich muss jetzt schnell sein, bevor mein Sohn sich verplappert«, sagte sie. Noch ein liebevoller Blick zu Krister. »Ich bin schwanger.«

»Woohooo!«, machte Jo, und Alva rief: »Wusste ich's doch! Ich wusste es.«

»Herzlichen Glückwunsch!« Espens Begeisterung war ein bisschen zu begeistert, aber darüber gingen alle hinweg.

»Ich freue mich jetzt schon aufs Babysitten.« Linnea sah, wie Svea Espens Hand drückte, als sie das sagte, mit mindestens ebenso viel Überzeugung wie er zuvor. »Onkel Espen wird der beste Onkel aller Zeiten.«

»Das ist mal s-sicher.« Krister lehnte sich in seinem Stuhl zurück, und Theo kletterte auf seinen Schoß. »Ich werde der beste Bruder«, flüsterte er Krister zu, so laut, dass alle es hören konnten.

Annik streckte die Hand nach ihm aus und berührte ihn am Arm. »Und das ist sowieso sicher.«

»Wann kommt denn euer Kind?«, fragte Alva.

»Im Juli. Es wird ein Sommerkind.«

»Armer Kris«, sagte Espen. »Wird noch eine Weile dauern, bis du im Sommer wieder auf Bergen rumspringen kannst.«

»Du geh doch nach Hause«, sagte Krister gutmütig.

Theo giggelte. »Espen ist doch in Lillehamn zu Hause. Soll er schwimmen?«

Und hier, dachte Linnea. Hier war er auch zu Hause. Wie sie alle, wenn sie zusammen waren. Hatte sie sich wirklich noch vor zwei Monaten einsam gefühlt und geglaubt, der Umzug nach Lillehamn sei ein riesiger Fehler gewesen?

Wie sie das Café über die Runden brachte, würde sich zeigen. Sie war nicht allein mit ihren Problemen, und das war es, was am Ende zählte.

Nach dem Essen zogen sie geschlossen vom Tisch in die Sitzecke um. Es waren zu wenige Sitzgelegenheiten für alle da, also holten Alva und Jo kurzerhand noch zwei Matratzen aus den Schlafzimmern. Zusammen mit dem dicken, weichen Teppich und genügend Kissen reichte der Platz. Jarik saß an die Wand gelehnt auf einer der Matratzen, Linnea zwischen seinen Beinen. Sie mochte es, sich an ihn zu lehnen und diese warme Sicherheit im Rücken zu spüren. Immer wieder huschte ein Hauch seines ganz eigenen Dufts direkt in ihr Wohlfühlzentrum.

»Und jetzt?«, fragte Espen. »Weihnachtslieder? Hast du deine Gitarre mit, Linnea?«

»Die liegt in unserem Zimmer. Und«, sie deutete auf Jariks Arme, die um ihre Schultern lagen, »ich kann leider nicht aufstehen.«

Alva war schneller auf den Beinen, als Linnea zu Ende gesprochen hatte. »Kein Problem. Ich will eh kurz ins Bad. Ich hole sie.«

Es war nicht ganz einfach, sich in Jariks Arm so hinzusetzen, dass sie gleichzeitig die Gitarre halten konnte, aber irgendwie bekam sie es hin. Und dann sangen sie. Alles, was ihnen einfiel, und wenn Linnea ein Lied nicht spielen konnte, sangen sie einfach so. Dazu brannten die Kerzen am Weihnachtsbaum, und das Kaminfeuer knisterte. In der Hütte wurde es warm.

Linnea zog ihr Strickkleid aus, auch wenn sie dann nur noch ein Hemd zu den Leggings trug. Jarik brummte etwas in ihr Ohr, das sie nicht verstand, aber die Bedeutung war einigermaßen eindeutig. Sie ließ den Kopf nach hinten fallen und angelte sich einen Kuss. »Ist dir nicht warm?«

»Heiß geradezu«, flüsterte er.

»Dann zieh doch den Rolli aus.«

»Ich meinte eine andere Art von Hitze.«

»Sag bloß.«

Trotzdem zog er kurz danach den Pullover über den Kopf. Und seine nackten Unterarme an ihren Schultern waren durchaus ganz tauglich auch für die andere Art von Hitze.

»Wann packen wir eigentlich Geschenke aus?«, fragte Theo, und ein vielstimmiges »Wir schenken uns doch nichts« antwortete ihm.

Alva räusperte sich. »Ich hätte eine Kleinigkeit.«

»Nee, oder?«, sagte Jo, und Krister und Espen stöhnten zeitgleich: »Oooaah, Alva!«

»Nur für Theo.«

Theo quietschte aufgeregt.

Alvas Geschenk bestand aus einer Dauerkarte für die Robbenstation und einem Paar hoher, gelber Kindergummistiefel. »Damit du mir weiter so gut helfen kannst, wenn ich dort Dienst habe.«

Linnea hatte beinahe vergessen, dass ihre Cousine in der Robbenstation von Lillehamn aushalf. Sie war so lange nicht dort gewesen. Auch das gehörte zu den Dingen, die sie im nächsten Jahr ändern würde.

»Ich habe auch eine Kleinigkeit«, sagte Jo mit seinem hübschen Osloer Akzent.

»Oooaah, Joakim!«, sagten Espen und Krister, aber es war nicht ganz so enthusiastisch wie bei Alva.

Jo nickte den beiden nacheinander zu. Entschuldigend blickte er dann Theo an. »Sie ist für Alva.«

»Ist schon okay«, verkündete Theo.

Jo hatte neben Alva auf dem Sofa gesessen, den Arm um ihre Schultern gelegt. Jetzt rutschte er nach vorn auf die Kante. »Es ist echt nur eine Kleinigkeit. Wir haben schon drüber gesprochen, nicht dass ihr denkt, ich sei ein übergriffiger Arsch, der seine Freundin in die Ecke drängen will.« Mit einer flüssigen Bewegung kniete er sich vor dem Sofa auf ein Bein. »Alva Solberg, ich liebe dich für alles, was du bist. Und auch dafür, dass ich deinetwegen zu dieser verrückten Familie gehören darf. Willst du mich heiraten?«

Er öffnete die Hand, die er Alva hinhielt. Das Schmuckkästchen wirkte niedlich auf seiner großen Handfläche.

»Joakim Lundahl, du weißt genau, dass ich das will.« Andächtig griff Alva nach dem Kästchen und öffnete es. »O Gott, Jo! Der ist unglaublich schön!« Sie hielt den Ring hoch, er schimmerte im Kerzenlicht. Mit einem Satz war sie bei Jo und warf ihn beim Küssen um. »Übrigens hatten wir das wirklich abgesprochen.« Sie stützte sich hoch und grinste in die Runde. »Wir müssen sozusagen heiraten.«

Einen Moment lang hingen ihre Worte in der Luft, die einzigen Geräusche kamen vom Kaminfeuer und Linneas leisem, automatischen Herumzupfen auf der Gitarre.

»Ihr seid nicht auch …«, fragte Espen dann vorsichtig.

»Um Himmels Willen, nein.« Alva küsste Jo noch einmal, der das offensichtlich sehr gern über sich ergehen ließ, dann setzte sie sich auf. »Aber wir können erst einen Adoptionsantrag stellen, wenn wir zwei Jahre verheiratet sind, und da haben wir uns gedacht … na ja …«

»Das finde ich super«, sagte Svea. »Herzlichen Glückwunsch!«

»Herzlichen Glückwunsch!«, stimmte Linnea ein, gefolgt von Krister, Annik, Espen, Jarik, Theo. Es klang beinahe wie choreografiert. Sie klimperte auf der Gitarre dazu. Auch um Gitarre zu spielen, würde sie sich in Zukunft mehr Zeit nehmen.

Nach noch ungefähr zehn verschenkten »Kleinigkeiten«, ebenso vielen Weihnachtsliedern und diversen Gläsern Gløgg und Punsch mehr, legte Linnea die Gitarre zur Seite. »Meine Finger brauchen eine Pause, sorry.«

»Passt gut«, sagte Jarik. »Ich hab da auch noch eine Kleinigkeit.«

Linnea fing einen verschwörerischen Blick zwischen Alva und ihm auf. Sie hatte absolut keine Ahnung, was Jarik hervorzaubern würde. »Ich hab nichts für dich«, versuchte sie einen letzten Protest.

Er beugte sich nach vorn und sagte halblaut: »Ich bin offen

für Vorschläge, falls du meinst, in meiner Schuld zu stehen.«

»Pass auf, was du dir wünschst.«

Lachend rutschte er hinter ihr hervor. Alva reichte ihm ein rechteckiges, in rotes Seidenpapier eingeschlagenes Päckchen.

»Ich mach's kurz. Das hier ist von mir für dich. Ich hoffe, du magst es.«

Als sie das Geschenk annahm, hielt er ihre Hand fest. Das Licht der Flammen spielte auf seinen schönen Zügen.

»Danke«, sagte sie, auf einmal gerührt, obwohl sie das Geschenk noch nicht einmal geöffnet hatte.

»Ich weiß, was drin ist«, verkündete Theo.

Behutsam löste Linnea das Papier. Es raschelte leise beim Öffnen, sie mochte das Geräusch. Rechteckig und hart … ein Buch? Sie schlug das letzte Stück Papier beiseite.

»Ein Backbuch!« Nicht irgendein Backbuch. *Ihr* Backbuch. Das *Strandkafé*-Backbuch, das sie sich vorgenommen und nicht geschafft hatte. »Du bist ja verrückt.«

»Magst du es?«

»Ob ich es mag? Was denkst du denn?« Sie küsste ihn, bis sie keine Luft mehr bekam. »Wie hast du das gemacht? Wo hast du die Rezepte und die Fotos her?«

»Die Fotos sind von Svea.«

Svea neigte mit feinem Lächeln den Kopf.

»Du bist auch verrückt.« Sie stand auf und drückte Svea an sich. »Und die Rezepte?«

Jarik hob die Schultern. »Im Ort gesammelt.«

»Das sagt er, als wenn es nichts wäre«, murmelte Krister, und Alva ergänzte: »Dabei war es echt nicht einfach. Stell dir vor, du müsstest überall eine Stunde reden und Kaffee trinken.«

»Oder angemotzt werden«, bot Espen an.

»Genau!« Theo konnte jetzt endgültig nicht mehr an sich halten. »Beim Hafenmeister hab ich nämlich dann geklopft, weil Jarik gesagt hat, da geht er nicht hin. Aber Alva hat gesagt, der hat ein super Pfannkuchenrezept.«

Mit jedem Satz, den sie über das Backbuch erfuhr, blätterte Linnea es ehrfürchtiger durch. Es waren nicht nur Bilder der verschiedenen Kuchen, Torten und Teilchen, sondern manchmal war auch eine Katze im Hintergrund oder Kinderspielzeug. Eine runzlige Hand hier, teigbekleckerte Kinderfinger dort. Per, der Hafenmeister war sogar mit Porträt vertreten. »Die Fotos sind der Hammer, Svea. Das ganze Buch ist der Hammer.« Mit jeder Sekunde, die sie es bewunderte, wurde dieses Geschenk größer. Jarik, der kein Wort freiwillig mit irgendjemandem sprach, war tatsächlich für sie durch Lillehamn gezogen und hatte Rezepte gesammelt! Und dann hatte er sie auch noch gestaltet und irgendwie dieses Buch drucken lassen.

»Es ist ein Prototyp«, sagte Jarik. »Ich habe von allen die schriftliche Erlaubnis, ihre Sachen zu nutzen. Und Angebote von Druckern, falls du es wirklich fürs *Strandkafé* drucken lassen willst.«

»Ich weiß echt gerade nicht, was ich sagen soll.«

»Danke?«, schlug Alva vor, und Linnea sagte: »Danke. Danke an euch alle.«

Sie streichelte ihr Backbuch und streichelte Jarik und hörte dem Kaminfeuer und dem Geplauder ringsum zu.

Irgendwann schlug Jarik vor, noch ein bisschen vor die Tür zu gehen, also ließen sie den Rest der Familie zurück und traten hinaus in die Stille und Dunkelheit der Insel.

Kalte Luft schlug ihnen entgegen.

Sie mussten nur ein kleines Stück über die eisigen Felsen Richtung Meer krabbeln, bevor sie vom Licht und dem fröhlichen Lärm aus der Hütte kaum noch etwas mitbekamen. Der Schnee reflektierte genug Restlicht, dass sie sich gerade so im Dunkeln bewegen konnten.

»Es ist so still«, sagte Jarik leise, als sie stehen blieben. Sogar das Plätschern der Wellen an den Felsen war kaum zu hören.

Linnea kuschelte sich enger an ihn. Er legte den Arm um sie. Der Mond war noch nicht aufgegangen, und über ihnen zog sich das glitzernde Band der Milchstraße mit seinen Millionen und Abermillionen Sternen über das nächtliche Firmament.

»Danke, dass du mitgekommen bist«, sagte sie. »Und danke für das Buch. Ich weiß, was dich das gekostet hat.«

»Hundertfünfzig Kronen«, sagte Jarik mit leisem Lächeln in der Stimme.

»Das meine ich nicht, und das weißt du auch.«

Er wurde wieder ernst. »Ja, das weiß ich. Und es war mir eine Ehre und ein Vergnügen, das für dich zu machen.«

»Ich fühle mich schlecht, weil ich nichts für dich habe.«

»Glaubst du das wirklich?«, fragte er.

Sie hob den Kopf zu ihm und sah ihn an.

Sogar in diesem Zwielicht erkannte sie, wie eindringlich er sie ansah. »Du hast mir mit diesem Weihnachten so viel mehr geschenkt, als du dir vorstellen kannst. Es geht doch nicht um Zeug. Zeug gibt es genug auf der Welt. Es geht um Verbindung und«, er zögerte, »und um Liebe.«

»Das hast du schön gesagt«, flüsterte sie.

»Ich liebe dich, Linnea. So richtig. Mit allem, was ich habe. Ich hab keine Ahnung, ob das reicht, aber …«

»Ich liebe dich auch«, sagte sie schnell. »Mehr, als du dir vorstellen kannst.« Sie wusste immer noch nicht genau, wie die Sache mit dem *Frontstage* und dem *Strandkafé* und Lillehamn im Winter funktionieren sollte, aber sie war angekommen, wirklich angekommen. Und sie hatte keine Angst mehr. Irgendwie würde es weitergehen.

Mit Jarik zusammen.

Ende

Oma Elsas Gulrotkake
(Karottenkuchen)

An jedem Geburtstag eines ihrer Enkelkinder servierte Linneas Großmutter früher Karottenkuchen. Es gibt ihn in zig verschiedenen Varianten. Dies ist das Familienrezept, nach dem Linnea ihn backt, meist als Kranzkuchen in einer Springform mit Einsatz.

Ihr braucht dafür:

Für den Teig:

3 Eier (oder Ei-Ersatz)

150ml Raps- oder Sonnenblumenöl

250g Zucker

300g Mehl

2 TL Natron

2 TL Backpulver

3 TL Zimt

1 TL Vanillezucker

½ TL Salz

250g Mohrrüben

150g zerbröckelte Walnüsse (optional)

75g Rosinen (optional)

Für die Käsecreme:

150g Butter oder Pflanzenmargarine

300g Puderzucker

200g Frischkäse (oder Veggie-Frischkäse)

ein Spritzer Zitronensaft

abgeriebene Zitronenschale

Und so geht's:

- Den Ofen auf 170°C Umluft vorheizen, die Kuchenform fetten und leicht mit Mehl bestäuben.
- Die Möhren mit der groben Raspel raspeln.
- In einer großen Schüssel das Öl gut mit den Eiern verschlagen, bis eine helle, cremige Masse entsteht.
- Die trockenen Zutaten vermengen: Mehl, Zucker, Natron, Backpulver, Salz, Vanillezucker und Zimt. Die Mischung

nach und nach in die Eiermasse geben und locker mit einem Holzlöffel verrühren.

- Zuletzt die geraspelten Möhren und ggf. Walnüsse und Rosinen unterheben.
- Den Teig in die Kuchenform geben und auf mittlerer Schiene in ca. 40 bis 50 Minuten backen. Wichtig: Mit einem Holzstäbchen prüfen, ob der Kuchen durchgebacken ist!
- Nach dem Backen auf einem Rost abkühlen lassen.

Für die Creme:

- Die weiche Margarine und den Frischkäse mit einem elektrischen Mixer glattrühren, danach kommt die Zitrone hinzu. Erst dann langsam den Puderzucker hinzugeben und auf höchster Stufe einen Moment weiterschlagen. Wichtig: Hält man diese Reihenfolge nicht ein, wird die Creme möglicherweise flüssig.
- Auf dem abgekühlten Kuchen verteilen.

God jul!

Stammbaum der Familie

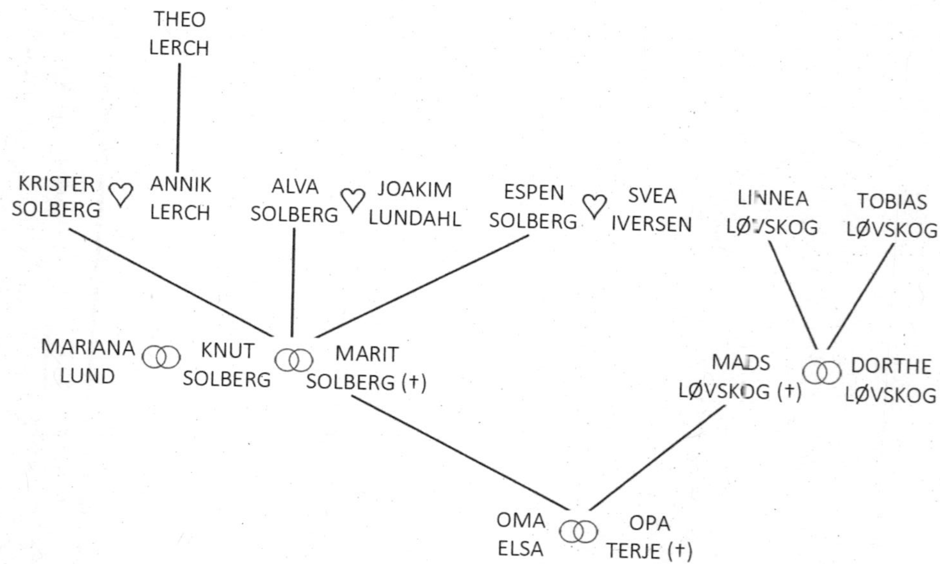

Danke

Ich liebe Danksagungen.

Ich liebe es, sie bei anderen zu lesen, und ich liebe es, sie zu schreiben. Die Welt macht manchmal nicht so den Eindruck, aber es gibt unglaublich viel, wofür man dankbar sein kann, und mir macht es Spaß, mich daran zu erinnern.

Ich zum Beispiel habe allein in Bezug auf dieses Buch so viel Dank zu verteilen:

An Stephi, Kira und Ivonne, die mir mit ihren Überraschungspaketen so das Schreiben erhellt haben.

An meine fantastische Bloggercrew und an euch alle, die ihr mich noch einmal nach Norwegen begleitet habt. Eure Begeisterung und eure Liebe zu meiner Lillehamn-Crew haben mich überhaupt erst auf die Idee gebracht, Linneas und Jariks Geschichte ohne Verlag zu veröffentlichen. Apropos Verlag: Ein lieber Dank geht auch an mein tolles Team vom Knaur-Verlag, die diese Verlags-Independent-Reihenkooperation ohne mit der Wimper zu zucken mitgetragen haben.

Ein warmer Dank geht auch an alle neuen Lillehamn-Fans. Ich hoffe, ihr habt euch mit Linnea und Jarik wohlgefühlt und vielleichtLust bekommen, den Rest des Clans kennenzulernen.

Danke an Nina, die von Anfang an dabei war, für unendlich viele Sprachnachrichten zu so ungefähr jedem Thema auf der Welt, während ich Rücken, Hund und Plot ausführte.

An Silvia, die Linnea und Jarik als Erste kennengelernt hat, für den wertschätzenden und konstruktiven Austausch. Lass uns das so fortführen.

An Kristina, deren Hexenserie mich in den Pausen des Endspurts so grandios entspannt hat. Es ist eine gute Hexenserie.

An Bettina, weitsichtige Führerin durch das Dickicht der Konflikte, die als Erste die roheste Rohversion gelesen hat und nicht daran verzweifelt ist. Du hättest vorher wissen können, dass ich keinen Zuckerwatte-Hundertseiter kann.

An Franzi. Du bist zuverlässig da und weißt immer kluge Dinge. Ich könnte jetzt Vieles sagen, aber weil du keinen Kitsch magst, danke ich dir einfach dafür, dass du mit sanfter Hand die Dramaturgie wieder zusammengesetzt hast, nachdem ich sie geschrottet hatte. Für deine Gründlichkeit. Für deinen Humor. Und überhaupt für das kluge und lustige Lektorat (mit Herzchen!).

Andrea, dir danke ich für das scharfäugige Korrekturlesen. Kathinka und Kristina (noch mal), euch für die liebevollen Blurbs.

An mein Büro geht Dank für fünf Jahre *Ink Rebels*, mit allen Höhen und Tiefen. Fünf Jahre, Leute. Fünf Jahre voller Gespräche über das Leben und den Buchmarkt und Politik und die Liebe und so Vieles mehr. Hättet ihr das an jenem Tag, als wir beschlossen, die *Ink Rebels* zu gründen, je gedacht?

Außerdem danke ich meiner Schwester Hannah, die mir so viel beigebracht hat darüber, was es bedeutet, in einer weißen Welt anders auszusehen. Ich hoffe, ich hab's ungefähr getroffen.

Und dann habe ich natürlich wie immer noch Dank zu sagen an Mann, Kind, Hund und Katze. Ihr seid der beste Mann, das beste Kind, der beste Hund und die beste Katze, die sich eine Autorin nur wünschen kann. Wer etwas anderes behauptet, lügt.

Habt Dank. Alle.